出
ってひと突き
て
絶頂除霊！
6
presented by
Hirotaka Akagi
赤城大空
Illustration
魔太郎
Mataro

CONTENTS

6

出会って
ひと突きで絶頂除霊！
6
presented by
Hirotaka Akagi
赤城大空
Illustration
魔太郎
Mataro

CAST

烏丸《からすま》葵《あおい》

退魔学園1年生。
晴久のクラスメイトで、
ド変態。

宗谷《そうや》美咲《みさき》

退魔学園1年生。
全てを見透かす呪われた
淫魔眼を持つ少女。

古屋《ふるや》晴久《はるひさ》

退魔学園1年生。
絶頂除霊の力を宿す、
呪われた腕を持つ少年。

太刀川《たちかわ》芽依《めい》

退魔学園中等部3年生。
晴久に様々な情報を
授ける謎の少女。

文鳥《ふみどり》桜《さくら》

退魔師協会監査部所属。
幼少期を晴久と
過ごした少女。

葛乃葉《くずのは》楓《かえで》

退魔学園2年生。
晴久の幼なじみで
数々の実績を持つ退魔師。

童戸《わらしべ》槐《えんじゅ》

九の旧家がひとつ
童戸家の娘。サキュバスの
角に取り憑かれた。

皇樹《すめらぎ》夏樹《なつき》

九の旧家がひとつ、
皇樹家の現当主。
十二師天。

ミホト

晴久の腕から顕現した、
謎の褐色美少女霊。
絶頂除霊の元凶。

小日向《こひなた》静香《しずか》

白雪女学院の生徒。
その体つきは見る男
すべてを魅了する。

南雲《なぐも》睦美《むつみ》

元・乳避け女。
剣道の達人だが、
巨乳が苦手。

アンドロマリウス

サキュバスパーツの
獲得をもくろみ、
晴久たちを狙う魔族。

プロローグ

日本最高峰の霊能名家《化け狐《ぎつね》の葛乃葉《くずのは》》に生まれた私——葛乃葉楓《かえで》には、家族と過ごした記憶がほとんどない。

葛乃葉の直系として世界最高レベルの変身術を扱う母とそれを支える父は常日頃から世界中を飛び回っており、退魔師《たいまし》協会の会長である祖母、葛乃葉菊乃《きくの》も日夜多忙を極めていた。

家に一人残された私に課せられたのは、葛乃葉家の跡取りにふさわしい格を身につけるための厳しい修練だった。

……正確には課せられたというより、自分からのめり込んでいったというほうが正しいかもしれない。「子供なんじゃから、少しは遊んだほうがいい」と祖母が言うのも聞かず、私は退魔術をはじめとした様々な教養を身につけていったのだ。

一人前になれば、父や母、祖母と一緒に仕事ができる。

そうすれば、一緒に過ごせる時間もきっと増える。

元々生真面目な性格であった私は寂《さび》しさを押し殺すように自分にそう言い聞かせながら、修行に没頭していたのだった。

また、一人前として認められるには立ち振る舞いも重要になる。

《九の旧家》筆頭である葛乃葉《くずのは》家の次期当主にふさわしいよう、一切の隙を見せず、甘えず、厳格な言動を心がけた。

一日でも早く一人前と認められるように。周囲の期待に応えられるように。

冷たく愛想のない元々の性格をより強調するように、私は周囲に強固な壁を作っていった。

そして当然、そんな子供に友達などできるわけがない。

ただでさえ霊能名家の跡取り娘ということで敬遠されるか畏怖《いふ》されるかが常だった私が厳しい態度をとれば、好んで近づいてくる者などほとんどいない。

付き人として葛乃葉の分家から連れてこられていた金狐《きんこ》と銀狐《ぎんこ》も、当時は彼女らの両親から私に粗相がないようキツく言い聞かせられていたのだろう。次期当主として振る舞う私に、彼女たちは絶対服従だった。

そうして私は広いお屋敷の中で一人、誰にも心を許さず、一切の弱音を吐かず、ただただ葛乃葉家の次期当主にふさわしい力を身につけるべく己を磨き続けていたのだった。

……いま思えば、祖母である葛乃葉菊乃《きくの》がその施設に私を同行させるようになったのは、私のそんな生活を見かねてのことだったのだろう。

祖母はきっと、霊能名家のしがらみもなにも知らない子供たちが集まるその場所で、私に友達を見つけてほしかったのだ。

そうして祖母の目論見《もくろみ》通り、私は出会ってしまった。

とある高名な神父が運営するその養護施設の片隅で。

古屋晴久《ふるやはるひさ》という、平凡な男の子に。


第一印象は「なんだこのバカな子供は」だった。

うるさいし、無神経だし、ろくな修行もしていないくせに「お養父《とう》さんみたいな退魔師《たいまし》になるんだ！」と息巻いていた。自分の才能も現実も見えていない、どこにでもいるバカな子供だ。

彼は本当に鬱陶《うっとう》しかった。

祖母と神父が仕事の話をしている間、手持ちぶさたになっていた私を何度も遊びに誘ってきた。

いくら冷たくあしらっても怯《ひる》まず突撃してきた。

私が知らないくだらない遊びをたくさん教えてくれた。

まるで同年代の男友達にそうするように遠慮なくぶつかってきてくれた。

お気に入りの服を汚されて大喧嘩《げんか》になり、私が一方的にボコボコにしたにもかかわらず、次に会うときには「この前はごめん」と謝り性懲《しょうこ》りも無く私を乱暴な遊びに誘ってくれた。

修行が上手《うま》くいかない時期が続いて落ちこんでいたときは、それを察して他の子供たちを追い払い、自らの生真面目さに押しつぶされそうになっていた私の話を根気よく聞いては根拠のない励ましを繰り返してくれた。

そうして折を見て、また私をバカな遊びに誘ってくれたのだ。

それは劇的でもなんでもない、きっと幼い頃には誰にでもある、なんてことのない交流だっただろう。実際、古屋《ふるや》君にとって私との幼い日々は、ほとんど記憶にも残っていない日常の一コマだったに違いない。

けれどきっと、恋に落ちないほうがどうかしていた。


そうして月日は流れ、私は祖母の付き添いとは関係なくその施設を訪れるようになっていた。

私が退魔学園《たいまがくえん》中等部一年生、古屋君が小学六年生になる頃には、二人で施設を抜け出して遊びに行くのも半ば日常と化していたほどだ。

ただ、それはなにも私と古屋君が特別な関係になったからというわけではない。

文鳥桜《ふみどりさくら》という小娘が私たちの間に割って入ってくるのが極めて鬱陶《うっとう》しく、私が古屋君を強引に施設の外へ連れ出すことが多くなっていたのだ。

古屋君の行動を逐一チェックしているらしいストーカー気質の小娘には察知されることも多かったが、それでもそこそこの頻度で二人きりの時間を楽しむことができていた。

そして私はその日も、古屋君を連れ出し、充実した休日を過ごしていた。

その帰り道のことだ。

「なー、楓《かえで》」

「なにかしら」

「あのさ、今度から外出するときは桜《さくら》も誘ってやらね？」

「……いきなりなにを言い出すの？」

「ひっ!? い、いや、桜のやつ、俺が帰ると毎回もの凄《すご》く拗《す》ねてるんだよ。だからやっぱ、俺たちと一緒に遊びたいんじゃないかなー、って」

せっかくの充実したデートの終盤に突然そんなことを言い出した古屋《ふるや》君に、私は大きな溜息《ためいき》を吐《つ》いていた。

分け隔てない優しさは彼の美徳だが、同時にどうしようもない欠点でもある。

こんなことでは先が思いやられるので、いまのうちに私以外の女に優しくしないようしつけておいたほうがいいかもしれない。

と、私がそんな愚かなことを考えていたときだった。

「……？」

ふと古屋君の姿が消えたことに気づいて振り返ると、彼は道の真ん中で不自然に立ち止まっていた。その視線の先には、いままでその存在に気づかなかったほど小さな骨董品《こっとうひん》屋がある。

一体なにをしているのかと駆け寄ると、古屋君はその場で微動だにせず店内を凝視していた。

「声が、聞こえる……俺が、呼ばれてる……？」

酷《ひど》く怯《おび》えるように、それでも強く引き寄せられるように、彼はそんなことを口にした。

何かに魅入《みい》られている。

このとき既にプロの退魔師《たいまし》と遜色ない実力と経験を身につけていた私は、古屋君の身に降りかかっている現象にすぐさま当たりを付けていた。

私にはまったく気配が感じられないのに、古屋君だけがなにかを感じ取っている。

これは誰かの強い念がこもりやすい、いわゆる呪《のろ》いの品と波長が合った場合に起こりがちな現象だ。骨董品屋というのはそうした品が転がり込みやすい場所だし、まず間違いないだろう。

となると、すぐにでも原因となる呪物を特定して除霊してしまったほうが良い。

一度呪物と波長が合ってしまった場合、距離をおいても悪影響が出るからだ。

幸い、感知術式を用いて店内を霊視しても強い気配は感じない。

呪物の霊級格《スケール》はせいぜい一か二といったところだろう。

これならわざわざ十二師天《じゅうにしてん》である祖母や、同等の実力を持つ神父を呼ぶまでもない。

「まったく、世話が焼けるわ」

この程度の呪物に魅入られる古屋君に呆《あき》れながら彼の周囲に軽く結界を張り、私は店内に足を踏み入れた。

育ての親である神父に憧れている古屋君が私の実力を目の当たりにすれば、私に退魔術の教えを請うようになり、一緒に過ごせる時間も増えるかもしれない――なんて、都合のいい妄想を膨《ふく》らませながら。

そんな私の油断と慢心が彼にどれだけの爆弾を背負わせることになるか、知りもせずに。

「……」

店内には誰もいなかった。

どうやら客がいなさすぎて店主も奥に引っ込んでいるようで、私は何度か声を張り上げたのち、勝手に店内を霊視して回る。

「……おかしいわね。呪物が見当たらない……？」

なにかがいることは間違いないのに、霊視の精度をあげてもいまいちはっきり感知できない。

これは一体どういうことだと不審に思い始めたとき、私の視界にそれが映り込んだ。

絡み合った両手のオブジェ。

カラカラに干からびたミイラのようなソレは一見してただ不気味なだけの置物で、私はすぐに別のものに目を向けた。

しかしどうにもそのオブジェが気になり、一度しっかり霊視しようと振り返ったとき——

その両手は姿を消していたのだ。

「——え」

気づいたときにはすべてが手遅れだった。

私の張った結界が破られる音。古屋《ふるや》君の悲鳴。

店を飛びだした私の目に映ったのは、その場でうずくまって自分の腕を不思議そうに見つめている古屋君の姿だった。

一見して異常は見当たらない。けれど彼はぼうっとした様子で、

「女の人の声が聞こえる……お腹が空いたって……ぜっちょう？　させろって……」

何者かに憑《つ》かれているのは間違いなかった。

まさかこの程度の呪物に出し抜かれるなんて――そう自分を責めながら、しかし私は冷静に次の手を打った。

憑き物落としの術式を組み上げ、ありったけの霊力を注ぎ込む。

まだ大した威力も出ないが、霊級格三ほどの相手なら問題なく祓《はら》える術式だ。しかし、

「な、なんで……霊級格一か二のはずなのに……っ」

私が何度術式を発動させても、倒れる寸前まで霊力をこめても、古屋君に憑いたソレが消えることはなかった。

それどころか古屋君はますますはっきりと女の声が聞こえるようになってきたと主張し、私の身体《からだ》に光の点が浮かんでいるなどと言い始める。状況が悪化しているのは明らかだった。

（これは、私の手には負えない……!?）

うわごとを繰り返す古屋君を前に、私は気が動転しそうになる。

だが幸いにして、今日は祖母が仕事の関係で施設を訪ねている日だ。

日本最高峰の実力を持つ祖母と神父の二人に解決できない霊障《れいしょう》などない。

　私は泣きそうになりながら、しかしきっとおばあさまたちに任せれば大丈夫だという確信を胸に、急いで古屋君《ふるや》を施設に連れ帰った。


　血相を変えて施設に戻ってきた私と古屋君を、祖母はからかうような調子で出迎えた。

「なんじゃなんじゃ大袈裟《おおげさ》な。霊障《れいしょう》ひとつでそこまで取り乱すなど、最近小僧との逢瀬《おうせ》にかまけすぎて修行がおろそかになっているのではないか？」

　普段であればムキになって言い返しているはずの軽口も、そのときばかりはなによりも頼しかった。私は祖母に反論することなく、古屋君を任せる。

「ふむ。なにやら憑《つ》いておるな。よいか？　こういうときは無暗に憑き物落としを乱発するのではなく、まずは相手の分析、つまりは強い霊視をかけるところから……っ⁉」

　いつもおちゃらけている祖母の空気が一変したその瞬間を、私はいまでも鮮明に覚えている。

　全身の毛を逆立たせて口をつぐんだ祖母は無言でその場を離れると、しばらくして神父——古屋君の養父を連れて戻って来た。

　そのときの神父の顔はいままで見たことがないほど険しいもので、彼もまた古屋君に霊視をかけると、ますますその表情を硬くしていった。

「楓《かえで》や」

　やがて神父となにやら目配せをした祖母が口を開いた。

「小僧の霊障は少々厄介《やっかい》でな。祓《はら》うのに少し時間がかかる。今日のところは家に戻れ」

「え、で、でも」

「それから、ここにはしばらく来てはならん。よいな？」

それは普段の軽い態度の祖母とは違う、葛乃葉《くずのは》家当主としての厳然たる声音《こわね》で。

私は反論さえ許されず、施設から追い出されるように古屋君と引き離された。


それから何日もの時間が過ぎていった。

祖母は家どころか協会にも戻らず、使いの者を何度やってもろくな返事が返ってこない。

退魔学園《たいまがくえん》での授業にはまったく集中できず、ろくでもない想像ばかりが頭を巡る。

本当に古屋君は大丈夫なのか。

もしや、なにか重大な後遺症でも残っているのではないか。

あの二人に任せていればどうにかなるだろうという信頼はありつつ、しかしあの二人がこれほど時間をかけねばならない事態に見当がつかず、不安ばかりが膨《ふく》らんでいく。

やがて私は心配を抑えきれなくなり、一人こっそりと施設へ赴いていた。

練習中の変身術を応用して気配を消し、せめて古屋君の顔を見ることができないかと建物の中を歩き回った。

だがいくら捜しても古屋君は見つからず、諦《あきら》めて帰ろうとしたときだった。

普段は施設の子供たちにも立ち入りを禁じているらしい神父の仕事部屋。

そこから、祖母と神父の声が聞こえてきたのだ。

「では、九つ目のパーツであることはまず間違いないんじゃな？」

「ええ、信じがたいですが」

そのあまりに重苦しい空気に、私はダメだと思いつつ聞き耳を立ててしまっていた。

その会話が古屋《ふるや》君に関するものだと、直感的にわかってしまったから。

「信じがたいといえば、九つ目ということ以上にあの霊体じゃな。一体なんじゃアレは」

「いまのところはなんとも……。晴久《はるひさ》の話によれば、どうもパーツの能力を使うよう促しているようです。正体はわかりかねますが、まずろくな存在ではないでしょう。なんとか封印はできましたが、協会に晴久の現状を知られれば……」

「パーツの進行が一切確認されないという奇跡を鑑《かんが》みても、よくて幽閉。リスクの大きさを考えれば宿主ごと強制処分も十分考えられる、かの」

「やはり、そうなりますか……」

幽閉……？

強制処分……？

誰が？　古屋君が？

聞こえてきた単語の意味をうまく飲み込めず、私は呆然《ぼうぜん》とその場に立ち尽くす。

「晴久は来年の退魔学園《たいまがくえん》入学をとても楽しみにしている。育ての親として、処分はもちろん幽閉も避けたいところですが……」

「ただでさえパーツには未知の部分が多い。そこに得体の知れない霊体まで憑《つ》いているとなれば、そのリスクは計り知れんな」

「はい。一人の退魔師《たいまし》としては、パーツの進行具合にかかわらず、晴久をこのまま放置してはおけないとも。……どうするべきか、決められないでいます」

「……難儀じゃな。儂《わし》としても孫娘のことがある。できれば坊主《ぼうず》には生きていてほしいが……いざとなれば坊主は遠くの施設で解呪《かいじゅ》に専念することになったとでも伝え、楓《かえで》や桜《さくら》にはそのまま忘れてもらう必要があるやもしれん」

ガンガンと頭に痛みが走る。

胃がぎゅっと締め付けられて、その場で吐き出しそうになる。

二人は一体、なんの話をしているのだ。

古屋君が、いなくなる？　処分、される？

あんな、なんでもないような呪《のろ》いのせいで？

……私の、せいで？

「い、や……」

「「っ!?」」

思わず声が漏れてしまったその瞬間、室内で言葉を交わしていた二人がぎょっとした様子でこちらに気づいた。

「楓《かえで》!? 来てはならんと言うたろうに、術まで使って……!」

祖母がそこまで取り乱すのは初めてのことで、私はもう確信せざるを得なかった。

私のせいで、古屋《ふるや》君が処分されるかどうかの瀬戸際にあるということを。

そこからはもう必死だった。

「いやだ……なんで! 私のせいっ、おばあさまっ、私が、私が悪いんです!」

私はきっと、そのとき人生で唯一、無力な子供として大人にすがりついていた。

「私が油断して、古屋君にみすみすあの呪物を取り憑《つ》かせて……だから、お願いです! 禁術の生贄《いけにえ》に私を使ってもいいっ、だから、お願いですから……古屋君を助けてください……っ」

「楓……」

青ざめて取り乱す私に、祖母は言葉を失っていた。

「……決まり、ですな」

神父が覚悟を決めるように、小さく頷《うなず》いていた。

「暴走に備えて可能な限りのセーフティをつけるという筋は通しつつ、性遺物の呪《のろ》いが進行しない限り、晴久《はるひさ》にはこれまで通りの生活を送ってもらうことにしましょう」

そうして、葛乃葉《くずのは》家上層部と神父だけが共有する秘密として、古屋君に取り憑いたモノの存在は完全に隠蔽《いんぺい》されることになったのだった。

——これは本来、十二師天《じゅうにしてん》や旧家上層部しか知らんことじゃが——呪いの進行を早める恐れがあるゆえ、小僧本人にはくれぐれも内密にな
そう前置きした祖母は、サキュバス王の性遺物と呼ばれるパーツ群の脅威について、その詳細を包み隠さず私に伝えた。一般のプロ退魔師《たいまし》にも知られていない、パーツの恐ろしい真実を。

その際、祖母は古屋君の呪いに酷《ひど》く責任を感じていた私に、

「アレは十二師天級の術者でも出し抜かれることがある代物。お主に責任はない」

「だから後悔せんように小僧と過ごすんじゃぞ。葛乃葉の女は代々みな情が深い。下手《へた》に気持ちを抑えれば、どこでどう爆発するかわからんからの」

と、優しい言葉をいくつも投げかけてくれた。

けれど古屋君にとてつもない呪いを植え付けてしまったという自責の念が晴れることは一切なく、私の心は祖母の言葉をよそに、どこまでも凍てついていった。

古屋君は、私を恨んでいるに違いない。

私なんかが彼に好意を抱《いだ》くなど、彼からの好意を期待するなど、それ自体が酷く罪深い。

そう思えば思うほど、古屋君への態度はより冷たく、より厳しくなっていった。

自分の気持ちを抑えつけるように。彼により嫌われるように。

神父が亡くなったあと、呪《のろ》いの定期検診を受け継いだことで古屋《ふるや》君と過ごす時間が増えても、それは変わらなかった。

だが幸いにして彼の呪いは数年にわたって一切進行せず、自傷的とも言える強烈な自責の念は少しずつ、本当に少しずつ、私の中から薄れていったのだ。

――古屋君が宗谷《そうや》美咲《みさき》と出会い、彼の呪いを巡る状況が目まぐるしく変化していくまでは。


「……んっ」

仕事先のホテルで仮眠を取っていた私は、耳障《みみざわ》りなアラートで目を覚ました。

疲れているせいか、久しぶりに昔の夢を見た。

私が犯した罪の夢。償《つぐな》いきれない過ちの夢だ。

「全然、休めた気がしないわね……」

寝不足のせいか悪夢のせいか、酷《ひど》くお腹の具合が悪い。

それに伴い頭の回転も鈍く、私はしばらくそのアラートの緊急性に気づかなかったほどだ。

だがその寝ぼけた頭も、スマートフォンの画面を見た瞬間、一気に覚醒した。

――サキュバス王の性遺物に取り憑《つ》かれた少女、童戸《わらしべ》 槐《えんじゅ》が魔族にさらわれた
――行方は未《いま》だ不明。早急に捜索隊と救出隊を結成する

——近隣の退魔師《たいまし》は至急協会に折り返し、参加の旨を知らせよ
本免許を持つほぼすべての退魔師に送付される緊急メッセージ。

そこに書かれた「性遺物に取り憑かれた少女、童戸槐」という一節を見た私はベッドから跳ね起きた。

童戸槐。それは古屋君が学校見学に付き合い、とある霊能犯罪者の魔の手から救ったという少女の名だ。

よりにもよってその少女がパーツに取り憑かれ、あまつさえ魔族にさらわれたという。

古屋君が動かないはずがない。

そしてそれは、本来ならばどうあがいても手に入るはずのなかったパーツの真実に彼が触れてしまう可能性があるということを意味していた。

「……っ」

仮眠の時間であることも忘れ、私は即座に行動を開始する。

古屋君がこの作戦に参加できないよう、ひいてはパーツの真実に辿り着けないよう、工作を施《ほどこ》すために。

この工作には祖母の意向だけでなく、私のエゴも多分に含まれている——そんな自己嫌悪で自らの身を焼きながら。

第一章　童戸槐救出作戦

1

サキュバス王の性遺物に取り憑《つ》かれた少女が魔族にさらわれた。

その信じがたい報告は恐らく、退魔師《たいまし》協会が発足して以来最大級の爆弾だった。

周囲に不幸をバラまく自らの体質を儚《はかな》んだ少女、童戸《わらしべ》槐《えんじゅ》。

性的なハプニングを引き起こす両手の能力を見込まれた彼女の強い希望を御旗とし、童戸家が秘密裏に進めていたパーツ降臨の儀式。その成功。

だがパーツを宿した少女は破られるはずのない大監獄内で魔族――アンドロマリウスにさらわれ、現在もなお消息不明。

パーツがもたらす真の脅威を知る者たちにとって、次々とあがってくるその報告は悪夢でしかなかった。

鹿島霊子《かしまれいこ》が解放した悪霊《あくりょう》や呪具《じゅぐ》への対応にいまだ追われる中での凶報に協会上層部が頭を抱《かか》え、旧家の本家筋たちは事態の深刻さを受けて強権を発動。人手不足に喘《あえ》ぐ現場の惨状を完全に無視した緊急招集を発令するに至っていた。

そんな異常事態を受けて業界全体が殺気に近い緊張感を孕《はら》んでいく中、パーツ持ち誘拐《ゆうかい》の一報に誰よりも苛立《いらだ》ちを露《あら》わにしていたのは、監査部部長、術式潰《つぶ》しのナギサだった。

いまなお現場の霊視と警備システムの復旧作業が続く大監獄の休憩室で、彼女は額に手をあて大きく息を吐いていた。

『……チッ。手鞠《てまり》のやつに詫《わ》び入れとかねーとな』

童戸《わらしべ》家の当主、童戸手鞠に鹿島霊子《かしまれいこ》捜索の要請を断られて散々罵倒《ばとう》したときのことを思い出し、ナギサは表情を曇らせる。

あのとき彼女は休暇を取ったなどと言っていたが、それは真っ赤な嘘《うそ》だったのだ。

表沙汰《ざた》にできない任務——一人の少女を生贄《いけにえ》としたパーツ降臨の儀式を行うため、手鞠は裏でその準備に奔走《ほんそう》していたのである。

無差別に不幸を振りまいてしまう体質の少女、童戸 槐《えんじゅ》についてはナギサも手鞠から相談を受けたことがある。

類《たぐ》い希なる幸運能力のおかげで苦労を知らない能天気な手鞠が珍しく深刻な様子を見せていたので、よく印象に残っていた。

自らの不幸能力を抑えるため、長らく座敷牢で孤独に過ごしていた少女——童戸槐は最期くらいは誰かの役に立って死にたいと、パーツ降臨の儀という危険な任務に自ら志願したという。

槐のことを誰よりも気にかけていた手鞠は一体、どんな気持ちで儀式の準備を進めていたのか。そして槐のせめてもの願いが魔族に踏みにじられつつあるいま、手鞠の内心はいかほどのものか。

ナギサからの私的な連絡にもろくに応じようとしない手鞠の現状を思い、ナギサはポルターガイストの要領で近くの椅子《いす》を蹴《け》り上げる。

ああ、胸クソ悪い。

その気持ちに突き動かされるように、ナギサはほぼ休みなく霊能犯罪者を捕まえまくり、手当たり次第に憑依《ひょうい》霊視を続けていた。緊急時ということで憑依霊視に必要な申請も免除された彼女は、とにかく霊力の続く限り霊視を繰り返す。

槐をさらった魔族、アンドロマリウスの潜伏先を見つけだすために。

もし既に槐ごと魔界に逃げられていたらお手上げだが、魔界への門というのはそう簡単に開けるものではない。ましてや一度撃退されている身では残りのエネルギーもそう多くはないはず。

必ず現世で唆《そそのか》した人間のもとに潜伏しているはずだと信じ、ナギサは憑依霊視を続けていた。

血眼で槐の捜索を進めているのはもちろんナギサだけではない。

いま現在、退魔師《たいまし》協会は総力をあげて槐の行方を追っていた。

強権を発動させた協会上層部が各地から上位の退魔師を強引に引き抜き、今回の誘拐事件解決に当たらせているのだ。

無論、鹿島霊子《かしまれいこ》が解放した呪具《じゅぐ》や悪霊《あくりょう》の対応に逼迫《ひっぱく》している状況でそんなことをすれば、現場には多大な歪《ゆが》みが生じる。

怪異《かいい》霊が潜《ひそ》む現場では下位の退魔師《たいまし》による無謀な時間稼ぎが行われ、比較的緊急性が薄いと判断された案件に至っては担当退魔師が全員引き抜かれ、実質現場放置の体となっている。

普通なら絶対にあり得ない措置。ほんの少しの采配《さいはい》ミスで一般人の命が危険にさらされるギリギリの判断だ。

しかし協会本部はそれらのリスクを鑑《かんが》みてなお「魔族からパーツ持ちを取り返す」ことのほうが重要だと割り切り、魔族と槐《えんじゅ》の捜索を優先していた。

その甲斐あってのことだろう。

「部長！」

普段は冷静沈着《れいせいちんちゃく》なナギサの懐刀《ふところがたな》、多々羅刃宗源《たたらばそうげん》が眼鏡《めがね》をずり下ろしながら休憩室に駆け込んできた。

「出ました！　捜索チームの本隊が魔族の霊力を感知、潜伏先を特定したそうです！」

『っ!?　本当か！』

捜索チーム本隊。

霊視に特化した旧家、相馬《そうま》家の精鋭と豪運の童戸手鞠《わらしべてまり》が組んだ最強の捜索隊だ。

最初に手がかりを見つけるなら彼女らだろうとは思っていたが、想定より遥《はる》かに早い仕事にナギサは舌を巻く。まさかいきなり潜伏先を特定するとは。

恐らくは手鞠の精神状態に左右される幸福能力も大きく貢献したのだろう。

手鞠の想いの強さを改めて感じつつ、ナギサは多々羅刃に詰め寄った。

『で、潜伏先ってのはどこだ⁉』

「それが……」

ナギサの詰問に多々羅刃は珍しく言葉を濁し、一筋の汗とともにその報告を口にする。

「……冥福連《めいふくれん》の、総本部だそうです」

『冥福連……っ⁉　国内最大の霊護団体野郎共か！』

多々羅刃の口からもたらされた情報に、ナギサの中で「やはり」と「最悪だ」の二言が躍る。

霊護団体。

それは「悪霊怪異の除霊に退魔術という〝暴力〟を用いるのはいかがなものか」「丁寧な対話と供養で悪霊はすべからく浄化されるはず」と主張するお花畑集団《市民団体》の総称だ。

人に害なすようになった死人の人権のみを声高に主張し、生きた人間の安全な暮らしを理想論で阻害する。

ＴＶに出演するような知識層や一部の政界人にもシンパが存在し、メディアを利用して一般人にも少なくない支持者を獲得。実現不可能な理想論を御旗に時として退魔師へ直接的な危害を加えることもある厄介《やっかい》な連中だ。

だが、この団体の本当の脅威は別の部分にある。

彼らが本当に悪質なのは、綺麗事《きれいごと》で粉飾された活動を隠れ蓑《みの》に、裏で霊能犯罪者を支援している場合が多いという点だ。

多くの構成員は霊護団体の理念に共感し、純粋な厚意で活動費や活動拠点を提供している。だが一部の構成員はそうした善意からの搾取《さくしゅ》を繰り返し、裏で霊能犯罪者と結託、様々な悪事に手を染めているのだ。

しかしそれがわかっていてなお、ナギサたちは彼らを一気に摘発することができないでいた。それは「多くの構成員が霊護団体の真実を知らない」ということに起因する。

どれだけ優秀な退魔師《たいまし》が霊視しようと、なにも知らない善人から犯罪の証拠を掴《つか》むことはできない。膨大《ぼうだい》な数の構成員に埋もれて本丸の犯罪者には容易に辿《たど》り着けず、霊能犯罪者とその支援者の暗躍をみすみす許してしまっているのが現状なのだ。

童戸《わらしべ》家の幸運に頼っても摘発できる悪玉は多くなく、後釜が次から次へ湧いて出る。

そもそもが各界の有力者と結託した善意の圧力団体という側面を持ち合わせるため、合法的な手段で対抗するには限界があるというのも痛いところだった。

悪霊《あくりょう》怪異《かいい》よりもよほど性質が悪い。

監査部の職員を中心に多くの退魔師が苦々しく吐き捨てる。

それが霊護団体という存在なのである。

正義を司《つかさど》ると自称する魔族、アンドロマリウスの拠点としてはこれ以上ない場所だろう。

それだけにナギサは早い段階から魔族と霊護団体の繋《つな》がりを予想してはいたのだが――

『よりにもよって冥福連《めいふくれん》か……思った以上のヤマになるな』

ナギサは顔をしかめると、多々羅《たたら》刃《ば》にその死んだ魚のような目を向けた。

『いま動けるでかい戦力は誰がいる？』

相手は霊護団体。となれば現場指揮にはほぼ間違いなくナギサが指名される。

先を見据えたナギサの確認に、多々羅刃がよどみなく答える。

「現状では我が多々羅刃家の当主、多々羅刃鈴鹿《すずか》様。土御門《つちみかど》家当主の土御門晴親《はれちか》様。そして今回の騒動の当事者である童戸手鞠《てまり》様がいつでも動けるよう待機しているとのことです」

『なるほど、現役の十二師天《じゅうにしてん》が三人か』

一つの案件に投入される戦力としては破格の一言に尽きる。

特に土御門晴親は対人霊能戦においていまのナギサを凌駕《りょうが》する歴戦の老兵、童戸手鞠は言うまでもなく反則級の能力をもっている。霊護団体の大拠点を攻めるというなら、シンプルな突破力のある多々羅刃鈴鹿が参戦するのも頼もしい限りだ。

だが、

『……足りねぇな』

霊級格《スケールセブン》7さえ相手取れる戦力に対するナギサの評価は非常にシビアだった。

なにせ相手は日本最大級の霊護団体である冥福連《めいふくれん》。その総本山だ。

内部に一体どれだけの霊能犯罪者を囲っているか未知数なうえにアンドロマリウスまで潜伏しているとなれば、鹿島霊子《かしまれいこ》や呪殺法師といった特級霊能犯罪者が控えている可能性も高い。

そしてなにより、敵はパーツ持ちを保有しているのだ。

それも手鞠《てまり》の反則的な幸運を打ち消すほどの不幸能力を有したパーツ持ち。

いまの戦力では心許《こころもと》ないと言わざるを得ないだろう。

さらに、ナギサには一つの懸念があった。

『いくらなんでも、潜伏先の判明が早すぎる気がすんだよな』

「……やはりそう思われますか」

ぽつりと呟《つぶや》いたナギサの言葉に多々羅刃《たたらば》が言外に同意を示す。

いくら手鞠と相馬《そうま》家の合同チームが優秀とはいえ、これまで散々こちらを翻弄《ほんろう》してくれた霊的上位存在を相手取っているにしては事がスムーズに進みすぎている。

あえて拠点をこちらに知らせた。

誘い込まれている可能性がある。

そう考えると、やはり現状では戦力が不足していると断言せざるを得ない。

だがだからといって慎重に事を進めすぎればパ、ヽ、ヽ、ツの時限爆弾が爆発する可能性も上がっていくし、なにより上級退魔師《たいまし》の引き抜かれた各地の現場がもたないだろう。

多少常識外れな手を使ってでも戦力をかき集め、電撃作戦を敢行する必要があった。

『おい、十二師天《じゅうにしてん》はもちろん、他にも誰か動けそうな戦力はいねーのか？』

ナギサが再び多々羅刃に問いかける。

すると多々羅刃は躊躇《ためら》うような素振りを見せた後、

「……先日の緊急招集に、いの一番で返事をよこしたチームが一つ」

『どこだ？』

「古屋晴久《ふるやはるひさ》と宗谷美咲《そうやみさき》の実習班です」

『……あいつらか。確か槐《えんじゅ》を橋姫鏡巳《はしひめかがみ》から助けたってのも連中だったな』

挙げられた戦力は、本来この土壇場にはそぐわない学生の実習チーム。

だがナギサはその荒唐無稽《こうとうむけい》な提案を真剣に吟味すると、

『……罠《わな》の可能性があるなら、むしろ全力で乗ってやるってのもアリか』

愛弟子である文鳥桜《ふみどりさくら》へのオイタをはじめ、そろそろ魔族の暗躍にもウンザリしてきたところだ。

宗谷美咲のチームはいまだひよっこの学生チームながら、純粋な戦闘力は既に業界トップクラスにあると言っていい。霊級格6《スケールシックス》の怪異《かいい》二名の除霊、鹿島霊子とアンドロマリウスの撃退、橋姫鏡巳の逮捕。実績としては十分すぎる。

場合によっては欲をかいたアンドロマリウスをおびき寄せ退治するための囮《おとり》としても機能

するだろう。

本免許持ちとはいえ、学生をこれだけのヤマに放りこむのは前代未聞。

それ以前に、一体どう転ぶかわからない性遺物絡みの現場へ古屋晴久《ふるやはるひさ》と宗谷美咲《そうやみさき》を向かわせるのは元十二師天《じゅうにしてん》として憚《はばか》られるが（あと愛弟子である桜《さくら》も間違いなく古屋晴久にくっついていくだろうことが心配だが）、ここは四の五の言っていられる局面ではない。

彼らの保護者である十二師天、葛乃葉菊乃《くずのはきくの》と宗谷真由美《まゆみ》が強く反対しない限り、多少強引にでも彼らを突入メンバーに加えるべきだとナギサは判断した。

『土御門晴親《つちみかどはれちか》、多々羅刃鈴鹿《たたらばすずか》、童戸手鞠《わらしべてまり》、それに宗谷美咲のチームを中心に突入チームを編成する。葛乃葉家と宗谷家への根回しも含め、すぐ準備にかかれ』

「承知いたしました」

十二師天三名と学生チームを中心にした巨大霊護団体へのガサ入れ。

未曾有《みぞう》の事態にふさわしい異例の命令が下され、協会はにわかに慌ただしさを増していく。

2

サキュバス王の性遺物に取り憑《つ》かれた少女を拉致《らち》監禁しているとの疑いで、国内最大の霊護団体、冥福連《めいふくれん》本拠地への強制捜査の準備が秘密裏に進められる最中。

その突入チームのメイン戦力に古屋君たちの実習班が任命されたと聞いた私は、それがなにかの間違いだと思い、しばらく動けなかった。

だが監査部にいる葛乃葉家の人間から話を聞けば、突入作戦を指揮するナギサさんは強権的に古屋君たちの参戦を決定。しかも既におばあさまにも許可を取り付け、作戦準備は猛烈なスピードで進んでいるという。

最初のうちは古屋君たちが童戸槐《えんじゅ》の捜索にも加われないよう上手《うま》く根回しが進んでいたというのに、一体どうなっているのか。

それになにより、おばあさまが参戦の許可を出したとはどういうことか。

パーツの真実について古屋君に話さないよう私に厳命したのは、他でもないおばあさまだというのに。

私は混乱冷めやらぬまま、おばあさまに抗議の電話をかけていた。

「どういうことですかおばあさま！　なぜ童戸槐救出作戦に古屋君の参加を許可したのです！」

自分でも無様なほど感情的に、電話越しのおばあさまに声を張り上げる。

だがおばあさまは私の剣幕など予測していたとばかりに、

『仕方あるまい。ナギサも言っておったように、パーツ持ちとともに魔族が潜伏しているのはあの冥福連本拠地。最悪の場合、小僧どもを投入してなお戦力が足りるかわからん危険な任務じゃ。霊級格6《スケールシックス》や怪異《かいい》霊を除霊できるような戦力をみすみす遊ばせておく手はない』

「……っ。そこまで危険な任務だというなら、おばあさま直々《じきじき》に参戦するという手もあったのではないですか？」

『すまんがそれも難しい』

苦し紛《まぎ》れの私の提案を、祖母は小さな溜息《ためいき》とともに却下した。

『国内の混乱に乗じるようにして、沖縄近海に無数の幽霊船団が押し寄せているという話じゃ。まあ大方大陸の連中の仕業《しわざ》じゃろうが、今回は規模が規模でな。元々大陸の道術には未知の部分が多い。念のために儂《わし》が対処するよう国から厳命が下りた。国防の任じゃ。断れんよ』

聞けば北海道近海や日本海周辺でも似たような動きがあるらしく、十二師天《じゅうにしてん》の多くはそちらへの対応を余儀なくされているという。

また、式神を使って複数の戦線を同時展開できるはずの宗谷《そうや》家は連日の無理が祟《たた》り、現在は霊力回復に努めているとのことだった。元々ムラの激しい家系だけに、突入作戦当日に間に合うかは五分五分。そんな戦力を作戦の中心に据えるわけにもいかず、古屋《ふるや》君たちの参戦が推し進められたのだという。

『それになにより、童戸《わらしべ》槐《えんじゅ》を心配する小僧どもの意思が固すぎる。あの激情をおさえつけておくのに割く戦力も乏しいいま、小僧どもの参戦は最早覆《くつがえ》らん』

「ですが……っ」

『楓《かえで》や』

なおも食い下がろうとする私に、祖母が諭《さと》すように告げる。

『確かに、いままでは呪《のろ》いの悪化に繋《つな》がる恐れがあるからと小僧にパーツの真実は伏せておった。それは宗谷家の者どもも同じじゃろう。じゃが晴久《はるひさ》の小僧と宗谷の娘はもう一人前。支え合う仲間もおる。パーツを巡る状況が大きく変わりつつあるいま、むしろ二人にはパーツの真実を知っておいてもらう必要さえあるやもしれん』

「……っ」

『昔から何度も言っておるが、小僧はお主を恨んでなどおらんよ。そんな器の小さい男ではないとお主が一番よくわかっとるじゃろ。じゃから落ち着いて、いざというときに小僧を支えられるよう備えておれ。わかったな？』

「……はい」

有無を言わせぬ祖母の言葉に絞り出すような返事をし、私は通話を切った。

倒れるようにその場に座り込み、うな垂れる。

古屋君の作戦参加はもう覆らない。

おばあさまも、いざとなれば古屋君がパーツの真実を知って構わないと方針を翻《ひるがえ》した。

この状況ではもう、パーツの真実を隠し通すことは難しい。

いやそもそも、古屋君と浅くない交流のある者が新しくパーツに取り憑《つ》かれてしまった時点で、既に運命は決していたのかもしれない。

「……場合によっては、私の口からパーツの真実を古屋君に伝えることにもなりうるわね」

あらゆる事態を想定し、その中でも最悪の予想に私は唇を噛《か》みしめた。

パーツの真実を知ったなら、古屋《ふるや》君はきっとさらに深く私を恨むだろう。

……頭では祖母が言うように、彼がそんな人ではないとわかっている。

だが自分の犯した失敗と、それが彼にもたらした呪《のろ》いの大きさを思うにつけ、彼が私を恨んでなんかいないという考えは、自分に都合の良い妄想にしか思えなかった。

祖母が方針を翻《ひるがえ》した以上、古屋君にパーツの真実を知ってほしくないと願うのは私のワガママでしかない。

彼に恨まれても仕方ないと思いながら、けれどこれ以上は嫌われたくないという愚かな矛盾に身を焦《こ》がし、私はただただその場で無力に祈った。

童戸《わらしべ》　槐《えんじゅ》　救出作戦が上手《うま》くいきますように。童戸槐の身に何事もありませんように。

彼がそのおぞましい真実を知るまでの時間が、ほんの少しでも延びますようにと。

3

目標施設への突入と包囲に携《たずさ》わる退魔師《たいまし》、およそ八百名。

周辺住民へ緊急避難を促す警察官、およそ六百名。

総勢千四百名に及ぶ大規模作戦が展開されるその街は、東京郊外の駅前に広がるなんの変哲もない市街地だった。

八月初旬、午後十時。

それまでまったく槐捜索に関する作戦に参加させてもらえなかったのが嘘《うそ》のような唐突さで突入作戦の第一部隊に大抜擢《ばってき》された俺たちは、学生には場違いな雰囲気の漂うその現場で件《くだん》の建物を見上げていた。

国内最大の霊護団体、冥福連《めいふくれん》の総本部。

『すべての悪霊《あくりょう》は丁寧な対話と供養で成仏させられる』とかいうお花畑の教義にふさわしい、ご立派な建物だ。

大理石のように磨き上げられた外装と荘厳なデザインは、さながら現代風にアレンジされた神殿を思わせる。その神殿めいた巨大建造物は広い敷地の中に何棟も建てられ、幾つもの渡り廊下で複雑に連結していた。

ただの市民団体が保有するにしては大仰《おおぎょう》にすぎる建物だ。

だがここに後ろ暗い人間を多数囲っているというのなら、この迷路要塞《ようさい》めいた拠点にも大いに意味があるのだろう。この綺麗事《きれいごと》を体現したような大拠点は恐らくはじめから、悪事を前提として設計されているのだ。

そんな連中に、そしてそんな連中を隠れ蓑《みの》にするクソ魔族——アンドロマリウスに槐がさらわれてから既に数日。

熟練の手際で進んでいるはずの突入準備に焦《じ》れながら、俺はこれまで何度も繰り返したセリフをまた口からこぼしていた。

「クソッ。槐《えんじゅ》のやつ、無事でいるんだろうな……？」

怪異《かいい》を植え付けられた桜《さくら》に、怪異を強化するために苦しめられた小日向《こひなた》先輩。アンドロマリウスがこれまで行ってきた所業から鑑《かんが》みるに、槐がいまも無事でいる可能性はあまり高くない。

いますぐにでも突っ込んでいきたい気持ちを抑えながら、俺は冥福連《めいふくれん》の本拠地を睨《にら》みあげる。

「うむ、心配だな」

と、いつの間にか隣に来ていた烏丸《からすま》が俺の言葉に同調するように頷《うなず》いた。

「私が直々《じきじき》に縛り上げるのならともかく、加減も節操もない犯罪者に捕らわれた少女などまで興奮できないのだ。一刻も早く槐嬢を助けに行かねば」

珍しく真面目な口調で言う烏丸。

さすがの烏丸もたまには真剣になるんだな。

そう思って隣を見た俺の目に映る烏丸はその整った顔を発情した犬のように上気させ、「はあ、はぁ」と変質者のように鼻息は荒く、ニタニタとつり上がった口角からは涎《よだれ》が垂れていた。

「……って、この状況でなに笑ってんだてめえ！　ふざけてんのか⁉」

「はっ⁉　いや違うぞ古屋《ふるや》！　私だって今回ばかりは大真面目だ！」

呆気《あっけ》に取られた俺が数秒遅れで掴《つか》みかかると、烏丸は「なぜ急に怒られているのだ⁉」とばかりにぶんぶんと首を左右に振る。

「槐嬢のことは本当に心配している！　本当だぞ!?　……ただ、合法的に女呪術師《じゆじゆつし》たちを縛れると思うと興奮を抑えられるわけもなく、いつまで勃っても挿入、いや突入できない焦《じ》らしプレイに期待が高まる一方で……やめるのだ古屋！　その拳骨をどこに振り下ろすつもりだ!?」

「お前のそのふざけた色ボケ頭にだよ！」

「いや本当の本当に私は真面目なのだぞ!?　貴様のように戦闘中股間《こかん》を濡《ぬ》らしてしまわないよう、ちゃんとオムツだってはいてきたのだ！　これでスーツの染みを気にせず術が使え――ぐあああああっ!?」

「あんたはちょっと黙ってなさい！」

と、俺の代わりに烏丸の妄言《もうげん》をぶった切ったのは桜だった。

烏丸を俺から引きはがし、全力の関節技で強引に黙らせる。

「ったく！　ただでさえ変態学生チームってことで敬遠されてるんだから、せめて立ち振る舞いくらいは取り繕《つくろ》いなさいよね!?」

桜は俺たちと同い年ながら、プロの監査官として現場の経験もある退魔師《たいまし》だ。

今回は俺の監視役であると同時に、正規の対人大規模作戦に初めて参加する俺たち実習班の世話役も担っているせいか、烏丸への折檻《せつかん》がいつもより激しい。

……まあ、烏丸の場合は変に真面目になるより興奮してくれてたほうが戦力になるから、折檻《せっかん》もほどほどにしておいてほしいが。

「それにしても……」

いつも通りな烏丸《からすま》に俺が溜息《ためいき》を吐《つ》いていたところ、宗谷《そうや》がぽつりとその疑問を口にした。

「どうして、槐《えんじゅ》ちゃんがパーツに取り憑《つ》かれるなんてことになってるんだろう……」

「……ああ。ホント、どうなってんだっつー話だ」

それもまた、この数日で何度も繰り返されたやり取りだった。

童戸《わらしべ》家主導による、サキュバス王の性遺物降臨の儀。

協会から公表された情報によれば、その儀式の成功によって槐はパーツに憑かれ、幽閉先の大監獄で魔族にさらわれてしまったという。

ありえない、と俺たちは思った。

サキュバス王の性遺物はなぜか協会上層部から異常なまでに危険視されている。

加えてパーツ持ちが邪悪な魔族に狙《ねら》われていることが判明している現況で、手鞠《てまり》さんがそんな儀式に槐を参加させるなんて——それも槐自身が取り憑かれるような采配《さいはい》をするはずがない。

だが実際問題、槐は取り憑かれ、こうしてさらわれてしまっている。

何故。どうして。いくら考えても答えなどわからず、かといって同じ作戦に参加しているはずの手鞠さんとは全く接触の機会がなく、事情を聞くこともままならなかった。

まるで俺たちに会わせる顔がないとばかりに、手鞠さんの配置は俺たちと遠く離れている。

槐の付き人をしていた緑《みどり》さんは魔族の襲撃で負傷し、いまも治療中だという。

こういうときにいつも協力してくれる情報屋の後輩、太刀川芽依《たちかわめい》とも連絡がとれず、俺たちは全員モヤモヤしたものを抱《かか》えたままこの場に立っているのだった。

「ああクソッ。ずっと頭がごちゃごちゃしたまんまだ」

ここ数日ずっと続いているわだかまりを持て余し、乱暴に頭をかきむしる。

と、そのときだった。

「雑念が過ぎるな、古屋晴久《ふるやはるひさ》」

突如、その場の空気が一変した。

突入に備えて霊力を練っていた退魔師《たいまし》たちのまとう雰囲気が一気に引き締まる。

コツン、コツン。

そのピリついた空気を体現したような貫禄を伴ってこちらに声をかけてきたのは、杖《つえ》を突いた和装の老人だった。

……いや、老人、なのか？

杖をついてはいるが、その背筋は俺なんかよりもよほど真《ま》っ直《す》ぐぴんと伸び、足取りはアスリートのようによどみない。白髪交じりの頭髪は老いよりも先に迫力を感じさせ、その鋭い眼光は歴戦の戦士を思わせる厳格な光を帯びていた。

誰に言われるまでもなく直感で理解する。

この人が今回の作戦の要の一人。

日本の近代退魔術と退魔師《たいまし》育成体制の祖である《はじまりの土御門《つちみかど》》の現当主。

菊乃《きくの》ばーさんと並ぶ十二師天《じゅうにしてん》の長老格、土御門晴親《はれちか》その人だ。

確か菊乃ばーさんと同級生って話だからこの人も七十歳のはずだが……全然そうは見えない。

顔の皺《しわ》こそ深いが、四、五十代と言われても信じてしまうほどの気迫を放っている。

「あ、あれ!?」

と、土御門晴親の到着に若干気圧《けお》されていた俺の横で宗谷《そうや》が困惑した声をあげた。

「みんなの顔が見えない!?　首から上にバッテンがついてる!?」

淫魔眼《いんまがん》に取り憑《つ》かれた両目をゴシゴシと擦《こす》り、宗谷が困惑した様子で周囲を見渡す。

「悪いが、視界の一部に制限をかけさせてもらった」

え、と思って土御門晴親を見れば、その左手がいつの間にか印を結んでいる。

「淫魔眼。君の呪《のろ》いは突入部隊の士気と連携に大きく影響するのでね。即席の視界妨害術なので不便はあるだろうが、我慢してもらいたい」

土御門晴親がそう言って堂々と宗谷に対峙《たいじ》するやいなや、周囲の退魔師たちがほっとしたようにヘルメットを脱ぎ捨てる。

……その装備、警察の特殊部隊なんかが突入時によくかぶってる防具かと思ってたけど、純粋に宗谷の淫魔眼対策だったのか。

「うう、淫魔眼が自動で発動しないのはいいけど、なにこの不完全な術……。顔の横にうつる性情報だけ消えてくれればいいのに、これじゃみんながかぶり物してるのと同じじゃん……表情が見えないと上手《うま》くコミュニケーションできない……」

宗谷が自分にかけられた術に大きく不満を述べる一方、俺は純粋に驚いていた。

いままで宗谷の淫魔眼対策として顔を隠すような人はよく見たが、視界を一部制限するなんてピンポイントな術式で対策をした人は見たことがない。

原理的には宗谷の視界に特殊な目隠しをしてるって感じなんだろうが、土御門晴親は先程「即興の術式」と言っていた。

つまり今作戦に宗谷が参加すると聞いてから術を作ったということになる。

いくら術式の扱いに秀《ひい》でた土御門家とはいえ、そんなことが可能なのかと思っていたところ、

「あっ、大師匠！　ご無沙汰《ぶさた》してます！」

先程まで烏丸《からすま》に関節技をかけていた桜《さくら》が折檻《せっかん》を中断し、少し緊張した様子で土御門晴親に丁寧なお辞儀をかます、なんだ大師匠って？　と桜に尋ねると、

「土御門さんは私の師匠の師匠なのよ。私も何度か修行させてもらったことがあって、だから大師匠ってわけ」

「え……桜の師匠って、監査部部長のナギサだったよな？」

ってことはこのじいさん、元十二師天の師匠なのか？

「そういうこと。師匠が生き霊化《りょうか》で弱体化しちゃってるいま、純粋な術式運用技術でいえば間違いなく日本一よ」

……そりゃ宗谷《そうや》封じの術式くらい即興で作れるわけだ。

「ふむ、その身のこなしに研《と》ぎ澄まされた霊力。才能にかまけず、日々しっかりと己を磨いているな」

晴親《はれちか》さんは鋭い双眸《そうぼう》で桜《さくら》を視《み》つつ、実の孫の成長を喜ぶ好々爺《こうこうや》のように「うん。うん」と嬉しげに頷《うなず》く。だがその柔らかい空気が垣間《かいま》見えたのはほんの一瞬。

「さて、先程の話の続きだが——君は雑念に囚《とら》われすぎだ、古屋晴久《ふるやはるひさ》」

「え……あいた!?」

晴親さんは俺に向き直ると、手に持っていた杖《つえ》をぴしゃりと俺の肩に振り下ろしてきた。

「君が先の事件で童戸《わらしべ》槐《えんじゅ》を助け、その境遇に一定の同情心を抱《いだ》いているのは知っている。それは悪いことではない。むしろ退魔師《たいまし》としては当然の心構えといえよう。だが」

研ぎ澄まされた気迫と霊力が俺を圧倒し、その双眸から目をそらせない。

「焦《あせ》りや私怨《しえん》といった雑念は術の精度も体捌《さば》きも鈍らせる。本当に助けたいと思えばこそ、私情は捨てて任務に集中しなさい」

「は、はいっ」

なんだか軍隊の新兵みたいな返事をしてしまった。

十二師天《じゅうにしてん》の中でも上位の実力を持つだろう人物からの一喝《いっかつ》に思わず背筋を伸ばすのだが

——その緊張をほぐすような優しい手つきで俺の肩がぽんぽんと叩《たた》かれる。

「わははっ、そう硬くなる必要はないのだぞ？」

一人の女性がからからと笑って俺の後ろから歩み出てきた。

ゆったりとした袴《はかま》に地味な色の作務衣《さむえ》。

流麗な黒髪をゆるくまとめた以外には飾り気のない、けれど凜《りん》とした雰囲気が特徴的な大人の女性だ。

「土御門《つちみかど》殿は有望な若手を見ると、つい手厳しい激励をしてしまう癖がある。そこの孫弟子君も、土御門殿と初めて会った際にはそれなりに厳しいアドバイスをもらったのではないか？」

言いつつ、女性は桜にちらりと目を向ける。

「え？　ああ、まあ、そういえば……」

「そうだろうそうだろう。此方《こなた》も若い時分は土御門殿に随分と厳しく絞られたものだ」

「……それはいまなお直っていない君の悪癖が原因だろう」

「これは土御門殿、後輩らを前に痛いところを突いてくる」

晴親さんに呆《あき》れたような声を向けられながらも、女性はマイペースな調子を崩さない。

一体何者だこの人……と一瞬だけ戸惑うが、その疑問はすぐに氷解した。

女性の背中に担がれた無数の日本刀。

そしてその綺麗《きれい》なおでこから生えた一対の角が、彼女の血筋を如実に物語っていた。

一般人向けのシンプルなお札からプロ御用達の護符《ごふ》や霊装まで、あらゆる霊具の作製に精通する除霊アイテム製造の大家、《鬼の多々羅刃《たたらば》》現当主、多々羅刃鈴鹿《すずか》。

今作戦を支える三人の十二師天《じゅうにしてん》、その最後の一人だ。

「ん？　なんだ、まだ表情が硬いな。古屋《ふるや》の晴久《はるひさ》よ」

と、晴親《はれちか》さんの小言から逃げるように近づいてきた鈴鹿さんが、いきなり俺の顔をぷにぷにと無遠慮に揉《も》んできた。ふぁ!?

「まあ、過去に世話した少女が危険にさらされているうえに恐ろしいジィ様からのプレッシャーもあれば力も入るだろうが、気負いが過ぎるとろくなことにならんぞ？」

鈴鹿さんは続けて俺の首に腕を回すと、にまーっと無邪気に笑い、

「此方《こなた》を見てみるがいい。霊護団体に巣くう霊能犯罪者相手に拙作の試し切りができると思えば、緊張と高揚が良いバランスで混在するベストコンディションよ」

「試し切りって……」

それはそれでどうなんだ。

多々羅刃家は呪具《じゅぐ》作製に秀《ひい》でたアイテムメーカーの家系。

なかでも当主筋は代々特殊な力を要する〝妖刀〟の作製に秀《ひい》でており、彼女らの作る一振りはその希少性もあわさって億単位の値段がつくことも珍しくない。

そんな家系だけに興味関心のベクトルが霊具作製に偏《かたよ》った職人気質な人物が生まれがちで、今代の多々羅刃家当主も例に漏れず妖刀作りに夢中だってのは噂《うわさ》で聞いたことがあるが……。

俺が鈴鹿さんの発言に若干引いていると、それに同調するように晴親さんも溜息《ためいき》を吐《つ》く。

「その妖刀作りに傾倒しすぎるところさえなければ、君は昔から職務に忠実な良き退魔師《たいまし》なのだがな……」

「わははっ、これは異な事を。妖刀製作に対する情熱を失ってしまっては、此方など平凡ない ち退魔師にすぎんではありませんか」

晴親さんが噂を肯定するような小言を繰り出すが、鈴鹿さんはどこ吹く風。

「まぁ此方を見習えとまでは言わんが、古屋の晴久ももう少し気を緩《ゆる》めるといいぞ」

先程よりも無遠慮に体を密着させ、ばしばしと遠慮なく肩を叩《たた》いてきた。

（多々羅刃っていえば断頭台裁判で俺を吊《つる》し上げたあの堅物眼鏡《めがね》のイメージがあったけど、この人は随分フランクだな……）

思いのほか友好的な鈴鹿さんの態度に少々面食らう。

見た目こそ銃刀法違反の怪しげなお姉さんだが、なんだか気の良い町工場のおっちゃんみたいな雰囲気を感じる人である。

……こちらの緊張をほぐすためとはいえ、綺麗な大人の女性にこう密着されると別の意味で緊張してしまうが。

と、鈴鹿《すずか》さんの比較的慎ましい胸部があたらないよう身をよじっていたとき。

「……あの、多々羅《たたら》さん？　わたしの——じゃなくて、宗谷《そうや》家の人式神にいつまでベタベタしてるつもりですか？」

「は？　ちょっとあんた、いまさらっとお兄ちゃんのこと自分のもの扱いしなかった？」

突如として宗谷が鈴鹿さんに喧嘩《けんか》越しで絡み、桜《さくら》が呼応するように噴き上がる。

「おいお前ら!?　こんなときにいきなりどうしたんだよ!?」

俺はいきなりのことに慌てるのだが、絡まれた張本人である鈴鹿さんは変わらず笑顔。

「よしよし。大きな作戦の前にはそのくらいの空気がちょうどいい」

満足気にそう言うと、ようやく俺から離れてくれた。

なんか、鈴鹿さんに色々と良い具合に引っかき回されっちまったな。

鈴鹿さんの言動に溜息《ためいき》を繰り返す晴親《はれちか》さんからもなんか地味に苦労人オーラを感じてシンパシーが湧いてきたし……。

この人たちとなら安心して槐《えんじゅ》を助けに行ける——そう感じた俺の耳元で、支給品のインカムがザザッと音を立てた。

『突入部隊は全員揃《そろ》ったな』

続けて響くのは、今作戦の指揮をとるナギサの鋭い声。

「っ！」

　瞬間、晴親さんが現れたときとはまた別種の緊張感が現場全体を包みこむ。

『事前の打ち合わせ通り、第一波は土御門《つちみかど》、多々羅刃、宗谷班を中心とした正面玄関チーム。他部隊はその他出入り口から同時に進行。童戸《わらしべ》を中心とした裏口チームは幸運能力による戦場全体のサポートとカスどもの逃走防止がメインの後詰めに徹しろ』

　ナギサのよどみない最終確認がカウントダウンのように鼓膜を揺らす。

『いいかお前ら、敵はゴミだ』

　苛立《いらだ》ちの込められた低い声。

『綺麗事《きれいごと》で一方的に他人をぶん殴っておきながら、裏じゃあやりたい放題のクソ野郎。仕舞いにゃ魔族と手を組んで、年端もいかねぇガキをさらう人でなしのろくでなし。容赦《ようしゃ》はいらねぇあたしが許可する。半殺しまでならバリバリ合法。人質の居場所を聞き出すためなら爪の五本や十本剥《は》がしてやれ』

「相変わらず気性の荒い弟子だ……」

　ナギサの鼓舞に呆《あき》れを滲《にじ》ませながらも、しかし晴親さんを取り巻く霊力は俺が見てもわかるほどに研《と》ぎ澄まされていく。

　鈴鹿さんが荒々しい笑顔を浮かべて背中の日本刀を抜き放つ。

　宗谷が俺の両手にかけられた封印を解き、今作戦のために宗谷家からの持ち出しを特別に許可されたというある式神の存在を確かめるように胸元をぎゅっと握る。

冥福連《めいふくれん》総本部を取り囲む部隊が嵐の前の静けさを体現するように、霊力を内へ内へと練り上げる。

『国内最大の寄生虫《冥福連の総本部》をぶっ潰《つぶ》し、一刻も早く人質を救出しやがれ！　総員、突撃開始――』

ナギサさんが号令をかけた、まさにその瞬間。


――ゴッ！


話し合いですべての悪霊《あくりょう》は成仏する――そんな美しい教義で作られた建物から、ドス黒い奔流《ほんりゅう》が噴き出した。

すべての窓から絶え間なく射出されるのは爆発する呪力の込められた護符《ごふ》の弾幕。

建物をすり抜けて現れるのは霊級格三はあるだろう呪詛精霊《じゅそせいれい》の大軍。

そして天を覆《おお》い尽くすような物量で溢《あふ》れ出すのは、無数の悪霊たちだった。

「っ！　やつら仕掛けてきやがった！　迎撃態勢！」

突撃態勢にあった退魔師《たいまし》たちが一斉に結界を構築する。

だがその連携のとれた堅守は無駄に終わった。

「なるほど、投降する気はないようですな」

「当然だ」

そう短く交わした二人の最大戦力が即座に動いたからだ。

——ガシャアアアアアン！

鈴鹿《すずか》さんの振り抜いた二振りの日本刀が凄《すさ》まじい衝撃と光を放つ。

炎と雷。二種類の広範囲攻撃が混じり合い、空を覆う悪霊軍団をいとも容易《たやす》く焼き尽くす。

一振りごとに多大な霊力を消費し、並の退魔師では数振りで霊力切れを起こしてしまうという多々羅刃《たたらば》の妖刀。鈴鹿さんはそれを嬉々として振りまわし、バテる気配など見せずに悪霊軍団を次々と撃墜していった。

「なにが『妖刀制作をとったらただの平凡な退魔師』だよ……」

鈴鹿さんの暴れっぷりを驚愕《きょうがく》とともに見上げていた俺の隣で——キンッ！

晴親《はれちか》さんがごく小さな動作で軽く印を結ぶ。

次の瞬間、当たり前のように張られたとてつもなく巨大な光の壁が呪詛精霊と護符の弾幕を正確無比に建物内部の呪術師《じゆじゆつし》たちにはね返す。建物内部から呪術師たちの悲鳴が響き、その隙に乗じて結界を解いた退魔師たちが一気に攻撃態勢へと転じていった。

「……いやいや、こんな大規模な呪詛返し、意味わかんないし」

桜《さくら》が晴親さんの力量に圧倒される中、ドゴオオオンッ！

冥福連本拠地の中でも一際でかい一棟が大爆発を起こして崩落していく。

なんだ!?　爆発事故か!?

『手鞠《てまり》のやつ……万が一に備えて序盤は能力抑えとけっつったろうが……』

と、インカムからナギサの愚痴がわずかに漏れ聞こえる。

『チッ、まあいい。これで制圧すべきエリアが一つ減ったわけだ。……それより全員気ぃつけろ！　さっきの悪霊《あくりょう》の数、鹿島霊子《かしまれいこ》も匿《かくま》われてんのは確定だ！　油断すんじゃねえぞ！』

オオオオオオッ！

ナギサの檄《げき》に呼応し、敵の攻勢の弱まった建物に退魔師《たいまし》たちが突撃していく。

晴親《はれちか》さんと鈴鹿《すずか》さんも、先程の反撃などほんの小手調べと言わんばかりの涼しげな顔で駆け出していった。

「古屋《ふるや》君！」

「ああ！」

十二師天《じゅうにしてん》のデタラメぶりにいつまでも驚いてなんかいられない。

ここ数日の鬱屈《うつくつ》を吹き飛ばすように、俺と宗谷《そうや》、桜《さくら》と烏丸《からすま》もその流れに飛び込んでいく。

「ぐ、うううううっ！」

両手の射精感から来る情けない嬌声《きょうせい》を戦場の轟音《ごうおん》で誤魔化《ごまか》しながら、俺はいつでも全力でいけるよう、呪《のろ》われた両腕からそいつを呼び出す。

『わはっ♥　これは凄《すご》いです！　食べ放題です！』

褐色の肌に銀色の髪。

人外の瞳を輝かせたミホトが顕現し、冥福連《めいふくれん》の本拠地を見上げて涎《よだれ》を垂らした。

「ああ、今回ばかりは俺が許す」

変態退魔師扱いされようがドン引きされようがなんでもいい。

「邪魔するやつは全員絶頂除霊《ぜっちょうじょれい》でぶっ飛ばすぞ！」

槐《えんじゅ》を一刻でも早く救い出すため、恥も外聞も捨てて突き進む。

童戸《わらしべ》槐救出作戦。

その長い長い戦いの火ぶたが、いままさに切って落とされた。

4

その可愛《かわい》らしい一室は、冥福連本拠地の奥深くにある小さな隠し部屋だった。

パステルカラーの小物と家具、ふわふわもこもこのぬいぐるみ。

テーブルの上に並べられたティーセットとお茶菓子も部屋の装飾に合わせた可愛らしい一品で、部屋の主《あるじ》――アンドロマリウスは上機嫌にその紅茶を味わっていた。

「あは♥　戦場のど真ん中で飲むお茶はまた格別だね♥」

なにかの爆発音が断続的に部屋を揺らし、退魔師の迎撃に乗り出す呪術師《じゅじゅつし》たちの怒号が途切れることなく響いてくる。

自らの隠れ家が大量の退魔師によって激しく侵攻されている戦いの真っ最中にもかかわら

ず、アンドロマリウスはその戦闘音を楽しむように笑みを浮かべていた。

その一方で、

「……本当に大丈夫なんですかぁ？」

戦場の旋律を楽しむアンドロマリウスとは対照的に、向かいに腰かける人影が懐疑的な声を漏らした。

「協会の戦力が思ったより多いようですが……私、まだ協会なんかに捕まりたくないですよ？」

そう訴えるのは、精巧に作られた一体のラブドールだった。

だがそれはただの喋《しゃべ》るラブドールなどではない。

その中には十二師天《じゅうにしてん》に匹敵する戦闘力を有した最悪のネクロマンサーにしてゴーストフィリア、鹿島霊子《かしまれいこ》の魂が宿っていた。

神族をセフレにしようと紅富士の園に侵攻して返り討ちに遭った彼女は古屋晴久《ふるやはるひさ》たちから逃れるために生き霊《りよう》化し、退魔術返しの術をかけられたラブドール軍団の一体に憑依《ひょうい》。

大量の悪霊《あくりよう》と瘴気《しょうき》が溜《た》まる忌み地《い　ち》《富士の樹海》に潜伏したのち、アンドロマリウスと合流して冥福連《めいふくれん》総本部へと逃げ延びていたのだった。

ゴーストフィリアである彼女の望みは、ネクロマンサーの力で隷属させた霊体との憑依セックスで快楽を貪《むさぼ》ることだけ。

そんな彼女にとって協会に捕まるということは完全な破滅を意味していた。

なにせ監獄では絶対に幽霊とセックスなどさせてもらえない。

監査部のナギサによってネクロマンサーとしての力をしばらく封印されていた鹿島霊子は禁欲の苦しみをこれでもかと痛感しており、協会に攻めこまれているこの状況にはどうにも落ち着かないものがあるのだった。

呪術師《じゅじゅつし》たちをサポートするために放った悪霊を介して戦場を俯瞰《ふかん》すればどこもかしこも予定より遥《はる》かに早く侵攻が進んでおり、それが余計に鹿島霊子の焦燥《しょうそう》を駆り立てる。

だがそんな鹿島霊子の不安を払拭《ふっしょく》するように、アンドロマリウスは軽快に笑った。

「あはは、大丈夫大丈夫。呪殺法師とも協力して、この建物には冥福連の構成員を人柱にした霊的迷路を構築してあるからさ♥　ぱっと見よりもずっと複雑堅固な造りなんだよ。たとえ十二師天といえど、霊視でこの部屋まで一直線に向かうことは不可能なくらいにね♥」

それに――とアンドロマリウスは目の前の鹿島霊子から視線を外し、戦場全体の空気に意識を向けるように頭上を仰いだ。

「ここの呪術師には『話し合いで悪霊を成仏させるべき』って冥福連の〝正義〟を徹底的に叩《たた》き込んである。肉の盾として最後の最後までしっかり働いてくれるさ♥」

アンドロマリウスが言うように、冥福連を拠点にしていた呪術師たちには事前にアンドロマリウスが手を加えていた。

いまの呪術師たちにとって退魔師《たいまし》協会は暴力によって悪霊を苦しめる悪逆の徒であり、粛《しゅく》正《せい》すべき社会悪であり、話の通じない愚かしい蛮族だった。

ただでさえ日頃から協会を目の敵にしている呪術師《じゆじゆつし》たちだ。

植え付けられた正義に基づき、命の限り退魔師《たいまし》協会に抵抗してくれるだろう。

——だが、アンドロマリウスの狙《ねら》いは呪術師たちの徹底抗戦による退魔師協会の撃退などではない。

むしろ彼女は冥福連《めいふくれん》と呪術師たちが完膚なきまでに惨敗してくれることをこそ望んでいた。

それはひとえに、大量の負の感情でこの地域一帯を満たすために。

「ふふふっ♥　人は自分よりも道徳的に劣っているとみなした人間に蹂躙《じゆうりん》されたとき、凄《すさ》まじいまでの怨嗟《えんさ》を生み出す。怒《いか》り、憎悪、無念、悔しさ、惨《みじ》めさ、敗北感」

戦場に満ちていく負の感情を最高のお茶菓子だとばかりに感じながら、アンドロマリウスが人外の笑みを浮かべた。

彼女が正義を愛する理由はここにある。

正義を振りまく人間は躊躇《ちゆうちよ》なく周囲を傷つけ負の感情を放出させるだけでなく、本人が敗北する際には逆恨みともとれるかたちで大量の負の感情を吐き出すのだ。

それが呪術師になれるほど精神力の強い者たちの感情ともなれば、生み出される負のエネルギーは並のものではない。

時が経つに連れて加速度的に濃度を増していく負の感情。

地獄の底のようなその空気をまるで森林浴でもするかのように晴れやかな表情で吸い込みながら、アンドロマリウスは裂けそうなほどに口角をつり上げた。

「うん、そろそろいけそうだ♥」

立ちあがったアンドロマリウスはラブドールに入った鹿島霊子《かしまれいこ》を引き連れ、隣の部屋に通じる扉を開く。

その薄暗い一室にはある特別な結界が張られていた。

対象を封じ込めるだけでなく、その身から放たれる不幸能力をも中和する機能をも有した特殊結界である。

その結界に捕らわれているのは、中学生ほどの幼い少女。

ラッキースケベの右手、アンラッキースケベの左手の力によって《サキュバスの角》をその身に宿し、今回の戦いのきっかけを作り出した童戸《わらしべ》槐《えんじゅ》だ。

「はぁい♥　良い子にしてたみたいだね、槐ちゃん♥」

アンドロマリウスがにんまりと槐を見下ろす。

だが槐は結界内でぐったりとうな垂《だ》れたままぴくりとも動かなかった。

ここに連れてこられた当初は激しく泣き叫んでいたのだが、その様を誰よりも楽しんで観賞していたはずのアンドロマリウス自身が槐の意識を刈り取ったのだ。

（もっとこの子の苦しむ様をじっくり楽しみたかったけど……パーツ持ちをいじめるとヤバ

いって忠告されてるからね……♥）

夢の中で泣いていたのだろう。槐《えんじゅ》の頬《ほお》に残る涙の跡にぞくぞくと体を震《ふる》わせながらアンドロマリウスは自分に言い聞かせる。

正直なところ少し欲求不満ではあったが、どうせこの仕事が終われば上からたくさんのエネルギーがもらえるのだ。そのためには我慢も必要と自分を納得させるように、アンドロマリウスはパンッと手を叩《たた》いた。

「さて、それじゃあ始めようか。いくら霊的迷路が強固とはいえ、もたもたしてると退魔師《たいまし》の連中が踏み込んで来ちゃうからね♥」

鹿島霊子《かしまれいこ》が先程口にした懸念を反復しながら、鳴りあわせた手に魔力を漲《みなぎ》らせる。

その指先が宙に描くのは、人間には解読できない無数の文字列。

霊的上位存在の中でも一定の力を持つ者しか行使できない特別な転移術――魔界への門を開く極大術式のための魔方陣だ。

それは本来、いまのアンドロマリウスに扱える術ではなかった。

元々受肉によって不正に現世へ留まっているアンドロマリウスはエネルギーの補給手段が限られている。加えて彼女は古屋晴久《ふるやはるひさ》との戦闘で予想外の力を消耗し、自分以外の者まで通れる大きさの門を開く手段は残されていなかったのである。

そこでアンドロマリウスが考えた一手は、隠れ蓑《みの》として利用していた冥福連《めいふくれん》を生贄《いけにえ》に捧げることだった。

彼らが蹂躙《じゅうりん》されることで発散される濃密な負の感情を、魔界の門を開くための触媒として利用したのである。

魔族は負の感情を直接摂取してエネルギーに変えることはできない。

だが一部の大規模術式——たとえば魔界の門を開くためのコストを軽減するといった使い方は可能なのだ。

異界への門を開くことができない下等生物——人間にはほとんど知りようのない裏技。

それがナギサの感じた罠《わな》の正体であり、アンドロマリウスが協会に攻め込まれて平然としている理由だった。

「ここに踏み込んでくる以外の選択肢なんかなかったとはいえ、ボクの逃走に手を貸してくれてありがとね♥　退魔師協会の皆さん♥」

今度こそ完全に人間どもを出し抜いて仕事を完遂させられる。

そんな高揚感に酔いしれながらアンドロマリウスは術式の構築を進めていった。

「わぁ……これでようやく、私にも体が戻ってくるんですねぇ」

魔界の門が開く様を見学していた鹿島霊子が感嘆の声をあげた。

使い捨てにする冥福連の連中とは違い、鹿島霊子は槐とともに魔界へ連れ帰り上に紹介する手筈《てはず》になっている。そこでアンドロマリウスのように受肉させ、生き霊《りょう》化による弱体化をリセットした状態で再び現世に連れてくる予定なのだ。

魔界への帰還と引き替えに現世での隠れ蓑《みの》であった冥福連《めいふくれん》を失うのは少々痛手だったが、これから力を取り戻すだろう鹿島霊子《かしまれいこ》と協会に潜伏を続ける呪殺法師がいれば人間の手足は十分。

それに冥福連のような愚かしい組織は放っておいても雨後の竹の子のように次々と湧いてくるのが世の常である。人よりも長い寿命をもつ魔族にとっては、それこそあっという間に代わりの組織が台頭してくるだろう。

つまるところアンドロマリウスは、実質ノーダメージで槐《えんじゅ》の誘拐《ゆうかい》を成功させつつあったのである。

(さあて、これでエネルギーを融通してもらったら、今度こそ叩《たた》き潰《つぶ》してやる……！)

自分に最悪の後遺症を叩き込んだ下等生物——古屋晴久《ふるやはるひさ》と謎の霊体に復讐《ふくしゅう》心を燃やしながら、アンドロマリウスは魔界の門を開くための最終工程に入る——そのときだった。

「あうっ……!?♥」

ズグンッ！♥

アンドロマリウスの下腹部が、突如強烈な疼《うず》きを訴えてきた。

体全体が一気に火照《ほて》り、充血した割れ目が物欲しそうにくぱくぱと蠢《うごめ》く感触。

そして勝手に動き出した割れ目がオムツとこすれるたびに強烈な快感が全身を貫き、あっという間にアンドロマリウスの下腹部をドロドロの愛液で汚していく。

(こ、んなときに大きい波が……っ!!　あうっ!?♥)

それはアンドロマリウスの身体《からだ》に浮かんだ二つの快楽媚孔《かいらくびこう》のうち、ひとつだけを古屋晴久《ふるやはるひさ》に突かれた後遺症だった。

絶頂直前のようなお預け状態が永遠に続き、いくら自分で慰めても収まらない寸止め地獄。

霊的上位存在の中でもそれなりの力を持つアンドロマリウスはそんな状態でもなんとか人前で醜態をさらさないよう自分を律し続けていたのだが、時折こうして巨大な波が来る。

ローターで右乳首と陰核を刺激し、極太ディルドで思い切りアソコをかき回して何十回もイかねば絶対に収まらない、人前で自分を取り繕《つくろ》うなど絶対に不可能な波が。

(さ、いあく……!♥　あと一歩で門が開けるのに、こんな……術式に集中できない……♥)

はぁ、はぁ、と発情しきった顔でアンドロマリウスはへこへこと小刻みに腰を振る。

無論、そんな様子を鹿島霊子《かしまれいこ》が不審に思わないはずもなく、

「?　どうしたんですかアンドロマリウスちゃん。……なんか、私のこと、誘ってるみたいな顔してますけど……?」

ただでさえ余裕がないところに鹿島霊子まで察しよく発情しはじめる。

(まずい……♥　ぐっ!　なんでよりによってこんなタイミングで……!　不幸能力中和結界を解析して、童戸手鞠《わらしべてまり》の幸運能力はこの部屋限定でジャミングできるようにしたはずなのに!)

それともなにか大きな感情のために、童戸手鞠の力が増しているのか。

いや、いまはそんなことを考えている場合じゃない。

アンドロマリウスは一刻も早くその殺人的なムラムラを解消するため、術式構築を中断してその場から駆け出した。

「え!?　どこに行くんですかアンドロマリウスちゃん!?」

「ちょっとトイレに！　大丈夫うん!?♥♥　すぐ戻るひんっ♥　から、その子を見張ってておうっ!?♥♥♥」

オナニー用の道具が隠されたぬいぐるみを幾つか引っ掴《つか》み、アンドロマリウスは一も二もなく部屋を飛びだしていく。

「急にどうしたんですかねぇ……まあ私の仕事にはここの最終防衛も含まれてますから、別にいいですけど」

それにしても霊的上位存在にトイレなど必要なのだろうかと首を捻《ひね》りながら、しかし他にどうすることもできずに鹿島霊子は指示に従う。

自らの影から無数の悪霊《あくりょう》や新しく捕まえた怪異《かいい》霊を呼び出し、一部は呪術師《じゅじゅつし》たちへの援軍、残りは奇襲に供えて部屋の周囲に配置していた——そのときだった。

——キャハッ

「……え？」

なにかいま、笑い声が。

そう思って振り返った鹿島霊子《かしまれいこ》の視線の先で、童戸槐《わらしべえんじゅ》を閉じ込める結界がピシリと、不吉な音を立てて内側からきしみ始めていた。

●

アンドロマリウスにさらわれたその瞬間からずっと、槐は自分を責め続けていた。

どうしてあたしは、もっと早く死ななかったのか。

死のうと思えばいつでも死ねたはずだった。

パーツに憑《つ》かれたその瞬間。監獄に入れられたその直後。

即死術式の札に霊力を流し込めば、それこそすぐに、苦しむことなく死ねたではないか。

そばに手鞠《てまり》様がいたから？　緑《みどり》さんがずっと話し相手になってくれていたから？

……それともまさか、あたしはこの期に及んで、まだ期待していたとでもいうのだろうか。

晴久《はるひさ》お兄さんたちのようにパーツが進行せず、また誰かに誘拐《ゆうかい》されるようなこともなく、平穏な暮らしが送れると、心のどこかで愚かにも期待していたのだろうか。

あれだけのことがあったのに。

橋姫鏡巳《はしひめかがみ》の霊能テロに利用されかけて、自分は生きているだけでリスクなのだと痛感していたはずなのに。せめて最期に誰かの役に立って死にたいと、命を捨てる覚悟で任務に挑んだつもりだったのに。

それなのにどうして自分はまだ生きていて、パーツを狙《ねら》う魔族の手に落ちているのか。

「んふふ♥　ちょっと狭苦しいと思うけど、何日かしたら魔界への門を開ける予定だからさ。少しの間しんぼうしてね♥」

不幸中和結界ごと槐をさらった魔族――アンドロマリウスは冥福連《めいふくれん》総本部の隠し部屋に結界を固定すると、磔《はりつけ》にされて身動きのとれない槐にそう告げて上機嫌に笑みを浮かべた。

そんな魔族に向けて、槐は掠《かす》れた声を漏らす。

「いやだ……いや……もういや……」

「ん？」

その震《ふる》え声に反応し、アンドロマリウスが可愛《かわい》らしく小首を傾《かし》げて近づいてくる。

「お願いですから……あたしを殺してください……」

槐の口から漏れたのは、そんな言葉だった。

「もう、生きてたくなんかない……もう誰も……あたしのせいで不幸にしたくない……っ」

わざわざ即死術式を解除して自分を連れ去った相手に届くはずのない懇願を槐は繰り返す。

ぽろぽろと涙をこぼし、これ以上誰かを苦しめたくないと、これ以上苦しみたくないと惨《みじ》めに頭を垂れる。

……だが。

「ふふっ♥」

槐《えんじゅ》のそんな哀願は、最悪の返答で踏みにじられた。

「あはははははっ♥」

アンドロマリウスはケタケタと笑い声をあげ、目の端に涙さえ浮かべながら笑う。

それは橋姫鏡巳《はしひめかがみ》が浮かべる哄笑《こうしょう》ともまるで違う、ただただ純粋な笑顔だった。

「バカだなぁ♥　ボクら魔族にそんなお願いして、聞き入れてもらえると思ってるの？」

アンドロマリウスは槐の顎《あご》をぐいと持ち上げると、よく言い聞かせるように槐の耳に口を近づけた。

「周りを無差別で不幸にする強力な運勢能力に、パーツを引き寄せる両手の異能。そんな都合の良い力の持ち主をみすみす手放すはずがないだろう？　心配しなくても骨の髄まで利用し尽くしてあげるよ。古屋晴久《あのにんげん》がのうのうと暮らすこの国が滅茶苦茶《めちゃくちゃ》になるまでね♥」

「……っ!?」

あの人間、というのが誰のことか槐にはわからない。

だが否応なく痛感するのは、魔族と呼ばれる目の前の存在が人を超えた悪意に満ちているという揺るぎない事実。

橋姫鏡巳などの比ではない。

本能を超えて、存在の根本から溢《あふ》れる悪意。

絶対に槐を逃がさず、その身に宿る不幸能力やパーツのすべてを最悪の形で扱うだろうことを槐にはっきりと悟らせた。

槐の脳裏によぎるのは、相馬《そうま》家が予言した大災厄の未来。

槐に取り憑《つ》いたパーツが原因で、たくさんの人が犠牲になるという最悪の結末。

「いやだ……いや……いやあああああああああっ!!」

このままでは確実に訪れるだろう未来に槐は泣き叫んで抵抗を試みる。

だが魔族の施《ほどこ》した拘束《こうそく》術が破れるはずもなく、槐の慟哭《どうこく》はなんの意味もなく薄暗い室内に反響し続けた。だがその嘆きの発露さえ、唐突に中断を強要される。

「おっと。少しいじめすぎちゃったかな♥」

パーツ持ちを精神的にいたぶることへのリスクを事前に教えられていたアンドロマリウスが、槐の意識を強制的に刈り取ったのだ。

「もう少し苛《いじ》めてたかったけど……それで魔界に連れ帰れなくなっちゃったら元も子もないからね♥」

そう言ってアンドロマリウスは槐を放置し、冥福連《めいふくれん》へ協会を誘い込む準備に専念していたのだが——

どうしてあたしは、もっと早く死ななかったのか。
あたしなんか、生まれてこなければよかった。

槐《えんじゅ》のその罪悪感は意識を断たれてなお——いや無意識下でこそより苛烈《かれつ》に槐の内面を苛《さいな》み、内へ内へと鬱屈《うっくつ》した自責の念を溜《た》め込み続けていた。
無意識の底——深い暗闇の中で膝《ひざ》を抱《かか》えた槐は、自らを切り刻むような自問自答を繰り返す。

どうしてあたしは、こんなにも愚かなんだろう。
どうしてあたしは、人に迷惑をかけることしかできないんだろう。
どうしてあたしは、まだ生きているんだろう。
どうしてあたしは、こんな風に生まれついてしまったんだろう。

あたしなんかが生まれてさえこなければ、あたしの大好きな人たちが不幸になることなんてなかったのに。

周囲を不幸にするあたしの体質が目覚めたあのとき、お父さんとお母さんは、あたしを動物園に連れて行ってくれる途中で大きな事故に遭った。

お父さんとお母さんを助けようとしてくれたたくさんの優しい人たちが不幸に巻き込まれ、なかには取り返しのつかない怪我《けが》を負った人もいた。

あたしの力を抑えようと駆けつけてくれた童戸《わらしべ》家の人たちが何人も返り討ちにあい、当時の童戸家当主が仕事を放り出してきてやっと事態が収まった。

童戸家当主が任務を中断したせいで、そこでもたくさんの人が被害を被《こうむ》った。

橋姫鏡巳《はしひめかがみ》の事件ではヘリに乗っていた人たちに大怪我を負わせ、晴久《はるひさ》お兄さんや童戸家の人たちに大きな負担をかけた。

そしていま、あたしが生きながらえようとしたせいで、たくさんの人に迷惑がかかっている。

相馬《そうま》家の予言通り、たくさんの犠牲が出ようとしている。

あたしなんかが生まれてこなければ。

あたしなんかがみんなと普通に生きたいだなんて願わなければ。

もしかしたらもう一度お兄さんと会えるんじゃないかと、あり得ない希望にすがって生きながらえようとしなければ。

……あたしさえいなければ。

きっとみんな、もっと幸せだったはずなのに。

「ひぐっ、うぅ」

ぼろぼろと涙が溢《あふ》れてくる。

「うあああぁぁぁぁ……っ！」

自分勝手な涙だとわかっていても止まらない。

この期に及んでまるで自分が被害者であるかのように流れる涙に自己嫌悪が募り、さらに涙が溢れてくる。終わることのない負の連鎖。自分で自分を苛《さいな》み続ける永遠の責め苦が、断たれたはずの槐《えんじゅ》の意識を痛めつけ続けていた。

――ドクン

溢れて止まらないその涙を吸い取るかのような脈動が生じたのは、槐がさらわれてから数日が経った頃――奇しくも協会の救出部隊が踏み込んでくるその日だった。

（――え？）

その違和感は、槐の頭上から生じていた。

胸の奥を締め付けるような、どこまでも深い負の感情。

溢れてやまない自責の念が、脈動にあわせて槐の頭上――サキュバスの角へと集まっていく。

まるで怪異《かいい》の核が負の感情を糧《かて》に力を増していくかのように。

（な、に……？）

――ドクン、ドクン

脈動は時が経つほどに強くなり、槐の中で角の存在感が加速度的に膨《ふく》らんでいく。

その異常な感覚がなにかとても不吉な予感に満ちていることに槐は気づいていた。

自分の中に溢れる負の感情がなにか良くないものの養分になっていると。

だがもう止められない。

自分のせいでたくさんの人が死ぬ。たくさんの人が不幸になる。

そんな自責の念が止まらない。止められない。

深く抉《えぐ》られた傷口から血が止まらないのと同じように、心の奥底から絶えることなく負の感情が溢れ出す。

頭から生えた人外の角が、必死に気持ちを押しとどめようとする槐の努力を踏みにじるように傷口を抉る。性エネルギーがいつまで経っても供給されないことに業を煮やしたかのように、負の感情を貪《むさぼ》っていく。

パーツによる大災害を誰よりも忌避《きひ》する槐の自責が、皮肉にもパーツに力を与えていく。

犯せ……犯せ……犯せ……

次第に頭の中で膨《ふく》らんでいくのは、声とも呼べないような曖昧《あいまい》な音の羅列。

だが槐《えんじゅ》の行動のすべてを支配するほど強烈な力を持ったそれは、槐の生き物としての本能を根底から書き換えるように彼女の内面を作り替えていった。

それはまるで、まったく価値観のあわない他人の願望を植え込まれるような嫌悪感。

（なに……これ……いや……いやだあああああああああっ！）

だがいくら拒絶しようと、その嫌悪感さえ糧として声は大きくなっていく。

強烈なまでの負の感情を吸い取り、抗《あらが》えない速度で槐のすべてを作り替えていく。

身に纏《まと》った服飾ごと、人間よりも高次の怪物へと。

「──キャ、ハ」

やがて。

「キャ、ハ、ハ、ハ、ハハハハハヒヒハッハハハハッハハッ!!」

歪《いびつ》な悦楽に染まる甲高《かんだか》い嬌声《きょうせい》が、人ではなくなったその小さな唇から迸《ほとばし》った。

●

パーツを狙《ねら》い童戸《わらしべ》槐をさらった霊的上位存在、アンドロマリウス。

彼女が見誤ったことは二つ。

ひとつは、槐を不当に奪われた童戸手鞠《てまり》の激しい怒《いか》り。それによる幸運能力の上昇。

もうひとつは、意識を断ってなおパーツの進行を早めるほどに強大だった槐の負の感情。

総じて。

彼女がいままで嬉々として弄《もてあそ》んできた人間の負の感情――そのドス黒い重みを、彼女は甘く見すぎていたのだ。

5

バギャアアアアアア！

それは突然のことだった。

けたたましい笑い声が響いたかと思った次の瞬間、凄《すさ》まじい音を立てて童戸槐を縛っていた結界がはじけ飛んだのだ。

「……っ⁉」

鹿島霊子《かしまれいこ》が瞠目《どうもく》する。目の前の出来事に理解が追いつかない。

（一体なにが……っ⁉　まさか、アンドロマリウスちゃんがいなくなった隙を突いて、童戸槐が逃走を試みたとでも……⁉）

鹿島霊子は一瞬そのような仮説を立てるが、すぐに「あり得ない」と否定する。

童戸槐を捕らえていた結界は、元々自分のような特級霊能犯罪者をも拘束《こうそく》することを想定して作られた固定結界だ。監獄を離れたことで強度は落ちているにせよ、この結界は魔族であるアンドロマリウスが直々《じきじき》に手を加えており、内部に捕らわれた槐《えんじゅ》の身動きを一切封じていた。

もっと言えば、童戸《わらしべ》槐はいまこの瞬間まで完全に意識を断たれていたのだ。

捕らわれていたのがたとえあの得体の知れない霊体を宿した万全の古屋晴久《ふるやはるひさ》だったとしても、拘束《こうそく》を逃れることは不可能なはずだった。

それなのに――と、驚愕《きょうがく》する鹿島霊子《かしまれいこ》が見つめる先で、ソレがゆらりと立ちあがる。

頭から生える一対の角。褐色の肌に色素の抜けた髪。

身に纏《まと》うのは禍々《まがまが》しく変貌《へんぼう》した、かつて洋服だったもの。

金色に輝く人外の瞳がばちりと鹿島霊子の存在を捉えたその瞬間、ニイィ、とつり上がった口角から大量の涎《よだれ》が溢《あふ》れ出した。

「――アハァ♥」

「……っ⁉」

ぞわり、と鹿島霊子の魂が震《ふる》える。

それはまるで、圧倒的な捕食者に餌《えさ》として認識されてしまったかのような感覚。

ネクロマンサーとして圧倒的な力を有する鹿島霊子がいままで感じたことのない怖気《おぞけ》が、いまの彼女の肉体であるラブドールに鳥肌が立ったかのような錯覚を覚えさせる。

「なんなんですか一体……っ！」

もはやほとんど反射の領域で、鹿島霊子は影の中から大量の悪霊《あくりょう》を呼び出していた。

いずれにせよ結界を破壊した童戸槐をこのまま放っておくことはできない。

童戸槐の逃走を阻止するため、鹿島霊子は部屋を埋め尽くすほどの悪霊をけしかける。

オオオオオオオオオオオオッ！

おぞましい怨嗟《えんさ》の声を響かせ、悪霊の濁流が槐に殺到する。

一瞬にしてその小さな姿は悪霊の渦に呑《の》み込まれて見えなくなった。

しかし――ズバァアアアアアッ！

童戸槐を抑え込んでいた悪霊の塊が一瞬にしてはじけ飛んだ。

「な……っ!?」

槐が小枝のように細い腕を振り抜き、力尽くで悪霊の群れを消し飛ばしたのだ。

あり得ない。鹿島霊子は自分の目を疑う。

一体一体の霊級格は低いとはいえ、圧縮された数百体の悪霊の群れはとてつもない力を秘めた怨嗟の坩堝《るつぼ》。天人降ろしとの接続が弱まっていたとはいえ、霊的上位存在である紅葉《もみじ》姫さえ封じてみせた凶悪な拘束術にして拷問《ごうもん》術だ。

それがこんなにもあっさりと破られる。

「……出し惜しみしていられる状況ではなさそうですねぇ」

言って、鹿島霊子は影の中からさらなる戦力を呼び出した。

先程と同じ、部屋を埋め尽くすような悪霊《あくりょう》の大軍。

加えて新たに召喚したのは、三体の怪異《かいい》霊だった。

怪異化した人間が死して未練を増幅させ、この世への執着をひたすらに煮しめた別格の怨霊《おんりょう》。

異常なまでに増幅された未練により、高霊級格の個体は十二師天《じゅうにしてん》にさえ容易に除霊できないとされるしぶとさの怪物。

(紅富士襲撃に連れて行った子たちには劣りますが……それでもこれだけ霊級格の高い怪異霊、そう簡単に振り払えるものではありませんよ……っ)

怪異霊三体を先頭に、再び悪霊の濁流をけしかける。

「……アハ♥」

だが、それはいまの童戸《わらしべ》槐《えんじゅ》にとってなんの脅威にもなりえない。

それどころか彼女にしてみれば、悪霊の群れなど大量の供物が並べられているに等しい状況でしかなかった。

「アッハハハハハハハハハハハ！♥♥」


ズバババババババババババババッ！

悪霊たちの怨嗟《えんさ》をものともしないイカれた嬌声《きょうせい》。

その合間に鳴り響く無数の風切り音。

次の瞬間に巻き起こった出来事は、最早完全に鹿島霊子《かしまれいこ》の理解を超えていた。

『アビャアアアアッ⁉♥♥♥』

『イギイイイイイイッ⁉♥♥♥』

『おほおおおおッ⁉♥♥　イグウウウウウウウウウッ⁉♥♥』

「……は？」

先陣を切った怪異霊三体が童戸槐の元に辿《たど》り着くこともできず、突如として下品な嬌声を響かせ墜落した。

続けて大量の悪霊たちも同じように撃墜。

謎の液体をまき散らしながら全身を病的なまでに痙攣《けいれん》させて地面を転がり回り、何度も何度も断末魔のような嬌声を響かせる。

やがて、呆然《ぼうぜん》とする鹿島霊子の前で悪霊たちは消滅し、それから少しして怪異霊たちも嬌声とともに消え失《う》せる。強烈な快感に怨嗟を洗い流されたかのように成仏してしまう。

あとに残されたのはなにが起きたのかわからずその場に立ち尽くす鹿島霊子。

そしてオードブルを終えてメインディッシュに迫ろうとする童戸槐だけだった。

「ニイィ♥♥」

「ひっ⁉」

あり得ない。

あり得ないあり得ないあり得ない！

こちらに近づいてくる童戸《わらしべ》槐《えんじゅ》だったモノに背を向け、鹿島霊子《かしまれいこ》はがむしゃらに悪霊《あくりょう》を呼び出した。だがそのすべてが謎の風切り音とともに撃墜され、断末魔めいた嬌声《きょうせい》とともに次々と消滅していく。

あり得ない。

低霊級格の悪霊だけならまだしも、怪異霊《かいい》をあの短時間で祓《はら》うなど絶対におかしい。

思い起こされるのは数週間前、除霊不可能として長年封印されていた太古の怪異霊二体を一撃で除霊した古屋晴久《ふるやはるひさ》のふざけた能力だ。

だがいま怪異霊たちを一斉に討ち取った能力は、古屋晴久の持つそれとはあまりに異質、あるいは別格。

万全の自分が相対しても抑えられるとは思えない異次元の力だった。

「……っ！　ここまでの化け物とは聞いていません……っ！」

サキュバス王の性遺物が世界中で危険視されているということは知っていた。

霊的上位存在であるアンドロマリウスさえもパーツの扱いには慎重だったことが印象に残っ

ている。

だがまさか、ここまでの怪物が生まれるとは。

これでは魔界で新たな肉体を授かるどころの話ではない。

鹿島霊子は一目散に逃走を開始した。

残りの悪霊すべてを放出する勢いで時間を稼ぎ、部屋の外を目指して必死にラブドールの両足を動かす。

（ギリギリも良いところですが、なんとか別の隠し部屋に逃げられそうですねぇ）

背後から迫る化け物の気配に怯《おび》えるように悪霊の壁を厚くしながら、しかし逃走の算段がついて一瞬だけ気を緩《ゆる》めた、そのときだった。

——して……帰して……

「……は？」

それは、本来ならばこの戦場で中和しあうはずの槐と手鞠《てまり》の運勢能力のバランスが、アンドロマリウスの施《ほどこ》したジャミングの影響で僅《わず》かに崩れた結果であろうか。

鹿島霊子が憑依《ひょうい》していたラブドールの内側から、かすかな声が響く。

——帰して……私を小林《こばやし》さんたちのところへ帰して……

瞬間、それまで鹿島霊子《かしまれいこ》が操っていたラブドールの動きが明らかに鈍った。

「え?」

ドタン! 派手な音を立て、鹿島霊子はその場で転倒する。

慌てて起き上がろうとするがラブドールの操作が上手《うま》くいかず、さらにはラブドールの内側から響く声はさらに大きくなっていく。

――私のことを大切にしてくれた小林《こばやし》さんたちのところへ、私を帰して。

(これは……っ!? なにか付喪神《つくもがみ》的なものが宿ろうとしているのは気づいていましたが、よりにもよってこのタイミングで……!?)

鹿島霊子が仮の肉体としていた等身大人形の名はサオリさん。

退魔学園《たいまがくえん》に通うモテない男子たちが給金を出し合い共同購入した最高級ラブドールである。

退魔師《たいまし》である彼らが少々偏執的なまでにサオリさんを大切に扱った結果、彼女の体には魂と呼べるものが宿りつつあったのだ。

鹿島霊子はそうした式神に近い霊体もイケる口であったため、これはいい拾い物をしたと放っておいたのだが――小林たちと相思相愛であったラブドールは考え得る限り最悪のタイミングで覚醒。自分をさらった鹿島霊子に決死の反抗を試みていた。

本来ならそのような脆弱《ぜいじゃく》な霊体、鹿島霊子の力をもってすればねじ伏せるのはあまりに容易《たやす》い。だがいまはその一瞬こそが命取りだった。

ズバババババババババババッ！

『『ンオオオオオオオオオオオオッ♥♥!?』』

呼び出していた悪霊《あくりょう》たちは嬌声《きょうせい》をあげて瞬《また》く間に全滅。

ひた、ひた、と背後から迫る小さな足音。

「……っ！」

振り返った鹿島霊子を見下ろすのは、恍惚《こうこつ》の表情で獲物を見下ろす人外の怪物。

「あ、あ、あああ……っ、あああああああああっ！」

それでも無理矢理サオリさんの妨害を打ち破り、鹿島霊子は逃げ出した。だが、

「アハァ♥」

ズバババババババババババッ！

「――っ!?」

無様に逃げ出すその背中に大量の弾丸が撃ち込まれる。

「あ……ああ……」

次の瞬間、

「イギイイイイイイイイイイイイイッ♥♥♥!?!?!?」

悪霊たちの身になにが起きていたのか、鹿島霊子はその魂をもって思い知らされた。

●

「部長！」

その通信が入ったのは、冥福連《めいふくれん》総本部への突入開始からしばらく経った頃だった。

『ああ!?　んだこのクソ忙しいときに！』

戦場全体の機微を把握し細かく指示を出し続けていたナギサは、通信機を片手に司令室へ飛び込んできたその監査官に怒声をあげる。

だがその監査官はナギサの剣幕にも怯《ひる》まず、「いやそれが……」となにやら困惑しきった様子を見せたあと、

「大監獄の奥深くで延命措置を続けていた鹿島霊子《かしまれいこ》の肉体に、魂が戻ったそうです」

『……っ!?　はぁ!?』

「ですがなにやら様子がおかしいようで、すぐに部長へ繋《つな》ぐようにと……」

『いや、おい、ちょっと待て』

いきなりの報告にナギサは呆然《ぼうぜん》と情報を整理する。

鹿島霊子の魂が肉体に戻った？

それはつまり鹿島霊子が憑依《ひょうい》しているラブドールから強制的に除霊されたってことだが

……一体誰に？

鹿島霊子ほどの大物と交戦したなら確実に通信が入るはずだが、いまのところそんな報告はどこからも上がっていない。ましてや除霊したなど。

『……おいおいまさか』

その瞬間、ナギサの中で最悪の想像が駆け巡る。

監査官が持ってきた通信機をひったくり、ナギサは低い声で通信に応じた。

『あたしだ。鹿島霊子の様子がおかしいってのはどういうことだ』

『それなのですが……』

と、緊急連絡をしてきたにもかかわらず口を濁す通信相手にナギサはブチ切れそうになるが、しかしその背後から聞こえてきた異音にその苛立《いらだ》ちを呑《の》み込まざるをえなかった。

『アギイイイイッ♥♥!?　おっ♥♥　死ぬ、死んじゃいま――ヒギイイイイイッ♥♥!?!?』

絶え間なく鳴り響く悲鳴のような嬌声《きょうせい》、ドタンバタンと治療用ベッドの上で肉体が激しく痙攣《けいれん》を繰り返すような騒音。

鹿島霊子の異常に対処しようと慌ただしく走り回る音も聞こえるが、鹿島霊子のものと思われる獣のような嬌声はいつまで経っても鳴り止まない。

『もう十分以上もこの調子で……鎮静剤はおろか鎮静用の術式さえまったく効かんのです。一体なにがどうなっているのか……』

通信相手が困惑と戦慄《せんりつ》に満ちた声を漏らす。

『あひいいいいいっ♥!? 誰かっ、たす……け……オヒイイイイッ♥♥♥!?!?!?』

その合間にもひたすら続く終わりのない快楽の絶叫は古屋晴久《ふるやはるひさ》の持つ絶頂除霊《ぜっちょうじょれい》の効果とも明らかに異なっていて――そうなると鹿島霊子《かしまれいこ》をこのような状態に堕《お》としたモノに、ナギサは一つしか心当たりがなかった。

なんとしても鹿島霊子の身に起きた異常への対処法を確立するよう厳命を飛ばしてから、ナギサは唇を噛《か》みしめ吐き捨てる。

『一応警戒はしてたが……いくらなんでも早すぎんだろ……!』

あり得ない。だがそれ以外考えられない。

ナギサはいまも前線で槐《えんじゅ》の無事を祈っているだろう手鞠《てまり》のことを考えて一瞬躊躇《ちゅうちょ》しながら、しかし戦場に展開する全部隊へ指揮官として冷徹に警告を飛ばす。

『全員気をつけろ！ そこにはいま――』

6

二人の十二師天《じゅうにしてん》を中心とした突入部隊は電光石火の勢いで冥福連《めいふくれん》の拠点を突き進んでいった。

次々と現れる呪術師《じゅじゅつし》は即座に討ち取られて後続の退魔師《たいまし》へとパス。入念な拘束《こうそく》と霊力封じの術がかけられたあと、即座に建物の外へと運ばれていく。

その手際の良さはミホトが『ちょっと!? 食べ放題かと思ったのに話が違うじゃないですか!?』と活躍できずにふて腐れるほどだ。

途中、敵が槐を捕らえる不幸中和結界を解除したのか、戦場全体で手鞠さんの幸運能力が中和される一幕はあったものの、元々優勢だった俺たちへの影響はほとんどなかった。

最早流れ作業に近いそんな快進撃が続いてしばらくが経った頃。

「そこまでだ協会のクソどもがあああああああっ！」

長大な通路を渡って俺たちが踏み込んだのは、講演や集会に使っているのだろう広大なホール。そこで待ち構えていたのは、いままでの呪術師とは明らかに格の違う女呪術師を中心とした迎撃部隊だった。

「これって……絶対領域!?」

霊級格《スケールフォー》4に近い式神二体と取り回しの効く霊級格《スケールツー》2程度の式神を数体操っていた宗谷《そうや》が警戒しながら周囲を見回す。

「それも橋姫鏡巳《はしひめかがみ》に匹敵するレベルの領域って……どんだけ呪術師の層が厚いのよ！」

宗谷に同調するように桜《さくら》が独鈷杵《とっこしょ》を構え、鋭い目つきで警戒を強めた。

二人の視線を追ってみれば、ホールは明らかに時空がねじ曲がったように天井が広い。

俺たちが突入してきたのとは別の通路――他のエリアに繋《つな》がるのだろう長大な渡り廊下も蜃気楼《しんきろう》のように歪《ゆが》み、術者を倒さなければ先に進めないのは明らかだった。

だがその術者本人の姿も蜃気楼《しんきろう》のように歪《ゆが》み、こちらからの攻撃が届くようには見えない。

絶対領域——膨大《ぼうだい》な手間と時間をかけて術式を組み込んだ特定の空間限定で術者の能力を底上げする待ち伏せ型の強力な術式の登場に、突撃部隊の間で緊張が高まる。

「要はこっからが本番ってことかよ……っ！」

「そういうこったクソカスども！　調子に乗ってここまで踏み込んできたことを後悔しやがれ！」

俺の呟《つぶや》きに呼応するかのように女呪術師《じゅじゅつし》が下品な声をまき散らす。

上等だ犯罪者どもが、と俺たちが絶対領域の攻略に乗り出した、そのときだった。

——カカカンッ！

「……は？」

その間抜けな声は俺か桜《さくら》か、はたまた自信満々に俺たちを迎え撃った女呪術師たちのものか。

あるいはその場にいたほとんどの者の口から同じような声が漏れていたかもしれない。

なぜなら杖《つえ》を床に打ち付ける軽快な音が響いたとほぼ同時に、その強力な絶対領域が突如として消え失《う》せたからだ。

「なんだ。随分と自信があるようだから久々に骨のある者と術比べができると思えば……」

コツン、コツン。

誰もが呆気《あっけ》に取られる中、杖をついて俺たちの前に歩み出た老人——土御門晴親《つちみかどはれちか》が顎《あご》をこすりながら教師のような口調で告げる。

「〝絶対〟領域というには随分と安いな。これではぶつかり稽古にもならんぞ？」

土御門晴親が一瞬にして敵の絶対領域をかき消した。

頭では理解できても心が追いつかないその事実に、誰もが唖然《あぜん》として時を止める。

「あ、あたしたちがいままで散々苦労して攻略してきた絶対領域って一体……」

俺よりもよほど晴親さんの所業の凄《すさ》まじさを痛感しているらしい桜が新手の怪異《かいい》にでも遭遇したかのように声を漏らし、

「ざ、ざっけんなバケモンがあああああ！」

錯乱したかのように女呪術師が絶叫した。

「まったく。最近の若者は術式だけでなく言葉遣いもなっていないな」

言って晴親さんが問答無用で女呪術師を無力化しようとした、そのときだ。

『オオオオオオオオオオッ！』

通路の奥から凄まじいプレッシャーを放つ強大な影が姿を現した。

それは禍々《まがまが》しい気配をまき散らす二体の怨霊《おんりょう》。

隣で息を呑《の》む宗谷《そうや》いわく、霊級格《スケールフォー》4相当の怪異霊だった。

「ひゃっ、ひゃっはははははは！　良いタイミングで増援が来やがった！　いけえ！　全員呪《のろ》い殺してやれ、鹿島霊子《かしまれいこ》の性奴隷《どれい》ども！」

先程まで絶望の表情を浮かべていた女呪術師《じゆじゆつし》が一気に息を吹き返す。

「鹿島霊子のやつ、またこんな厄介《やつかい》な悪霊《あくりよう》を……っ！」

紅富士の園で相対したヤツほどではないにしろ、その瘴気《しようき》は全身から汗が噴き出すほど禍々《まがまが》しい。

俺はほとんど反射的に、快楽点ブーストをかけるべく自身の身体《からだ》に快楽媚孔《かいらくびこう》を探していた。

怪異霊《かいい》は並の方法では除霊できず、高霊級格なものは本気の天人降ろしが攻撃を仕掛けても滅せない。可能な限り早く絶頂除霊《ぜつちようじよれい》で突くべきだと判断しての行動だったのだが——

「鈴鹿《すずか》」

「承知した」

——ダッ！

俺が自分の快楽媚孔を突くより早く、晴親《はれちか》さんの合図にあわせて飛びだす紺色の袴《はかま》。

二体の怪異霊を前に一切の躊躇《ちゆうちよ》なく、一振りの妖刀を携《たずさ》えた鈴鹿さんが敵に肉薄したのだ。

同時に晴親さんが護符《ごふ》を投擲《とうてき》。

床に浮かび上がった紋様が光を放ち、悪霊たちの動きを瞬《また》く間に封じ込める。

「お見事っ」

鈴鹿さんは晴親さんの手際を端的に称賛すると、両手で握った刀を振るう。

「妖刀《八岐大蛇《やまたのおろち》》」

ザシュ！

一閃《いっせん》。二閃。

瞬間、二体の怪異霊が幾つもの斬撃によってバラバラに解体される。

妖刀《八岐大蛇》。

その能力は一刀八撃。霊力の刃を射出することにより、一振りで八つの斬撃を生み出すことができる妖刀だ。そんな常識外れの攻撃を受けた二体の怪異霊は即沈黙。サイコロステーキのように地面に転がる。

しかし怪異霊の強みはそのしぶとさ。

肉片と化してなお元の姿に戻ろうと怪しく蠢《うごめ》くのだが――キンッ！　ズガン！

無数の肉片ひとつひとつが結界に覆《おお》われ、さらに結界内部で肉片にトドメを刺すかのように圧縮された霊力が爆発を引き起こす。

「ふむ。再生は阻害できても、やはり怪異霊を完全に滅するのは難しいか。……古屋晴久《ふるやはるひさ》」

「あ、はい」

バラバラになった怪異霊にえげつない追撃を仕掛けていた晴親さんが、十二師天《じゅうにしてん》二人の一方的な蹂躙劇《じゅうりんげき》に唖然《あぜん》としていた俺を呼ぶ。

「トドメをお願いしよう」

「あ、はい」

俺は結界の中で焼け焦《こ》げたようになっている肉片を凝視する。

快楽媚孔《かいらくびこう》の光る肉片を二つ発見。駆け寄ると、晴親《はれちか》さんが結界を解除するのにあわせて快楽媚孔を突いた。

『んほおおおおおおおおおおっ❤❤❤!?!?!?』

ぶしゅうううっ！

肉片たちは謎の液体をまき散らして痙攣《けいれん》。その場であっさりと消滅してしまった。

か、怪異《かいい》霊の除霊がこんな簡単に……。

あまりの事態に俺たちは最早言葉もない。

敵の呪術師《じゅじゅつし》たちに至っては狐《きつね》に化かされたかのような表情でしばらく放心していたが、

「じょ、冗談じゃねえ！　撤退だ、撤退！　怪異霊を瞬殺するような連中とやりあえるか！」

リーダー格である女呪術師がハッと我に帰り、配下を引き連れ背を向ける。

だが、

「ぐへへへっ！　悪女のくっ殺顔ほどそそるものもない！　光縄乱緊縛《こうじょうらんきんばく》！」

その敗走する姿に興奮したかのような声が響き、女呪術師の体が光る縄によって拘束《こうそく》された。

拘束した呪術師を連行するため、一時的に後続へ下がっていた烏丸《からすま》が追いついてきたのだ。

突如リーダー格が無力化されたことにより呪術師たちは大混乱。

烏丸が引き連れてきた後続退魔師《たいまし》たちの手により、十二師天《じゆうにしてん》のデタラメな戦闘でほとんど戦意喪失していた呪術師たちは次々と拘束されていく。

そんな中、非常識な戦闘を繰り広げた十二師天たちはといえば、

「ふうむ。コンセプトは良かったのだが、防御などろくに考えない悪霊《あくりよう》相手に一刀八撃は少々火力過剰か。霊力を食い過ぎる。斬撃の性質を峰打ちなどの打撃に変更して、対人戦における牽制《けんせい》と制圧を目的にすれば使える場面も増えるだろうか」

鈴鹿《すずか》さんはなにやら自動メモの機能を持つらしい霊具を前にぶつぶつと武器の改良点をまとめており、妖刀製作へのフィードバックに余念がない。

「すまんな。普段は霊力の節約と後進育成のためにここまで前に出ることはないのだが、今回は速度が命。君たちは乱戦にでも備えて力を温存しておくように」

晴親さんは俺たちのほうを振り返ると、引率の先生のように謎のフォローまでしてくれた。余裕綽々《よゆうしやくしやく》である。

そして二人の十二師天はより多くの呪術師が守りを固めているらしい通路を選択すると、休むことなく拠点攻略を再開していく。

（……これで戦力不足？）

破竹の勢いで進んで行く二人の背中を追いかけながら、俺の脳裏に純粋な疑問が浮かぶ。

俺たち学生チームがこの作戦の中心として大抜擢《ばつてき》されたのは、指揮官であるナギサが戦力不

足を心配したからだと説明されている。そのナギサに言わせれば、パーツ持ちである俺たちが参加してなお戦力には憂《うれ》いがあるとのことだった。

だがいまの状況を鑑《かんが》みるに、戦力不足どころかオーバーキルもいいところだ。

たとえこの先に鹿島霊子《かしまれいこ》とアンドロマリウスが待ち構えていたとしても負ける気がしない。

敵に奪われる可能性もあるため使い所は慎重に、と念を押されていた宗谷《そうや》の切り札もこれでは出番がないだろう。

それほどまでに、俺たちの進撃は順調だった。

これなら確実にアンドロマリウスが逃げ出す間もなく施設を攻略できる。

槐《えんじゅ》を確実に救い出せる。

（けど、こうやって油断してるときが危ねえんだよな……っ！）

より確実に槐を救い出すため、快勝に気を緩《ゆる》めないよう自分に気合いを入れ直す。

と、そのときだ。

まさに俺が懸念していたとおり、次のエリアに向かおうとする俺たちを妨害するようにして、ホールに大量の呪術師《じゆじゆつし》が流れ込んできた。

女呪術師の絶対領域が破れたときのためにあらかじめ待機していたのだろう。

四方の通路から現れた呪術師たちは進路を塞《ふさ》ぐようにその場で呪的陣地を構築。俺たちをタコ殴りにするための包囲網が形成され、四方八方から攻撃が飛んでくる。

「そら、早速乱戦だ」

晴親《はれちか》さんが短い激励を発し、俺たちもそれに応えるように臨戦態勢《りんせんたいせい》に切り替える。

「んあああああああっ♥♥！」

「「……」」

宗谷と桜《さくら》が赤面するのもスルーし、乱戦のドサクサに紛《まぎ》れて俺は快楽点ブーストをかけた。


そのときだった。


『……え？』

大量の敵戦力を前に『やっと食べ放題です！』とはしゃいでいたミホトが小さく声を漏らし、明後日《あさって》の方向を凝視しはじめたのだ。

人外の両目はかっと見開かれ、滑《なめ》らかな銀髪が静電気を溜《た》め込んだかのように膨《ふく》れあがる。

『近づいてくる……これは……この気配は……っ!?』

「ミホト……？」

いままで見たことのないミホトの様子に気をとられていたその直後。

次々と呪術師が流れ込んでくる通路の奥から、妙なざわめきが聞こえてきた。

怒号。悲鳴。呪術の炸裂《さくれつ》する激しい交戦音。

そして――

「なんだあいつ!?　やっちまえ……っ!?　んあああああああああっ♥♥!?」

「ちょっ、なんなのこれ――おごおおおおおおおおっ♥♥!?」

「いぎぃいいいいいいっ♥♥!?」


戦闘音を塗りつぶすようにして、加速度的に割合を増していく淫《みだ》らな嬌声《きょうせい》。

その耳を疑うような不協和音は次第に大きくなり――明らかにこのホールへと近づいていた。

「な、んだ……!?」

ホールで乱戦を繰り広げる全員が――退魔師《たいまし》だけでなく呪術師《じゅじゅつし》たちまでもが困惑と警戒を強めはじめたその直後、インカムがザザッとノイズを響かせた。

『全員気をつけろ！』

酷《ひど》く逼迫《ひっぱく》したナギサさんの叫声。

『その戦場にはいま――』

だがその警告が最後まで俺たちの耳に届くことはなかった。

ズバババ

バババババババババババババッッッ!!

凄《すさ》まじい風切り音が戦場を蹂躙《じゅうりん》した。

「「「うあああああああああああああああっ!?」」」

「みんな伏せろおおおおっ!?」

ズガガガガガガガガン!

続けて響くのは敵味方を問わない悲鳴。

まるで散弾銃がぶっ放されたように壁や柱のはじけ飛ぶ轟音《ごうおん》。

いや、〝まるで〟じゃない。それは確かに銃撃だった。

快楽点ブーストで加速した視界が捉えたのは無数の弾丸。

嬌声の響き続ける通路からとてつもない数の弾丸が飛来し、ホールを襲撃したのだ。

濃密な弾幕は射線上の退魔師と呪術師を無差別に呑《の》み込み、乱戦状態だった戦線を完全に吹き飛ばす。

「な、なんなのよ一体!?」

「あ、あわわっ。危なかったのだ……女呪術師の尻《しり》を追っかけてあと一歩踏み込んでいたら……」

「みんな大丈夫!?」

銃撃が収まったのを確認した桜《さくら》が立ちあがりながら悪態を吐《つ》き、烏丸《からすま》がうずくまったままヘタレた声を漏らす。宗谷《そうや》が式神の盾で次の銃撃を警戒しながら俺たちの無事を確認するように周囲を見回していた。

「俺らは大丈夫だ！　それより銃撃を受けた人たちが――」

俺は言いつつ突然の攻撃を受けた人たちに首を向けるのだが……そこにはおかしな光景が広がっていた。

強烈な銃撃を受けたはずの人たちが、ぽかんとその場に座り込んでいるだけだったからだ。

「な、なんだ？　壁や床を粉砕するような威力のわりに全然痛くないぞ……？」

攻撃を食らった人たちは俺たち以上になにが起きたかわからない様子で、そのまま立ちあがろうとする。

だがその身体《からだ》中にめりこんでいた弾丸――小さな角のような破片がふっと消え去った直後。

その場に地獄が現出した。

「え――」

人々の身体がひくりと小さく震《ふる》えたかと思った次の瞬間、

「「「あびゃあああああああああああっ♥♥♥!?!?!?!?」」」

弾丸を食らった百人近い人々が一斉に、悲鳴のような嬌声《きょうせい》をまき散らした。

床の上で激しい痙攣《けいれん》を繰り返してのたうち回り、身体中の穴から体液という体液をまき散らす壮絶な光景。

「な、んだこりゃあ……!?」

俺の口から思わず声が漏れる。

絶頂除霊《ぜっちょうじょれい》による強制絶頂と似たような――だがいつまで経っても終わらない強制絶頂地獄を前に、被弾を免《まぬか》れた人々の思考が停止する。

「「……っ」」

だが、
そんな中でも十二師天《じゅうにしてん》二人の行動は迅速《じんそく》だった。

被弾した退魔師《たいまし》の元へ即座に駆けつけ、凄《すさ》まじい手際で幾つもの対処術式を施《ほどこ》していく。

「なんで……!?」

傍で晴親《はれちか》さんの処置を補佐していた退魔師の一人が掠《かす》れた声を漏らした。

「なんで晴親様の術式が効かないの!?　治癒も、解呪《かいじゅ》も、鎮静も!?　どうなってるの!?」

鳴り止まない嬌声を貫くように響く悲鳴が状況の異常さを物語る。

十二師天でも対応できない霊障《れいしょう》――呪《のろ》い。

「それって……!?」

俺の口から思わず声が漏れる。

十二師天でも対処できないと判明した異常霊障に恐怖とパニックが広がっていく。

だがそんな混乱と混沌《こんとん》が場を支配しようとする中、

「土御門《つちみかど》家当主の術式でさえ通用しない猥褻《わいせつ》な霊障《れいしょう》……晴親《はれちか》殿、これはよもや……!?」

「……っ！　全員傾聴!!　至急防御を固め、先程の攻撃を絶対食らわぬように！　同時に、いま被弾した者の保護を――」

なにかを察したように鈴鹿《すずか》さんが鋭く囁《ささや》き、晴親さんが確固たる意思をもって指示を飛ばす。

戦場でもよく響いて部隊の混乱を鎮める晴親さんの声はしかし次の瞬間、いとも容易《たやす》くかき消された。


「キャッハハハハハハハハハハハッハハハハハッハハハハハハハ♥♥!!」


「「っ！」」

その黒い影は退廃的な快楽に染まった甲高《かんだか》い笑い声を響かせ、通路の奥からとてつもない速度でホールに突っ込んできた。

快楽点ブースト状態の俺でさえギリギリ反応できるかどうかの異常な速度。

ほんの一瞬、退魔師《たいまし》たちへの指示を優先して隙を晒《さら》した十二師天《じゅうにしてん》二人はそれでも驚異的な反射で迎撃の姿勢を見せていたのだが――黒い影による攻撃のほうがわずかに速かった。

グシャアアアアアッ!!

「「――っ!!」」

悲鳴すらない。快楽点ブースト状態の俺が注意を促す間もなく、今作戦の最高戦力二人が突然の乱入者に殴り飛ばされる。

ボッゴオオオオオオオオオオオオオオオオオン!!

二人が壁に叩《たた》き付けられた衝撃で何本もの柱と壁が吹き飛び、彼らの姿は瓦礫《がれき》に埋もれて見えなくなる。ぐったりと動かない手足だけがかすかに瓦礫の山からのぞいていた。

「な……あ……」

あり得ない展開の連続に、誰もが混乱の極地に叩き落とされる。

敵対しているはずの呪術師《じゅじゅつし》たちでさえ言葉をなくして棒立ちになり、退魔師たちの間からは「晴親様⁉　鈴鹿様⁉」と絶望の悲鳴が連鎖した。

だが俺は――俺たちは。

十二師天が一瞬でやられたこと以上の衝撃に、ただただ呆然《ぼうぜん》と立ち尽くしていた。

二人の十二師天を排除し、まるでこの場の支配者のようにホールの真ん中に降り立つ一体の人影を凝視する。

露出度の高い禍々《まがまが》しい衣服に身を包んだ褐色の肌。

人外の光を宿す金色の瞳。

色素の抜けた髪の隙間からは太く捻《ねじ》れた一対の角が生えている。

俺に取り憑《つ》く謎の霊体――ミホトを連想させる人外の姿をしたそいつはしかし、俺たちのよく知っている顔立ちをしていた。

「槐《えんじゅ》……!?」

信じがたい光景に声が震《ふる》える。

宗谷《そうや》と桜《さくら》が愕然《がくぜん》とした様子で息を呑《の》み、烏丸《からすま》さえも余計な軽口を叩《たた》けずに目を見開く。

「お前なんで……なにが……!?」

アンドロマリウスに怪異《かいい》でも植え付けられたのか。

それともなにか危険な呪具《じゅぐ》や暗示でも使われたのか。

変わり果てたその身を案じ、退廃的な笑みを浮かべる槐に呼びかける。

けれどその声が槐に届くことはなかった。

「アハァ♥」

ズバババババババババ！

「っ!?」

返事の代わりに返ってきたのは無数の弾丸。

一対の角から射出された破片が、無差別に周囲を銃撃した。

百人以上もの人間を絶頂地獄に追いやった弾幕は、あの角から生み出されたものだったのだ。

「うわあああああああああっ!?」

「きゃああああああああああっ!?」

全方位に放たれた凶弾の密度は先程の弾幕よりもずっと薄い。

しかしその弾丸は恐ろしいことに並の結界など易々《やすやす》と破壊する威力をもっており、防御を固めていた人々の術を次々と貫通。少なくない人数が新たな餌食《えじき》になる。

ホールを満たす嬌声《きょうせい》の数が次々と増えていく中、快楽媚孔《かいらくびこう》の力でギリギリ弾幕を避けた俺は必死に叫んだ。

「大丈夫か宗谷《そうや》！　桜《さくら》！　あと烏丸《からすま》！」

「ど、どうにか！　けどなんか、式神がすぐダメに……！」

見れば宗谷たち三人が盾に使っていたらしい霊級格《スケールフォー》4の式神には幾つもの破片が突き刺さっており、アへ顔を晒《さら》しながら痙攣《けいれん》を繰り返していた。

だが絶頂除霊《ぜっちょうじょれい》を食らったときのようにすぐ消滅することなく、なんとかかたちを保っている。

「マジでなんなんだこの能力……!?」

ミホトに似た姿となった槐《えんじゅ》が放つ、絶頂除霊の上位互換のような範囲攻撃。

だがどうやら式神には効き目が薄く、一方で人間が食らえばいつまで経っても激しい絶頂が終わらない謎の持続性を発揮している。

恐らくはパーツの力なのだろうその攻撃特性がなんなのかまったくわからない。

わかるのはとにかく、その銃弾を食らえば（人としても）終わりということだけ。

「ぐっ！　考えてても仕方ねぇ！　槐を止めるぞ、ミホト！」

晴親《はれちか》さんと鈴鹿《すずか》さんが倒れた以上、いまの槐に対抗できるのはミホトだけだ。

槐の身に一体なにが起きているのか。能力はなんなのか。

わからないことだらけだが、火を見るよりも明らかなのは一刻も早く槐を除霊してやる必要があるということだけ。

これ以上被害者を増やさないため、槐を救い出すため、背後でたゆたうミホトを振り返る。

――だが。

『あ……ああ……ッ』

いつもなら食事の時間だとかなんとか言ってはしゃぐはずのミホトが、青ざめた顔で槐を凝視していた。

「ミホト……!?」

槐の接近を感知した先程の比ではない。

俺の両手に憑依《ひょうい》しようともせず、愕然《がくぜん》とした表情でガクガクと震《ふる》えていたミホトは突如として頭をかきむしると、

『アアアアアアアアアアアアアアアアッ!?』

その瞳に涙を浮かべてけたたましい絶叫を響かせた。

「っ!?　ミホト!?　どうしたんだお前、大丈夫か!?　おい――」

と、ミホトへ呼びかけた俺の声は途中で途切れた。

「ぐ、あああああああああああっ!?」

突如、凄《すさ》まじい頭痛と目眩《めまい》が俺を襲ったからだ。

ガン！　ガン！　ガン！　ガン！

バットで殴られたような激痛が頭の中を満たし、視界が回る。とても立っていられない。

その場に倒れ込んだ俺がミホトを見上げると、悲鳴をあげるミホトは俺と同じように頭を押さえており、その表情は痛みに苦しんでいるように見えた。

俺の頭痛と目眩がミホトにリンクしている——いや、これは……!?

（ミホトの異常が、俺にリンクしてる……!?）

ミホトが先に苦しみだしたことからそう推測する俺の頭に、続けて流れ込んできたのはなにか膨大《ぼうだい》なイメージ。

「な、んだこれ……!?」

殺風景な風景や見知らぬ人々の喧噪《けんそう》——よくわからない断片的な情報が次々と頭の中に流れ込み、頭痛と目眩はさらに酷《ひど》くなっていく。

そして痛みが増していくとともに、ひとつの情報が明確なかたちとなって脳裏に弾けた。

まるでいままで忘れていた記憶を思い出すかのように、そのふざけた文字列が俺の脳内ではっきりとかたちづくられる。

槐《えんじゅ》の身体《からだ》に巣くうは、サキュバス王が有する特殊感覚器官《サキュバスの角》。
その能力は――感度三千倍。

7

感度三千倍。

突如として頭に浮かんだそのふざけた情報と引き替えに、頭痛と目眩はなおも続いていた。

苦し紛《まぎ》れに自分の快楽媚孔《かいらくびこう》を突くも、快楽で痛みが軽減することもない。

痛みと不快感に耐えきれず、ミホトと一緒に倒れたままの姿勢で頭を抱《かか》える。

「古屋《ふるや》君!?」

「お兄ちゃん!?」

俺の異常に気づいた宗谷《そうや》と桜《さくら》が、式神を弾よけにしながら駆け寄ってくる。

だが最悪なことに、俺の異変に反応したのは宗谷たちだけではなかった。

「……ウゥ?」

槐だ。

それまで無差別に弾丸をバラまいていた槐がミホトの叫喚《きょうかん》に呼応するかのようにこちらを振り向く。

「……アハァ♥」

そして、ミホトのことを十二師天《じゅうにしてん》級の脅威とでもみなしたのか。

最初に晴親《はれちか》さんと鈴鹿《すずか》さんを排除したように、拳を握ってこちらに襲いかかってきた。

「アッハハハハハハハハハ♥！」

「う、ぐぅ！」

目眩《めまい》で平衡感覚さえ危うい中、俺はどうにか地面を蹴《け》った。

快楽点ブーストの力も借り、異常な速度で突っ込んでくる槐《えんじゅ》の攻撃を読んで身体《からだ》を捻《ひね》る。

が、避《よ》けきれなかった。

「ぐああああああああああっ!?」

ミホトや南雲《なぐも》に匹敵する膂力《りょりょく》が振るわれ、掠《かす》っただけでズタボロに吹き飛ばされる。

頭痛と全身打撲でいよいよ身体がまともに動かない。

そんな俺にトドメを刺そうと、槐がノンストップで迫ってきた。

「お兄ちゃん!!　危ない逃げて！」

俺が吹き飛ばされた先がちょうど宗谷《そうや》たちのいる方角だったのだろう。

式神の陰から猫のような俊敏さで飛びだしてきたのは桜《さくら》だった。

一瞬にして何重もの結界を構築し、俺と槐の間に立ちはだかる。

「さく……やめ……っ！」

まともに呼吸もできない喉《のど》で無理矢理叫ぶが、その制止はあまりに遅すぎた。

バギャアアアアアアン！

「がっ⁉」

「桜‼」

粉々に砕け散る結界。肉と骨の軋《きし》む異音。悲鳴。

くの字に折れ曲がった桜が冗談のような勢いで後方へ殴り飛ばされた。

「え……ぬああああああああああああっ⁉」

ドゴオオオオン！

「桜ちゃん⁉　葵《あおい》ちゃん⁉」

背後で烏丸《からすま》と宗谷の悲鳴があがる。

殴り飛ばされた桜が宗谷の式神を貫通し、烏丸を巻き込んで壁へと激突したのだ。

式神と烏丸がクッションになって致命傷は免《まぬか》れたようだったが、桜は烏丸とともに気絶。

「う、うああああっ！　うああああああっ！」

宗谷が涙目になりながら治癒用の護符《ごふ》を手に二人へ駆け寄り、こちらにはありったけの式神を飛ばしてくる。

槐から俺を守ってくれようとしているのだ。

けど――グシャアアアアアッ！

俺を運んで逃がそうとしていた式神も、槐に対峙《たいじ》して時間稼ぎしようとしていた式神も、槐が振りまわす細腕によって瞬時に引き裂かれた。

ぼとっ、とその場に落とされた俺は力の入らない四肢《しし》で地面を掻《か》きながら歯を食いしばる。

「アハァ♥」

見上げればそこには退廃的な笑みを浮かべた槐《えんじゅ》が足を振り上げ、俺の頭を叩《たた》き潰《つぶ》そうとしていた。

……まずい……まずいまずいまずいまずい！

頭の中で真っ赤なアラートが鳴り響く。

桜《さくら》と烏丸《からすま》がやられた。気絶しただけのように見えたが本当に大丈夫なのか。

頭痛はやまず、目眩《めまい》は激しさを増す一方。ミホトは頭を抱《かか》えたまま話もできない。

他の退魔師《たいまし》たちは未《いま》だ混乱冷めやらず、烏丸と桜の介抱で離れてしまった宗谷《そうや》が新しく式神を飛ばすには時間が足りない。

快楽点ブースト状態の脳内に走馬灯のごとく情報が溢《あふ》れるが、打開策など一つも浮かばない。

意識が朦朧《もうろう》とするような頭痛と目眩は俺に立ちあがることを許さず、思考さえもかき乱す。

周囲の退魔師に助けを求める宗谷の悲鳴がどこか遠くに木霊《こだま》する。

これは……やられる……!?

規格外に過ぎる槐の力に、俺たちを襲う謎の不調。

つい先程までの快進撃が嘘《うそ》のような危機的状況に俺が死を覚悟した、そのときだった。

「ううう、あああああっ!?」

「……っ!?」

突如、槐が苦しみ始めた。

退廃的な笑みは鳴りを潜《ひそ》め、両手で顔を覆《おお》う。

指の隙間からのぞく瞳からは金色が抜け落ち、理性的な色が戻りつつあった。

抗《あらが》っている。

アンドロマリウスが施《ほどこ》したのだろう怪物化の戒めに、槐が土壇場で必死に抵抗しているのだ。

「……嫌だ……誰か、早く……いまのうちにあたしを……」

苦痛に喘《あえ》ぐ槐の小さな唇が、かすかに理性の言葉を紡《つむ》ぐ。

いまのうちにあたしを止めて。助けて。

きっとそう言いたいのだろう槐が作ってくれた隙を無駄にするわけにはいかないと、言うことを聞かない身体《からだ》にむち打って無理矢理立ちあがろうとした。

——そんな俺の耳に、

「誰か早く……あたしを殺してぇ！」

信じられない言葉が飛び込んできた。

「え……？」

冷や水を浴びせられたかのように身体《からだ》が固まる。

焦点の定まらない瞳からぼろぼろと涙を流し、顔全体を歪《ゆが》めて「殺して」と懇願する槐《えんじゅ》。

「なにを……」

助けではなく、死を求めて紡《つむ》がれる切実な慟哭《どうこく》。

あまりにも信じがたい光景に思考が凍りついたときだった。

ボゴオォン！

視界の端で瓦礫《がれき》の山が吹き飛んだ。

かと思えば、それまで瓦礫に埋もれていたその人物が凄《すさ》まじい勢いでこちらに駆けつけ、その手に一振りの妖刀を構える。

（……っ！　鈴鹿《すずか》さん⁉　やられてなかったのか！）

鬼気迫るその姿に俺は目を見開いた。

頭からはだくだくと血を流し、全身はボロボロ。

しかし大怪我《けが》を負っているとは思えないほど研《と》ぎ澄まされた霊力で槐の背後に迫る。

（……っ！　これでどうにか……っ）

頼もしい十二師天《じゅうにしてん》の復活に、俺は情けなくも安堵《あんど》する。

謎の不調でまともに動けない俺の代わりに、魔族の戒めに苦しむ槐を彼女が助けてくれる。

直感的にそう考え、妖刀を振りかぶる鈴鹿さんを見上げていたのだが——なにか様子がおかしかった。

背後から槐を狙《ねら》う鈴鹿さんの目。

そこに宿っていた光は、気の良い近所のおっちゃんのように温かいものではなかったのだ。

「……っ!?」

ただひたすらに研ぎ澄まされた、どこまでも冷徹な殺意。

その手に握られているのは除霊用の妖刀などではない。

先程怪異霊《かいい》をバラバラに解体し、鈴鹿さん本人が「火力過剰」と称した妖刀《八岐大蛇《やまたのおろち》》。

さらに快楽点ブースト状態の俺は、彼女の太刀《たち》筋を読んで息を呑《の》む。

首。

怪異霊を細切れにした八つの斬撃すべてが、必殺の急所へ叩《たた》き込まれようとしていた。

『あたしを殺して』

まるで槐の懇願に応えるような殺意を纏《まと》うその攻撃に、俺は思わず叫んでいた。

「なにを……!?　槐！　危ねぇ！」

ズガガガガガガガッ！

槐の小さな身体に放たれた八つの斬撃。

しかしそれはいずれもが空を切り、床や柱をぱっくりと断ち切った。

「──キャッハハハハハハハッ♥！」

俺の声に反応したのかはわからない。

だがすんでのところで理性を失った槐《えんじゅ》はまるで後ろに目がついているかのような反応速度でその奇襲を完璧《かんぺき》に回避。

鈴鹿《すずか》さんから距離を取り、再び退廃的な笑みを浮かべていた。

俺はほっとしていいのか悪いのかわからないまま、鈴鹿さんに食ってかかる。

「なに考えてるんですか鈴鹿さん！　いまの攻撃、もし当たってたら──」

だが俺の言葉は途中で完膚なきまでに叩《たた》き潰《つぶ》された。

「余計な真似《まね》をっ！！！」

「……っ!?」

大気を震《ふる》わせる鬼の怒号。

作戦開始前の気さくさなど消し飛んだ鈴鹿さんが凄《すさ》まじい形相で俺を睨《にら》み、しかし相手をしている暇などないとばかりに槐を追う。

その先で、槐を取り囲むように無数の爆・破魔札が宙を舞った。

明らかにおかしな威力の破魔札が、縦横無尽《じゅうおうむじん》にホールをかける槐を次々と爆撃していく。

「あの密度と威力で直撃はなしか。やはり速いな……いや、速さだけではなさそうだ」

その破魔札を操っていたのは、全身をズタボロにした歴戦の老戦士。

鈴鹿さんだけでなく、晴親《はれちか》さんもまた完全にはやられていなかったのだ。

「おや、生きておられましたか晴親殿」

「抜かせ小娘。それより、童戸《わらしべ》槐の両手には触れたか」

「ええ。ですがあの手袋のおかげで運勢能力をもらうことはなかったようです」

「私もだ。……つまりこれだけ派手に暴れてなお、衣類に損壊なしということだな。衣服の一部が淫魔化するほどとは……いくらなんでも進行が早すぎる」

「そうなるとやはり……残念ながら容赦《ようしゃ》は不要ということですか」

二人はなにか真剣にやりとりを交わすと、果敢な連携をもって槐との戦闘を開始。

一介の退魔師《たいまし》にはとても介入できない激しい戦闘がホールを振るわせ、我に返った退魔師と呪術師《じゆじゆつし》たちが一目散に避難を始めていた。

「……っ」

本来なら頼もしいはずの二人の戦闘を、俺は強烈な不安とともに呆然《ぼうぜん》と見上げる。

「どうなってんだ……鈴鹿さんのさっきの攻撃、まるで……」

殺す気だった。

そしてタイミング的に鈴鹿さんの攻撃を見ていただろう晴親さんもそれを咎《とが》める気配がない。

「なんで……だってこれは、槐救出作戦だぞ……!?」

それとも、いつも快楽媚孔《かいらくびこう》を突くだけで相手を除霊してきた俺が知らないだけで、いまの槐を救うにはあれくらいの攻撃が必要だとでもいうのか。

だが、いや、だったらあんな殺気は……。

ズキズキと割れそうな頭がぐしゃぐしゃに混乱する。

ふと脳裏をよぎるのは、パーツ持ちを無力化するには殺害か封印しかないという不穏な情報。目の前で繰り広げられる十二師天《じゅうにしてん》の戦闘に嫌な予感が拭《ぬぐ》いきれず、俺は立ち上がれもしないくせに槐《えんじゅ》のもとへ這《は》いずって行こうとしてしまう。

――そんな俺の無謀を止めたのは、意外な人物だった。

『フ、ルヤさん……違います、いま優先すべきは……そちらではありません……っ』

「ミホト!?　お前、大丈夫なのか!?」

いまだに激しい頭痛と目眩《めまい》が彼女を襲っているのだろう。

苦痛に顔を歪《ゆが》めて頭を抱《かか》えながら、ミホトは息も絶え絶えにある場所を指さしていた。

その先にあったのは、簡易の救護キャンプだ。

晴親《はれちか》さんが張ったのだろう。一際強固な結界には無事だった退魔師《たいまし》や後続のサポート班が集まり、式神を駆使して感度三千倍弾を食らった人々を運び込んでいる。

槐の襲来で多くの呪術師《じゅじゅつし》が逃げ出した一方、生き残った退魔師は十二師天と槐が繰り広げる人外の戦闘を避けながら、敵味方問わずに霊障《れいしょう》被害者を運んで手当てを行っているのだ。しかし、

「ぐっ!?　多々羅刃家《たたらば》謹製の霊障解除札が効かない！」

「白丘尼《しらくに》家の回復薬も全然……というかこれちゃんと飲めてるの!?」

「本当になんなんだこれは!?　こんなに酷《ひど》い痙攣《けいれん》が続いてたら、下の階に運ぶことさえ……っ」

　これだけ時間が経過しているにもかかわらず、感度三千倍弾を食らった人々は誰一人として快方へと向かっていなかった。

　冥福連《めいふくれん》突入に向けて用意していたのだろう霊具の数々も晴親さんの術式と同じくまるで効果がないようで、誰一人としてまったく絶頂の勢いが衰えない。

（槐のことばっか気にしてたけど、あんなふざけた状態異常がいつまでも続いたら……っ）

　改めて直視した光景に俺が遅れて恐怖を感じていると、ミホトは感度三千倍に苦しむ人々を指さしたまま、

『一刻も早く彼らの快楽媚孔《かいらくびこう》を突いてください！』

「……ああ!?　お前、こんなときになにふざけたことを――」

『確かに絶好の満腹チャンスとは思っていますが、それだけではありません!!』

「っ!?」

　どさくさに紛《まぎ》れてまた絶頂除霊《ぜっちょうじょれい》のおねだりかと怒鳴った俺に、ミホトが真剣な声音《こわね》で言い返してきた。

　呆気《あっけ》に取られる俺をよそに、ミホトが頭を押さえながらまくしたてる。

『感度三千倍は絶頂除霊《ぜっちょうじょれい》による強制絶頂ほどの快楽はありませんが、その快楽には終わりがない！　放っておけば体力面の消耗以前に、永遠に続く三千倍の快楽に神経が焼き切れ廃人化してしまいます！　理想を言えば一刻も早くサキュバスの角をどうにかして感度三千倍状態を解除するのがベストですが……それも難しいいま、可能な対処は感度三千倍の効果を一時的にでも緩和することだけです！』

ミホトは二人の十二師天《じゅうにしてん》と互角以上の戦いを繰り広げる槐《えんじゅ》を見やり、頭痛と目眩《めまい》で動けない自分のふがいなさを恥じ入るように目を伏せる。

『そして現状、感度三千倍を緩和できるのは絶頂除霊による強制絶頂後の賢者モードだけ』

ミホトはその頭のおかしい話を真剣に語ると、さらに語気を強める。

『それに、いまエンジュさんは感度三千倍弾を打ち込まれた人々が絶頂するたびに膨大《ぼうだい》な性エネルギーを吸い取っています！　このまま放置すればいずれ手がつけられなくなる！　フルヤさん、快楽媚孔《かいらくびこう》を突くんです！　これ以上パーツの被害者を増やさないためにも、エンジュさんへのエネルギー供給を妨害し、彼女を止めるためにも！」

「ミホトお前……っ⁉」

普段ヘラヘラと絶頂をねだってくるときとはまるで違う。

豹変《ひょうへん》したといっていいミホトの言葉に俺が戸惑っていると、歪《いびつ》なかたちをした一体の式神が俺の身体《からだ》をひょいと持ち上げた。

『古屋《ふるや》君！　大丈夫!?』

式神から宗谷《そうや》の声が響く。

どうやらこの歪な式神は宗谷が急造したものらしく、動けない俺を救護キャンプまで運んでくれた。

「良かった、良かったよぉ……古屋君も桜《さくら》ちゃんたちも、みんなやられちゃうかと……っ」

「……悪い、心配かけた」

宗谷が半べそをかきながら、気絶した桜たちと同じように護符《ごふ》で治療してくれる。

だが身体の傷は多少マシになったものの頭痛と目眩は一向におさまらず、とてもではないが槐たちの戦いには参加できそうになかった。

首だけ動かして辺りを見渡せば、救護キャンプは酷《ひど》い有様《ありさま》だ。

感度三千倍弾を食らった人々の嬌声《きょうせい》に、ブシャアアアッ！　という謎の水音。

キャンプ内は生々しい性の匂《にお》いが充満し、なんの治療も受け付けない感度三千倍への絶望が場を満たしていた。

その壮絶な光景を前に、ミホトが再び必死の表情で叫ぶ。

『フルヤさん！』

「……クソッ、どうせまともに戦えねえなら、一か八かだ！」

「え？　古屋君なにを……古屋君!?」

豹変《ひょうへん》したミホトの言葉を信じ、俺は近くで絶頂を繰り返す男性退魔師《たいまし》の快楽媚孔《かいらくびこう》を突いた。

「んあああああああああああああああああっ♥♥!?」

嬌声《きょうせい》をまき散らしていた男性退魔師が、一際でかく野太い喘《あえ》ぎ声を漏らして昇天する。

「っ!? なにをやっているんだそこの変態退魔師!」

すると異常に気づいた治療班が慌てて駆け寄ってくるのだが――その視線はすぐに俺ではなく、絶頂除霊《ぜっちょうじょれい》を食らった男性退魔師へと向けられる。

「これは……痙攣《けいれん》がおさまっている!?」

治療班が驚愕《きょうがく》しながら男性退魔師の体調をチェックする。

男性はひくひくと小刻みに痙攣して快楽の余韻《よいん》に浸ってはいたものの、先程までの病的な痙攣や途切れない嬌声は鳴りを潜《ひそ》め、ぐったりと動かなくなっていた。

俺は横で『せっかく美味《おい》しいのに頭痛のせいで喜びが半減です……っ』と嘆くミホトの言葉が本当だったことに「マジかよ……」と内心驚きつつ、

「その状態も長くは保たないそうです、いまのうちになにかちゃんとした治療を……っ」

頭痛と目眩《めまい》を我慢しながら治療班へ男性を託す。

「あ、ああわかった! 痙攣さえおさまれば安全に階下へ運べるぞ!」

「脱水症状と体力の消耗が酷《ひど》い! すぐに点滴が行える施設に!」

そこから先は大騒ぎだ。

なにをしても治療不可能だった感度三千倍が一時的にとはいえおさまったのだ。

治療班の歓喜は凄《すさ》まじく、俺は宗谷《そうや》の式神に運ばれながら感度三千倍弾を食らった人たちへ絶頂除霊を食らわせまくる。

「ねぇ古屋《ふるや》君大丈夫!?　さっきから顔色が酷《ひど》いし、無理してるんじゃないの……?」

「んなこと言ってられる場合じゃねえだろ。それに……」

ほんの少しずつだが、絶頂除霊を使うたびに頭痛がおさまってきているような気がする。

まだでかい波はあるが、この調子でいけば晴親《はれちか》さんたちに加勢できるかもしれない。

槐《えんじゅ》と晴親さんたちの力が拮抗《きっこう》しているいま、俺とミホトも参戦できればすぐに槐を助けることができる。

それに……二人の十二師天《じゅうにしてん》に感じた不安も俺が参戦すれば払拭《ふっしょく》できるはずだ。

そう思い、宗谷の気遣いも振り払って絶頂除霊を繰り返していた、その矢先だった。

――グリンッ！

「っ!?」

晴親さんたちと戦闘を繰り広げていた槐が急にこちらを振り向いた。

まるで獲物を横取りされた獣のように、敵意に満ちた金色の瞳が俺を凝視する。

そのまま槐はこちらに向かって床を蹴《け》ろうとするのだが、

「おっと、どこへ行く気だ？」

「怪我人《けがにん》たちのところへは行かせん」

妖刀の苛烈《かれつ》な斬撃。晴親《はれちか》さんの巧妙な術式。

十二師天《じゅうにしてん》二人にまとわりつかれ、槐《えんじゅ》は好きに動けない。

「……っ。被弾者が槐のエネルギー源になってるってのも本当らしいな」

俺は槐から放たれる殺気に怯《ひる》みながら、しかしこれが援護になるならと絶頂除霊《ぜっちょうじょれい》を続ける。

だがその直後。

「イイイイイイイイイイイイイッ！」

十二師天の妨害に業を煮やしたらしい槐が金切り声をあげながら片足を大きく振り上げ——


ズガアアアアアアアアアアアアアアン！


戦場が崩壊した。

「なああああああああああああっ!?」

一瞬、なにが起きたのか誰も理解できなかった。

地を揺るがす轟音《ごうおん》。身体《からだ》が宙に浮く感覚。

槐が放った全力の地団駄によってホール全体が崩落したと気づいたとき、俺の身体は既に宙を躍っていた。救護キャンプに避難していた全員が、いっしょくたに宙へ放り出される。

『なっ……!?　このパワー、事前に一体どれだけの呪術師《じゆじゆつし》を感度三千倍の餌食《えじき》に……!?』

退魔師《たいまし》たちの悲鳴と崩落の轟音が木霊《こだま》する中、戦慄《せんりつ》に満ちたミホトの声がかすかに聞こえる。

そんな中で、十二師天たちの判断は恐らくこれ以上ないほど最速かつ最適のものだった。

「各自！　自分と仲間の身を守れ！」

そう叫んだ晴親さんはプロである俺たちを切り捨て、鈴鹿《すずか》さんとともに落下しながら槐の狙いを阻止すべく全力を注ぐ。

だが、しかし。

ドゴオオオオオッ！

地団駄と同時に感度三千倍弾を放つことで十二師天二人の包囲を突破していた槐はそのままホールの壁を粉砕。

事前にどんな術がどう飛んでくるのか完全に察知しているかのような動きで晴親さんたちの攻撃を躱《かわ》すと、満月の浮かぶ夜空へと躍り出た。

自らの捕食を邪魔できる者などいない、満天の夜空へと。

「槐!!　ダメだ！　行くな!!」

宗谷《そうや》をはじめとした退魔師たちが咄嗟《とっさ》に放った弾力性のある結界――それでも防ぎきれな

かった瓦礫《がれき》に埋もれながら、俺は声を張り上げ槐《えんじゅ》の背に手を伸ばす。

だが届かない。

「キャッハッハハハハッハハハハハッハハハ♥♥!」

俺のことなど一顧《いっこ》だにせず建物の外へ飛びだした槐の退廃的な笑い声が、凄《すさ》まじい速度で遠ざかっていく。止めなければならない。絶対に外へ逃がしてはならない。

それなのに、

「――ぐっ!?」

『ううううっ!?』

一際強い目眩《めまい》が俺とミホトを襲い、俺は槐を追うどころか立ちあがることさえできなかった。

「……っ! いかん! 逃げられますぞ晴親《はれちか》殿!」

「最悪の失態だ……! 無事な者は体勢を立て直して私に続け!」

追撃準備。手鞠《てまり》さんへの通達。予想進路算出。周囲二十キロへの避難命令。人員確保。

近くの退魔師《たいまし》からインカムを取り上げた晴親さんが司令部のナギサへ怒号めいた指示を出す声に、まだ動ける退魔師たちが慌ただしく走り去る音。

続けて聞こえてくるのは、建物を包囲していた退魔師や警察のものだろう悲鳴と嬌声《きょうせい》。

「くそったれ……っ」

頭痛と目眩で動かない役立たずの身体《からだ》を呪《のろ》うように唇を噛《か》む。

そんな俺の脳裏をよぎるのは、これから起こるだろう〝最悪〟の想像。

十二師天《じゅうにしてん》を振り切るほどの機動力を持ち、感度三千倍にした人々からエネルギーを補充し続ける槐が街中に解き放たれる――それは一体どれだけの被害と不幸をバラまくことになるのか。

自分の不幸能力を忌避《きひ》していた槐の悲痛な表情と、『あたしを殺して』と泣いていた槐の声が重なり、俺は激しい痛みと目眩を繰り返す自分の頭を殴りつけた。

「古屋《ふるや》君なにしてるの⁉　落ち着いて！」

桜《さくら》や烏丸《からすま》、他にもたくさんの退魔師を崩落から救った宗谷《そうや》が駆け寄ってきて必死に俺を止めるが、憤りはおさまらない。

「一体なにが、どうなってやがんだ……っ」

槐の暴走に規格外の戦闘力。俺を襲った謎の不調に十二師天の豹変《ひょうへん》。

救出作戦を失敗に終わらせたものからそうでないものまで、わけのわからないイレギュラーの数々を思い起こしながら……俺はそう呻《うめ》くことしかできなかった。


だが俺たちはすぐに思い知ることになる。

槐の身になにが起きているのか。

鈴鹿《すずか》さんたちがなぜ豹変したのか。

すなわち――なぜサキュバス王の性遺物が恐れられているのか、その本当の理由を。

●

少年が為《な》す術《すべ》なく槐《えんじゅ》の去って行った夜空を見上げる横で、頭痛と目眩《めまい》に喘《あえ》ぐ少女は同じ夜空を見上げながら大きく目を見張っていた。

『ああ……そうだ……そうだった……』

自分と似た外見のソレに出くわし、少なくない性エネルギーを補充した少女を襲った一際強い頭痛と目眩。

それを呼び水にするかのように新たな記憶に目覚めた少女は、長く続く頭痛と目眩に力尽きるかのように封印の両腕へと吸い込まれていきながら、宿主である少年にも聞こえないほどかすかな声でその言葉を口にする。

『私には、やらなければならないことがあったんだ……』

具体的になにを成さなければならないのか、長い長い時の中で摩耗した記憶はいまだ多くの虫食いを残したまま、完全な輪郭を結んではくれない。

しかし自らに課したその責務の重さだけはきっと確かなのだと――少女は完全に腕の中へと吸い込まれるその直前まで、いまにも泣き出しそうな少年の横顔を見つめていた。

第二章　淫魔討伐作戦

1

犯せ、犯せっ、犯せ！

頭の中で、声が響き続けていた。

いや、それは最早声ですらない。

お腹が空いたときに「食べろ」などという声が聞こえないように、眠りたいときに「眠れ」という声が聞こえないように、それはきっと、原始の本能とも呼べる強烈な肉体の意思だった。

霞《かすみ》がかった意識の中で、槐は自らの魂を支配するその意思にただただ従う。

次々と目の前に現れる美味《おい》しそうな獲物の群れへ、投網《とあみ》を投擲《とうてき》するように角の破片をばらまいていく。

……一度だけ、また会いたいと願った誰かの前で霞が晴れたような気がした。

けどそれもほんの一瞬のことで、最早槐に霞を払う力はない。

本能の赴くままに角の欠片《かけら》をばらまき続ける。

角の破片が獲物を貫くたびに、身を焦《こ》がすような快感が増していった。

気持ちいい。気持ちいい。気持ちいい。

味わったことのない最上の悦楽。加速度的に増していく陶酔。

さらなる悦楽を求め、槐《えんじゅ》は闇夜を駆け抜ける。

開けた大通りに現れるのは、逃げ惑うたくさんの獲物の群れ。

響き渡る悲鳴が聴覚を、恐怖の冷や汗から立ち上る香りが嗅覚《きゆうかく》を、恐怖に歪《ゆが》んだ表情が視覚を——槐の興奮を駆り立てるように刺激する。

——誘っているの？

槐はにんまりと口角をつり上げ、治療不能の呪弾を乱射した。

悲鳴は嬌声《きようせい》へと変わり、快楽の地獄が現世に顕現する。

「キャハハハハハハハハハ♥♥！」

退廃的な高笑いが、病的な痙攣《けいれん》を繰り返す人々の頭上で爆《は》ぜる。

楽しくて、幸せで、気持ちいい。

増していく快感を貪《むさぼ》りながら、槐は快楽にのたうち回る獲物たちを見下ろした。

(みんな、とっても気持ち良さそう)

(ならあたしはいま、きっとたくさんの人を幸せにしているんだ)

そんな倒錯した喜びが、霞《かすみ》がかった槐の心を満たしていく。

小さなころからの夢が叶《かな》い、自然と笑みがこぼれた。

――それなのに。

「……？」

槐の頬《ほお》を幾筋もの涙が伝う。

言いようのない苦しみが胸をぎゅっと締め付ける。

しかしそれがなにを意味するかさえ、いまの槐にはもうわからなくなっていた。

もう、なにも。

「キャッハハッハハッハッハッハハハッハッハ♥！」

身も心も怪物と化した少女の退廃的な嬌声が、星空の下にいつまでも鳴り響く。

●

「早く！　急いで逃げてください！　立ち止まらないで！　落としたものを拾わないで！」

八月上旬未明。

冥福連《めいふくれん》総本部から三十キロも離れた場所に位置するその街は、未曾有《みぞう》の大混乱に陥っていた。

数時間前に隣の市で発令された霊災緊急避難命令。

国内でもほとんど使用例のないその緊急指示は瞬《また》く間にその範囲を広げ、本来なら誰もが寝静まっているはずの時間帯にこの街を直撃したのだ。

『──繰り返します！　現在この街に、霊級格7が接近中！　住民の皆様は周囲の退魔師《たいまし》や警察の指示に従い、いますぐ避難してください！　繰り返します！』

街中のスピーカーから切羽《せっぱ》詰まった声が響き、大音量で人々に避難を促す。

眠っている住民さえ無理矢理叩《たた》き起こすような音量の避難指示はしかし、街中ではただの雑音のように吸い込まれていく。

逃げ惑う人々の喧噪《けんそう》が、街中に鳴り響くスピーカーの音さえかき消しているのだ。

そんな中、避難誘導を行う警察、消防、退魔師の人々が必死に声を張り上げる。

「警察と消防から緊急避難車両が手配されています！　指示に従って乗り込んでください！　子供とお年寄りを優先して！　保護者はできるだけ母親だけに！　空いている避難所はあちらです！　我々の指示をよく聞いて──っ!?」

喉《のど》を枯れさせせながら繰り返されていた避難誘導の指示が、不意に途切れた。

──ぞわっ！

全身の肌が粟立《あわだ》つようなおぞましい気配が彼らを包み込んだのだ。

その不可解な感覚はすぐに消失する。

だが次の瞬間──ドゴオオオオン！

「なっ!?」

たくさんの避難者を乗せた車両が突然の横転。別の車両を巻き込み、さらには車両の誘導を行っていた警察官が何人も下敷きになる。

「うわあああああああっ⁉」

続けて巻き起こるのは凄《すさ》まじい規模の将棋倒し。

一瞬にして、避難などとても不可能なほどの事故が連鎖していく。

「まさか、もうこんなところまで――っ⁉」

立て続けに発生する不幸な大事故に退魔師たちが表情を引きつらせたまさにそのとき。

「キャッハハハハハハハハ♥♥！」

頭上から響いたのは退廃的な笑い声。

ズバババババババババババッ！

ビルの上から飛び降りたその影は、パニックを起こす群衆と退魔師たちに容赦《ようしゃ》なく不治の呪弾をまき散らした。

「う、おおおおおおおおおっ⁉」

群衆を守るべく、退魔師たちが一斉に結界を張る。

バギャアアアアアアアン！

だが無駄だった。

事前に受けた報告以上の威力。

呪《のろ》いの銃弾は退魔師たちが構築した渾身《こんしん》の結界を易々《やすやす》と引き裂き、逃げ惑う人々へ降り注ぐ。

「んあああああああっ♥♥!?」

「おごおおおおおおっ♥♥♥!?」

途端、悲鳴の代わりに場を満たすのは老若男女を問わない断末魔めいた嬌声《きょうせい》。

アスファルトに体液が染みこみ、蒸し暑い夏の夜に性の匂《にお》いが充満していく。

「あ、ああ……」

かろうじて生き残った退魔師《たいまし》たちが絶望のうめき声を漏らす。

「こんな、こんなの……一体どうすりゃ……」

横転した車両から助けを求める子供やお年寄りの声が響く。

数百人単位の人々がエロ漫画のような絶頂を繰り返し、将棋倒しで下敷きになった人々が体液を浴びて悲鳴をあげる。阿鼻叫喚《あびきょうかん》とはまさにこのことだった。

そしてその地獄絵図はまだ終わらない。

とんでもない速度で動き回るその怪物は地面を蹴《け》って宙へ舞い、生き残った人々を淫蕩《いんとう》の瞳で見下ろした。誰一人逃しはしないとばかりに。

ズバババババババババッ！

自分たちの腕では防御不能の凶弾が放たれ、戦意の断たれた退魔師たちへと降り注ぐ。

そのときだった。

場を満たしていた不幸の気が中和されるかのような不思議な気配が満ちた直後。

『――式神千鬼夜行《せんきやこう》』


一体の怪物に蹂躙《じゅうりん》されつつあった街に、凄《すさ》まじいスピードの式神が数十体飛来した。

速度特化の霊級格4《スケールフォー》。

彼らは一様に鈍重そうな霊級格5《スケールファイブ》相当の式神を抱《かか》えており、爆撃機のようにそれを切り離す。

途端、鈍重そうな式神たちが一斉に分裂し、無数の低霊級格式神を生み出した。

その数はゆうに千を超える。

一見してただのぬいぐるみにしか見えない霊級格1《スケールワン》の群れは夜空に散らばると、ばらまかれた感度三千倍弾をすべて受け止めてみせた。

「な……っ!?」

すんでのところで助けられた退魔師たちが呆然《ぼうぜん》と声を漏らす。

そんな彼らの耳元で、一体の式神が鋭く囁《ささや》いた。

『いまのうちに無事な者たちで避難を進めなさい。私も援護します』

ここにはいない、遠方から無数の式神たちを使役する術者の声だ。

途端、大量の霊級格3《スケールスリー》が避難民の元へわらわらと群がっていく。

感度三千倍弾を食らった人々の搬送、将棋倒しになった者や車両事故に巻き込まれた者の救出があっという間に終わり、瞬《また》く間に避難経路が確保される。

「す、すげぇ……」

その凄《すさ》まじい手際に——なにより霊力の質からこの式神軍団を使役する術者がたった一人であると気づき、退魔師《たいまし》たちが呆然《ぼうぜん》と声を漏らす。こんなことができる術者はこの国にただ一人。

《式神の宗谷《そうや》》現当主、宗谷真由美《まゆみ》。

彼女は霊級格7《スケールセブン》の怪物に目くらましを仕掛けるように大量の式神を操ると、唖然《あぜん》とする退魔師たちへ再度鋭く指示を下した。

『さあ、いまのうちに早く避難誘導を！』

「は、はい！」

国内最高峰の退魔師から下された命令に、彼らは一も二もなく駆け出した。

『……っ！』

そんな彼らを見送った真由美は、霊級格7の怪物が放つ不幸能力を中和する力が弱まっていることに気づき、声を張り上げた。

『手鞠《てまり》さん！　いけません、お気を強く！』

式神を介して真由美が気遣うように激励するのは、同じ十二師天《じゆうにしてん》が一角、童戸《わらしべ》手鞠だった。

真由美が操る機動力特化の式神にまたがっている彼女にいつもののほほんとした空気は欠片《かけら》も残っていない。

「槐《えんじゅ》ちゃんっ！　槐ちゃん～っ！」

変わり果てた槐に何度も呼びかけ嗚咽《おえつ》を漏らす。

ぐしゃぐしゃにひび割れた表情は見るからに危うく、強い幸運能力を持つがゆえに決して強くないだろうメンタルはいまにも折れてしまいそうだった。

パーツによる犠牲をなくすために——その一心で生贄《いけにえ》役を買って出たという少女のあまりに無残な末路に、真由美も思うところがないわけではない。だが、

『気持ちはわかりますが、不幸能力を中和できるあなたが崩れたら最後、誰もあの子を止められない！　土御門《つちみかど》さんたちが迎撃準備を整えるまで、私たちが彼女を抑えなければ！』

「う……うぅ……ううぅ……っ」

気持ちを押し殺し、無理矢理にでも手鞠の気持ちを立て直す。

『……っ』

手鞠の精神状態もあわせ、あまりにも不安定な戦況を前に真由美は唇を噛《か》みしめた。

娘が協会に報告した情報どおり、確かに式神にはあの凶弾——感度三千倍弾とかいう冗談のような攻撃——の効き目が薄いらしい。

生きた人間、あるいは性感の名残《なごり》がある霊体に比べ、作り物である式神はもともと性感が０に等しいからだろう。ゼロに近い性感を三千倍にされても、即座に式神が絶頂消滅するようなことはない。

感度三千倍弾は感度がまったくのゼロである無機物や術式に対しては物理的な破壊力を発揮するが、式神に対してはそれもなかった。

つまり霊力が続く限り、真由美《まゆみ》はあの凶弾から人々を守ることができるのだ。

だがもちろん、完璧《かんぺき》な盾とは言いがたい。

感度三千倍を食らった式神は操作性が著しく落ち、三千倍状態がしばらく続くとその姿を保てなくなってしまう。感度三千倍弾の弾数が読めない以上、むやみに式神を消費することは避けるべきだ。

ただでさえ連日の人手不足で激務が続いている現状、この式神千鬼夜行《せんきやこう》でもかなり無理をしている。

戦場から遥《はる》か遠方に位置するホテルの一室。霊力補充を続けるために夫が精力剤を飲みながらうつろな目をしているのを横目に、真由美は色香の混じった吐息を漏らす。

「足止めを完遂するまで、夫の体力が持つかどうか……っ」

驚異的な戦闘力を誇る霊級格7《スケールセブン》の攻撃によって次々と墜落していく式神の穴埋めをすべく、真由美は霊級格7の足止めと並行してさらなる霊力補充に励むのだった。

2

ようやく日が昇り始めた早朝、明け方。

テレビ画面に映るリポーターが、緊迫した様子で未曾有《みぞう》の霊災情報について伝えている。

『昨夜遅くに発生したとみられる霊級格7は現在、東雲《しののめ》市の北西を南下中との発表です！　退《たい》魔師《まし》協会による今後の進路予想は以下の通りですが、状況によって大きく進路が変わる可能性もあり、近隣住人は予測にかかわらずただちに避難するなど、命を守る行動をとってください！』

『警察、消防、そして退魔師にも既に多くの犠牲が出ており、その数は確認できるだけでも二千人以上、実際には既に四千人に達しているのではないかと見られています！』

『現在、二名の十二師天《じゆうにしてん》が足止めに徹しているとのことですが、それでもいまだ被害は拡大し続けており、予断を許さない状況に退魔師協会は――』

広域避難場所となっている大学や大規模公園が密集する地域にほど近い、とある大病院。

その総合待合室に設置されたＴＶから次々と伝えられる情報はしかし、その場にいる誰の耳にも入ってはいなかった。

「んあああああああああっ♥♥!?」

「おひいいいいいいいいっ♥♥!?」

待合室に寝かされているのは、絶頂を繰り返す夥《おびただ》しい数の女性。

近隣の大病院はおろか、複数の体育館でも収容しきれなかった凶弾の犠牲者たちだ。

ほんのわずかな刺激で絶頂を繰り返すというあまりにもアレな病態から屋外で治療するわけにもいかず、可能な限り男女を分けて各施設に収容しているが、その数はあまりにも膨大《ぼうだい》。

待合室では間に合わず病院中の廊下に痙攣《けいれん》と潮吹きを繰り返す女性が並べられ、その脇を病院関係者が血相を変えて駆け回っていた。

「どうなってるんだ!?　麻酔も鎮静剤もまったく効かんぞ！」

「痙攣が激しすぎて点滴も……このままでは脱水と体力消耗で数時間も保たない！」

「誰もが同じ症状でトリアージもしようがないし、どこから手をつければ……」

症状を抑えようにも痙攣が激しすぎて処置自体が難しく、対症療法さえもろくに行えない。人手はまったく足りず、どんな奇病にも勝る最悪の症状を前になにをどうすればいいのかさえわからない。やることといえば、転倒防止に飛び散った体液を清掃するくらいだ。

緊急派遣されてきた白丘尼《しらくに》家の治療術師たちも医者と検討を繰り返すが、回復術式による体力回復が関の山。脱水症状には対応できず、死者が出るのは時間の問題かと思われた。

「古屋《ふるや》君！　次はこの病院だよ！」

――そんな修羅場の真っ只中にある病院へ、俺たちは問答無用で突っ込んでいった。

「な、なんだ君たちは!?」

混乱に次ぐ混乱で情報伝達が上手《うま》くいっていなかったのだろう。

病院関係者は部外者の乱入に立ちはだかろうとするが――

「イグウウウウウウウウウウウウッ♥♥!?」

「これは!?　痙攣がおさまって……!?」

絶頂除霊《ぜっちょうじょれい》を施《ほどこ》した患者が次々と鎮静化していくのを見て目を丸くする。

次の瞬間には歓声が上がり、皆の表情に希望の色が浮かんだ。

「いまのうちに水と栄養を！」

「はいこれ物資です！」

ホールに寝かされた人々へ俺がノンストップで絶頂除霊を繰り返す傍《かたわ》ら、宗谷《そうや》は作り直した霊級格4《スケールフォー》の式神で持ってきた大量の物資をホールに運び込んでいく。

脱水と体力消耗対策の点滴。感度三千倍弾を食らってから比較的時間が経っていない軽症者用の経口補水液と栄養剤。点滴用の器具――それらの物資を看護師さんたちと一緒になって取りだすのは、大きな怪我《けが》もなく気絶から目を覚ました烏丸《からすま》だ。

「うぅ、女性だけが収容された病棟だというから期待していたが、やはりリアルでの感度三千倍は恐怖でしかないな……命の危険があるとなればなおさら」

さしもの烏丸もドン引きしながら、何度も繰り返した作業をテキパキと進めていく。

症状がおさまっているうちに患者の体力回復を――具体的な方針が定まった医療関係者たちも覇気《はき》を取り戻し、院内は先程までとは違う前向きな喧噪《けんそう》に満ちていった。

槐《えんじゅ》が逃走し、壊滅状態にあった冥福連《めいふくれん》本部の後処理が対人戦に秀《ひい》でたナギサと監査部の人たちに一任されたあと。

時間経過で頭痛と目眩《めまい》のおさまった俺は体勢を立て直した宗谷《そうや》、烏丸《からすま》とともに、ずっとこの調子で感度三千倍弾の被害者に応急処置を続けていた。

休む暇など一切ない。

凄《すさ》まじい機動力で晴親《はれちか》さんたちの追撃を振り切った槐は各地で暴れ回り、夥《おびただ》しい数の被害者を量産。特に槐が逃げ出してすぐは被害者をどこにどう運ぶかさえ決まっておらず、俺たちは槐が蹂躙《じゅうりん》した町々を飛び回って応急処置を繰り返していた。

広域避難所へ被弾者や避難民がまとめて収容されるようになってからも俺たちが休む時間などほとんどなかった。

絶頂除霊《ぜっちょうじょれい》による鎮静効果は数時間ほどで切れてしまう。

時間経過で同じ被害者に何度も重ねがけする必要が出てくるところに、新しい被害者がどんどん増えていくのだ。同じ治療施設を何度も訪問して絶頂除霊をかけ直し、止まることなく新たな犠牲者に応急処置を施《ほどこ》していく。

加えて感度三千倍を食らった人たちは絶頂によって快楽媚孔《かいらくびこう》の位置が変わることがあり、新たな快楽媚孔を探す手間が応急処置にかかる時間を地味に増加させていた。

避難所近くの特殊結界病棟にはナギサの手で能力封じの施された呪術師《じゅじゅつし》たちの他になんと

あの鹿島霊子《かしまれいこ》まで運び込まれていたのだが、終わりのない救命作業の中ではそれについてリアクションする余裕すらなく、俺たちは夜を徹して応急処置に従事するのだった。

感度三千倍という前代未聞の霊障《れいしょう》を緩和する方法が絶頂除霊しかない現状。

絶対に誰も死なせないためにも、休んでなどいられない。休むわけにはいかない。

だがいつまで経っても途切れることのない患者を前に、絶頂除霊を振るい続ける俺の口からは焦《あせ》りの声が漏れていた。

「クソッ……！　こんなことばっかやってる場合じゃねぇってのに……！」

烏丸と違って怪我《けが》の度合いが酷《ひど》く、まだ意識を取り戻していないらしい桜《さくら》の見舞いにも行けていない。

いつの間にか俺の腕に吸い込まれたあと、一切なにも語りかけてこないミホトに聞きたいことが山ほどある。

そしてなにより――。

「……っ」

俺は次の治療施設に向かう傍《かたわ》ら、自分のスマホを何度もチェックする。

槐逃走を受けて、数時間前に協会から送信されてきた新たな強制招集メッセージ。

そこに書かれている信じがたい内容は何度目を通しても変わらない。

先程の招集内容は間違いでした、と訂正が送られていないか期待するが、そんなメッセージはいつまで経っても届かない。

そうして焦《あせ》りに突き動かされるまま、がむしゃらに応急処置を続けることさらに数時間。

また何度か治療施設を回り、ほぼ女性専用と化した病棟での処置を終えたときだった。

「お疲れ様です！」

病院の医者と看護師が数名駆け寄ってきて、俺たちに頭を下げた。

「先程連絡がありまして、これで患者の処置は一段落だそうです。昨夜からずっと動きっぱなしと聞きました、仮眠室を用意しましたので、いまのうちに休んでください」

言って、看護師さんたちが栄養ドリンクやら軽食セットやらを渡してくれる。

「わっ、ホントだ！　新しい被害者の数が急に減ったような気がしてたけど、お母さんたちの足止めで避難が上手《うま》くいってたんだ！」

協会と連絡を取り合い、次にどこへ治療へ行けばいいかずっとナビをしてくれていた宗谷《そうや》も端末から情報を更新して歓声をあげた。

確かに看護師さんたちの言うとおり、俺たちは昨夜から動きっぱなしだ。

患者が激減したとはいえ、それでも時折新しい患者は運ばれてくるし、数時間後にはまた緩和効果の切れた数千人規模の患者に絶頂除霊《ぜっちょうじょれい》を施《ほどこ》さなければならない。

いまのうちに可能な限り休んでおかなければいけないというのは道理なのだが、

「やっと時間ができた!!」

俺は看護師さんたちから栄養ドリンクだけ受け取ると、すぐさま病院の出口へと向かった。

宗谷も、そしていつもなら文句を漏らすだろう烏丸《からすま》も同じように黙って俺についてくる。

「えっ!? ちょっと！　仮眠室はあっちですよ!?」

戸惑う看護師さんたちにも構わず、仮眠室とは真逆の正面玄関を目指す。

床に寝させられたままの患者を慎重に避け、しばらく行ったときだった。

「あれ？　おい、古屋《ふるや》に宗谷さんじゃねーか！　なにやってんだよこんなとこで」

見知った顔に声をかけられ、俺たちは思わず足を止めていた。

「あ!? 南雲《なぐも》!? それに小日向《こひなた》先輩!? 二人こそなんでこんなとこにいんだ!?」

そこにいたのは元霊級格《スケールシックス》6の怪力剣道少女、南雲睦美《むつみ》。

そしてその後ろに隠れるように立っていたのは、同じく元霊級格6である魔性の高校三年生、小日向静香《しずか》先輩だった。

南雲は目を丸くする俺たちに「それがよー」と頭を掻《か》きながら、

「ほら、あたしらしばらく、霊級格6の力の扱いについて泊まりで講習受けることになってたろ？　その講習施設が避難区域にあってさ。避難してきたんだよ」

そういやそんな話もあったか……。

その講習のおかげで、いつも俺にエッチなおねだりをしてくる二人に「なんでもする」とか約束してしまった件がうやむやになってたんだが、バタバタしてるせいですっかり忘れていた。

「で、まあ避難所って男も女も巨乳もいっしょくただろ？　だからあたしが小日向《こひなた》先輩を連れて、女しかいないってこの病棟までさらに避難してきたんだよ。医者も女医が多いし」

南雲《なぐも》がさらに説明を加えて、俺は「ああ、なるほど」と納得する。

小日向先輩は極度の男性恐怖症で、男性への恐怖を感じると『欲情した男性の股間《こかん》に激痛を与える』という最凶の残留怪異《かいい》をその身に宿している。

避難所でその能力が暴発するのを防ぐためにも、小日向先輩自身の精神衛生のためにも、彼女をここに連れてきたのは正解だ。恐らく、交通規制やら槐《えんじゅ》の進路予測やらで東京まで戻るのは難しいと判断した講習先の退魔師《たいまし》の指示だろう。

小日向先輩がその圧倒的な巨乳力で南雲の身体能力をゼロにしてしまわないよう、簀《す》巻《ま》きのような恰好《かっこう》をしているのも納得である。

と、その小日向先輩が心配そうな顔で俺の頬《ほお》に手をあててきた。

「……晴久《はるひさ》君……どうしたの……？　なにか思い詰めてるみたいだけど……大丈夫？」

「……っ！」

「言われてみれば……古屋《ふるや》お前、顔色ヤバいぞ。霊級格7《スケールセブン》のせいで色々酷《ひど》いことになってるのは知ってるけど、他になにかまずいことでも起きてんのか？」

小日向先輩が俺を気遣うように、南雲がなにか困ってんのかと心配そうに事情を尋ねてくる。

だが俺はそこではっと我に返り、

「すまん、いまはそのへん詳しく話してる時間もねーんだ」

小日向先輩のかざしてくれた手から逃れるように駆け出した。

「あっ、古屋君！　……ごめん二人とも、わたしたち急いでるから！」

「相変わらず静香《しずか》嬢はとんでもない色香なのだ……うっ、我慢汁が……っ」

宗谷《そうや》と烏丸《からすま》も俺に続き、二人に背を向ける。

「あ……晴久君……っ」

「えっ、ちょっ、本当に大丈夫かよお前らーっ！　あたしらにできることならなんでも手伝うから、なんかあったら言えよなーっ！」

小日向先輩があわあわと俺たちを見送り、南雲が慌てたように声を投げかけてくれる。

「……悪いっ、ならこの病院の五階に入院してる桜《さくら》の様子をみてやってくれ！」

きっと二人が望んでいる言葉は、こういうものではないのだろう。

けどいまの俺には、心配してくれた二人へちゃんとした返事をする余裕もなくて。

一目散に病院を飛びだし、改めて現状を確認するようにスマホに目を落とした。

昨夜遅くに発生した霊級格7は未《いま》だ市街地を逃走中
該当地区の退魔師及び別途指名を受けた者はただちに現場へ急行し、討伐部隊に合流せよ協会から発信された端的な緊急メッセージ。

鈴鹿《すずか》さんから感じた嫌な予感を、殺意を、如実に肯定する指令書。

何度確認しても変わってくれないその現実に、俺は血が滲《にじ》むほど拳を握りしめていた。

3

俺たちが感度三千倍弾の被害者に応急処置を施《ほどこ》すべく奔走《ほんそう》していた地域一帯はいま、無数の避難民が流れ込む大規模避難所と化していた。

数万を超える避難民と数千に及ぶ感度三千倍の被害者を保護できる大学病院や市民体育館、広域公園といった施設が密集していたのがその理由だ。

またこの地域は避難指定区域からそう遠くなく、膨大《ぼうだい》な数にのぼる避難民の移動、迅速《じんそく》な応急処置が必要な感度三千倍弾被害者の搬送を一息に行えるという利点があった。

しかし避難指定区域から遠くないということはすなわち、いつ槐《えんじゅ》が襲来してもおかしくないという欠点もあった。

いまは宗谷《そうや》の母親である真由美《まゆみ》さんが槐の足止めと進路の誘導を行っているが、なにか一歩間違えば槐が避難所に進路を取る可能性は低くない。

そのため今回の事件を担当する主要戦力――《霊級格7対策本部《スケールセブン》》は避難所を万が一から守る防衛ラインの役割も兼ねており、避難所にほど近い場所に設置されていた。

槐と真由美さんたちが戦いを繰り広げているだろう方角から避難所を守るように設置された仮設テント群。

その一帯には、刺すような霊力が渦巻いていた。

避難所を覆《おお》う巨大な固定結界を維持するための要にもなっている作戦本部では一線級のベテラン退魔師《たいまし》たちが大量に駆け回り、誰もが真剣な面持ちで任務にあたっている。

自然と漏れ出す研《と》ぎ澄まされた霊力は物々しい雰囲気とあわさり、周囲にとてつもない圧力を放っていた。

「……っ」

そんな作戦本部に俺たちは真正面から駆け込んでいく。

途端、仮設テントの周囲を警邏《けいら》していた退魔師たちが異変を察して立ち塞《ふさ》がってきた。

「なんだ君らは！　退魔学園《たいまがくえん》の生徒のようだが、ここは学生が立ち入っていい現場じゃないぞ！」

「指揮官の晴親《はれちか》さんに話があるんだ！　いいからそこをどいてくれ！」

「なにをバカな！　いいから大人しくするんだ！」

俺は制止を振り切って作戦本部に押し入ろうとするが、作戦への参加が認められていない学生の言い分など、当たり前だが誰も聞いちゃくれない。だから、

「いいからここを通してくれ！　さもないと――」

俺たちは早々に切り札を切ることにした。

「ここにいる全員の秘密を協会のネットワークに垂れ流すぞ！」

俺が叫ぶと同時に、それまで顔を伏せていた宗谷《そうや》が目を閉じたまま顔をあげた。

瞬間、宗谷の存在に気づいた退魔師《たいまし》たちは時を止め、

「……うわあああああああっ!?　宗谷美咲《みさき》だああああああああっ!?」

作戦本部は一瞬で阿鼻叫喚《あびきょうかん》の巷《ちまた》と化した。

警邏《けいら》の退魔師たちは両手で顔を覆《おお》って後ずさり、周辺の退魔師たちはまたたくまに天幕の中へと姿を隠す。訓練された退魔師の反応速度はさすがである。

淫魔眼《いんまがん》——顔を視《み》た相手のあらゆる性情報が強制的に視えてしまう呪《のろ》いの力は絶大で、俺たちを強制的に排除しようとする動きは明らかに弱まった。

だが、

「宗谷美咲……ということはこっちは救出作戦にも呼ばれたっていうあの変態退魔師か!?」

「ま、待て落ち着け！　話せばわかる！」

「晴親《はれちか》さんはいま、霊級格7《スケールセブン》対策の全権を任されて大変お忙しい！　いくら君らでも簡単に通すわけにはいかんのだ！」

人に知られるわけにはいかない性情報を抱《かか》えてはいてもそこはプロ。

俺たちを容易に通すようなことはせず、慎重な姿勢で説得を開始した。

しかしその裏でこそこそと俺たちを止めるための術式を組んでいるだろうことは明白で、

「……不倫、コミックL●定期購読、チームメイトの生ものBL執筆、ほぼ全裸コスプレ」

カッ、と目を見開いた宗谷が複数の式神を生み出しながら、「誰の」とまでは明言せずに爆弾情報を口にする。

「これ以上邪魔するなら、次はどこまで暴露されるかわかりますよね？」

にっこりと微笑《ほほえ》んだ宗谷に、退魔師たちがいよいよ顔色をなくす。

「う、うわあああああっ！　この悪魔どもをいますぐ取り押さえろおおおおっ！」

「いやしかし！　あの式神の相手をしている間に情報がバラまかれてしまいます！」

「誰かーっ！　顔を隠したままこいつらを止められるヤツはいないかーっ！」

半ばヤケクソ。しかし決して退こうとしないプロの退魔師たち。

「ちっ、こうなったら……っ！」

なかなか折れないプロ根性たくましい彼らの態度に、いよいよ強行突破もやむなしかと臨戦《りんせん》態勢《たいせい》に入ろうとした、そのときだった。

「わっ⁉　またみんなの顔にばってんが⁉」

宗谷が淫魔眼を封じられたと声をあげ、

「騒がしいな……何事だ」

カツンッ。

その老人が本陣から姿を現した途端、空気が一変した。

《はじまりの土御門《つちみかど》》現当主にして十二師天《じゅうにしてん》の一角をなす古豪、土御門晴親《はれちか》。

彼の纏《まと》う厳粛な霊気は瞬《また》く間に場を支配し、宗谷《そうや》の登場で混乱に陥っていた作戦本部の浮わついた空気を瞬く間に引き締める。

けど俺たちはそんな空気に萎縮《いしゅく》することさえ忘れ、「やっと会えた……！」と警邏《けいら》を振り切って晴親さんのもとへと詰め寄った。

「晴親さん！　これは一体、どういうことなんですか⁉」

俺はスマホに映った指令書を晴親さんに掲げる。

討伐作戦と題された、その信じがたい召集令状の映った画面を。

「討伐って……！　槐《えんじゅ》はどう考えても被害者だろ！　確かにとんでもない被害が出てるけど……なんで槐が殺されなくちゃいけないんだ！」

半ば敬語さえ忘れて晴親さんに説明を……そして任務内容の再検討を求める。

「……まったく、嘆かわしい」

だが返ってきたのは大きな溜息《ためいき》と、苛立《いらだ》たしげに俺を見下ろす冷たい視線だった。

「指揮系統が錯綜《さくそう》しているな。古屋晴久《ふるやはるひさ》たちには指令を送るなと厳命しておいたはずだが」

まあいずれどこからか漏れてはいたか……と晴親さんは眉間《みけん》の皺《しわ》を深め、そしてこう言い放った。

「昨夜、君には言っておいたはずだ。任務に私情は挟むなと」

「……っ!?」

酷《ひど》く厳しい、ともすれば叱責するような声で晴親さんはさらに続ける。

「事態は逼迫《ひっぱく》している。そんな中で任務の足並みを乱す君のような未熟者にかかずらっている暇はない。いますぐここを出ていき、被害者の救済に専念しなさい」

そして俺たちを突き放すように、断固たる口調でその言葉を口にした。

「霊級格7《スケールセブン》の討伐は既に確定事項だ。これは絶対に覆《くつがえ》らない。取り返しのつかない被害が出る前に、アレは一刻も早く討ち滅ぼさねばならんのだ」

アレ。

最早槐を人間として扱っていない晴親さんの物言いに激しい感情が逆巻き、喉《のど》が詰まる。

「だから……っ、なんでそうなるんだ！　槐は、槐はなにも悪くないだろ！　助けなくちゃいけないだろ！　なんで討伐なんて話になるんだよ！」

しかし晴親さんはそう訴える俺から冷たく視線を切り、本陣へと戻っていく。

俺はその背に追いすがるが、晴親さんは最早まともに取り合おうとはしない。

「つまみだせ」という晴親さんの指令を受けて飛びだしてきた精鋭退魔師《たいまし》たちが俺たちを取り囲み排除の姿勢を見せる。宗谷の淫魔眼《いんまがん》が封じられたいま、脅《おど》しで切り抜けることは不可能だ。

「上等だよ……っ！」

直後、俺は地面に光る大きな快楽媚孔《かいらくびこう》を突いていた。

「そっちがそういうつもりなら、力尽くでこっちの話を聞いてもらう……！」

大地が絶頂し、作戦本部周辺が超局所的な地震に襲われた。

ひび割れた地面から生暖かい水が噴き出し、水圧に負けた仮設テントが幾つか宙を舞う。

「つまみだせるもんならつまみだしてみろ！　仲間の前で無様に絶頂してぇヤツからかかってこいっ！」

地震にふらつく退魔師《たいまし》たちを睨《にら》み付け、「お、おい古屋《ふるや》！　さすがにやりすぎではないのか!?」と狼狽《うろた》える烏丸《からすま》の声も聞かずに両手の中指と薬指を屹立《きつりつ》させたときだった。

「まったく血の気の多い……」

振り返った晴親《はれちか》さんが「仕方がない」とばかりに息を吐き、杖《つえ》で俺たちの後方を指し示した。

「どうしても討伐の理由が知りたいというのなら……君の世話役にかけあってみるといい」

「は……？」

そうして振り返った俺の前に立っていたのは、この世の存在とは思えない絶世の美少女。

「古屋君……」

元々作戦に参加していたのだろう。

騒ぎを聞きつけてやってきたらしい幼馴染《おさななじみ》、葛乃葉楓《くずのはかえで》が、酷《ひど》く思い詰めた表情で俺を見つめていた。

あろうことか作戦本部に殴り込みをかけていた古屋君をどうにか宥《なだ》め、私は彼とそのチームメイトを病院の休憩室まで引きずってきていた。夜を徹して犠牲者の治療に当たっていた古屋君たちのために提供されたという広い仮眠室だ。

わざわざ作戦本部から離れたこの場所を選んだ理由は、騒ぎを起こした作戦本部周辺では落ち着いて話もできないと思ったから。

そして古屋君には頭を冷やす時間が必要だと感じたからだ。

けれど――

「ほんとに、どうなってんだよ……」

どかっ、と休憩室のイスに座り込んだ古屋君は落ち着きなく頭をかきむしり、苛立《いらだ》ちも露《あら》わにその表情を歪《ゆが》める。

「槐《えんじゅ》を討伐しなきゃいけない理由なんて、そんなもんあるわけないだろっ。助けてやらなくちゃいけないだろ……」

作戦本部からここまでそれなりの距離を歩いたというのに、古屋君の頭はまったく冷えていないようだった。

しきりに討伐作戦への不満と不信を口にし、「なにかの間違いだろ?」とばかりに私へ弱り切った目を向けてくる。

(ああ……これはもう、秘密にしてはおけない)

いまにも泣き出しそうな古屋《ふるや》君に正面から見つめられ、私はもう覚悟を固めるしかなかった。

(古屋君は優しすぎる。どうしようもないほどに)

古屋君がラッキースケベの呪《のろ》いとやらを中和するために童戸《わらしべ》家へ向かったあと、私は童戸槐《えんじゅ》という少女の存在が気に掛かり、彼女について可能な範囲で情報を集めた。

古屋君と関係を持ったからというのもあるし、強い力の持ち主であるにもかかわらず名前を聞いた覚えがないのが不思議だったからだ。

そこで私は、童戸槐という少女が持つ絶大な不幸能力とその境遇を知った。

そして古屋君も、橋姫鏡巳《はしひめかがみ》の事件を通して彼女の抱《かか》える事情を詳しく知ったという。

どこまでも救いのない、呪われた少女の身の上を。

(そんな子が討伐されると聞いて、古屋君がなんの説明もなく割り切れるはずがない。このままだと討伐作戦を台無しにして、また立場を危うくする可能性さえある)

ここまで被害が拡大した霊級格7《スケールセブン》の討伐作戦を妨害したとなれば、たとえそれが旧家の現当主であろうとどんな厳罰が下されるかわからない。ましてやこの間まで幽閉か処分かという話まであがっていたパーツ持ちが妨害を行ったとなれば、殺処分は確実だ。

そして古屋君は救うべき人を前にして、まだ救える人を前にして〝その程度の〟リスクで止まってくれる男の子ではない。

彼は優しすぎる。愚かなほどに。

だからもう、隠してはおけない。

(たとえいま以上に恨まれることになっても、古屋君に真実を伝えなくてはいけない。彼を止めるために。それが、彼をこんな立場に追いやってしまった私の責任)

乱れる息を整えて。

喉《のど》が締め付けられるような感覚を抑えつけて。

胸の下で腕を組みながら二の腕に爪を突き立てて。

私は淫魔眼《いんまがん》が封じられた宗谷《そうや》美咲《みさき》と、烏丸《からすま》葵《あおい》、そして古屋君に顔を向ける。

「槐はあのクソ魔族にさらわれてたんだぞ。桜《さくら》に怪異《かいい》を植え付けたり小日向《こひなた》先輩の怪異を悪化させてたみたいに、槐がああなってるのもアンドロマリウスのせいに決まってんだろ……なにか除霊の難しい呪具《じゅぐ》や怪異霊が槐をおかしくしてるっていうなら、それこそ絶頂除霊《ぜっちょうじょれい》でどうにか――」

「それは違うわ」

必死に童戸槐の討伐を阻止しようと理屈を並べる彼に、私は、

「アレがパーツに取り憑《つ》かれた人間の……本来の末路よ」

決して伝えるつもりのなかった真実を口にした。

4

「は……？」

室内から一切の音が消えたかと思った。

感情が抜け落ちたように冷え切った楓《かえで》の声と表情。

その冷気にあてられて部屋中が凍りついたかのように、俺たちは動きを止めていた。

「なに……言ってんだよお前。いまの 槐《えんじゅ》 の状態が、パーツに憑かれた人間の末路……？」

楓の言葉の意味がわからず、俺は間抜けなオウム返しで楓の顔を見る。

すると楓は俺の視線から逃げるように目を逸《そ》らし、

「……あなたも疑問に思っていたはずよ。いくら十二師天《じゅうにしてん》にも解けないとはいえ、あなたちの呪《のろ》いがなぜあんなにも危険視されているのか」

言われて思い出すのは、絶頂 除霊《ぜっちょうじょれい》の存在が明るみになってから俺の身に降りかかった厳しい対応の数々だ。

桜《さくら》という監視役の派遣。ロリコン化しただけで断頭台裁判が開かれ、ミホト出現後は十二師天会議で強制処分さえ検討されたという。

旧家の後継ぎということもあってか俺ほど露骨な扱いは受けていないが、宗谷《そうや》だって淫魔眼《いんまがん》に取り憑かれた際には除霊名目で一年近く休学させられている。あれも見ようによっては軽い軟禁ともいえる処置だったのではないだろうか。

それらの過剰な対応に、俺たちはいままで何度も首を捻《ひね》ってきた。

退魔師《たいまし》協会はなぜ、この猥褻《わいせつ》な呪いを異常に警戒しているのだろうかと。

「その答えがアレよ」

そして楓は語り始めた。

俺と宗谷が解呪《かいじゅ》の希望を求めて追い続けてきた、サキュバス王の性遺物に関する真実を。

「サキュバス王の性遺物に取り憑かれた人間は、最終的に誰もがいまの童戸槐《わらしべ》のような状態になるの」

いつも恐ろしいほどに冷徹な楓の声が、いまはさらに固く、冷たい。

「怪異《かいい》と同じで、宿主の抱《いだ》く負の感情の多寡《たか》によって進行速度には差があるわ。けど概《おおむ》ね二、三週間で正気を失い、周囲の人間から性エネルギーを奪い暴れ回るだけの淫魔と化す。それが退魔師協会、ひいては世界中でサキュバス王の性遺物が恐れられる理由よ」

「ちょ、ちょっと待てよ！」

淡々と語られるその信じがたい話を受け止めきれず、そして話の中にどう考えてもおかしい部分があることに気づき、俺は楓《かえで》の言葉を遮《さえぎ》った。

「おかしいだろ！　一か月もせずにああなるって……だって俺と宗谷《そうや》は何年も平気なんだぞ⁉」

「ええ、だからあなたたちは特別なの」

だが楓は俺の指摘にも一切の動揺を見せず、

「パーツに憑《つ》かれて何年も平然としているあなたたちが異常なのよ」

「……っ⁉」

言葉をなくす俺と宗谷をおいて、楓はさらに続ける。

「実際に対峙《たいじ》したあなたたちが一番よくわかっているでしょうけど、性遺物の脅威は凄《すさ》まじいものがあるわ。進行の進んだ淫魔の霊級格は軒並み7に達し、十二師天《じゅうにしてん》クラスの退魔師《たいまし》でも単独ではまず倒せない。……あまりの惨状と犠牲者数に情報規制が行われたけれど、十数年前には対応の遅れも重なって、ヨーロッパの都市がひとつ壊滅しているわ」

都市の壊滅。

それはともすれば俺たちを丸め込むためのデタラメにしか聞こえない。

だが恐らく、それは大袈裟《おおげさ》な誇張表現でもなんでもないのだろう。

サキュバスの角から放たれる無数の感度三千倍弾。

もし今回の事件でそれを緩和できる絶頂除霊《ぜっちょうじょれい》がなければ、いまこの時点で一体どれだけの人が衰弱死していたか見当もつかないのだ。

「制御できない大量破壊兵器。使い方によっては狙《ねら》った都市を丸ごと壊滅できる自然災害。だからこそパーツの本当の脅威は一部のトップ層にしか知らされず、データベースにも保存されていないの。そしてこの情報を得ることで精神状態が悪化し呪《のろ》いが進行しないよう、あなたたちにも情報が伏せられていたのよ」

あまりにもスケールの大きい荒唐無稽《こうとうむけい》な話。

だがこれまでの出来事が、周囲の不可解なまでの警戒が、槐《えんじゅ》の現状が、話の信憑性《しんぴょうせい》を否応なく保証してしまう。

「そしてこの呪いの最も恐ろしい特徴は、あなたたちも知っている通り、誰にも除霊できないという点よ」

楓の声音《こわね》がさらに厳しさを増していく。

槐救出作戦が討伐作戦に変わったどうしようもない理由が、極めて事務的に語られる。

「現存する記録から遡《さかのぼ》るに、サキュバス王の性遺物は少なくとも千年以上の大昔から存在するわ。それから今日まで、各時代における最高の術者たちが除霊を試みてきたわけだけど……宿主の魂と完全に一体化するパーツの除霊が成功した例は一度もないの。協会のデータベースにあるように、対処法は誰かに取り憑く前に封印するか、宿主ごと殺すかしかないのよ」

「そんな……」

宗谷が顔色をなくして声を漏らした。

「なんだよ……それ……」

俺は未《いま》だに楓《かえで》の話が信じられず、必死になって打開策を模索する。

そして協会のデータベースにはパーツを無力化する方法として宿主の殺害以外にも封印という手段が記載されていたことを思い出し、楓に提案しようとするのだが、

「言っておくけれど、既に淫魔化した者を止める手段として、封印はほとんど意味がないわ」

俺の浅はかな考えなど、既に誰かが検討していたのだろう。

先回りするように、楓の口から残酷な真実が語られる。

「霊級格7《スケールセブン》の化物を捕縛《ほばく》することがそもそも非現実的なうえに、淫魔化した者の命は精々《せいぜい》一週間ほどしか保たないの。わざわざ封印して延命する意味なんて、ほとんどないのよ」

「淫魔化したやつの寿命が…… 槐《えんじゅ》の命が、あと一週間？」

「不思議な話ではないでしょう」

絶句する俺に、楓はやはり淡々と補足を続ける。

「人と神族が正式に契約を結んだ天人降ろしでさえ、全力で戦えば身体《からだ》に大きく負担がかかるのよ。魂のかたちを無理矢理変えられて暴れ回るパーツ持ちの身体が長く保つはずがないわ」

そして楓は、その結論をもう一度告げる。

「どうやっても除霊できない以上、封印したところで淫魔化した者の寿命は長くない。そのうえどういう原理なのか、宿主が死んだあとにパーツは完全消滅し、結界の中に残るということ

もないの。結局封印はリスクしかないわ。だからこそ、淫魔化した者は一刻も早く討伐するしかないのよ。あの感度三千倍とかいうふざけた霊障《れいしょう》を根治するためにも」

「……っ」

それは、退魔術がこの世に生まれてから今日まで、俺たちとは比べものにならないほど優秀な退魔師《たいまし》たちが何度も何度も誰かを助けようと試行錯誤してきて達した結論。

より多くの人を救うために編み出された最適解にして、ずっと俺たちに伏せられてきたパーツの真実だった。

「……なんでだ」

あらゆる反論を封じられた俺は、それでも受け止めきれない現実に抗《あらが》うように言葉を重ねてしまう。

「なんでよりによって、そんなろくでもない呪《のろ》いを呼び寄せるための儀式に槐が選ばれたんだ」

伝え聞いた話では、パーツの降臨には槐が有するラッキースケベの右手とアンラッキースケベの左手の力が用いられたと聞いている。

でもそれなら、パーツの標的になるのは槐本人じゃなくたってよかったはずだ。

最低の考えだが、それこそ鹿島霊子《かしまれいこ》や橋姫鏡巳《はしひめかがみ》みたいな霊能犯罪者に槐が触れるだけでよかったはずだ。

十二師天《じゅうにしてん》である手鞠《てまり》さんなら、いま楓が語ったパーツの脅威を知らないわけがないのに。

「……童戸《わらしべ》 槐《えんじゅ》が、自分から志願したと聞いているわ」

「は……？　槐が……？」

迷うように逡巡《しゅんじゅん》してから、楓《かえで》がぽつりと言った。

「パーツが出現して多数の犠牲が出るという相馬《そうま》家の予言を、あの子は童戸家の長老格から聞かされていたの。そして、いままで不幸能力で周囲に迷惑ばかりかけていたぶん、自分の身ひとつでたくさんの犠牲が出る未来を回避できるならと儀式に手をあげたそうよ。……最初から、死ぬつもりだったのでしょうね」

「……っ!?　死ぬつもりだったって……んなバカな……っ」

脳裏をよぎるのは、学校見学ではしゃいでいた槐の姿。

退魔師《たいまし》に憧れ、心底嬉しそうに昇天サポートセンターで動物霊を成仏させていた優しい横顔。

アンチ・マジックミラー号の中で確かに交わした、未来への約束。

「だって……約束したんだ……また一緒に退魔師やろうって」

「……最後にそう言ってもらえて、あの子も嬉しかったと思うわ」

思わず漏れ出た俺の言葉に、楓は少しだけ語尾を震《ふる》わせ、

「ここで作戦を台無しにして実際に死者でも出れば、最悪の未来を回避しようとした童戸槐の思いが無駄になる。こうなった以上、もうどうしようもないの。あなたは大人しく、犠牲者のケアに務めなさい。……せめてあの子が安らかに逝《い》けるように。いいわね？」

最後通牒《さいごつうちょう》のように告げ、楓はなにも言えない俺たちに背を向けた。

休憩室を出て行く途中、楓は「ああ、それと」と振り返り、俺たちの話を唖然《あぜん》とした様子で聞いていた烏丸《からすま》の手を取る。

「あなたの強力な捕縛術《ほばくじゅつ》は使えるわ。古屋《ふるや》君たちとはいったん別れて、こっちの討伐作戦に参加しなさい」

「えっ!?　いや槐嬢のような美少女を合法的に縛れるのは本来大歓迎だが、討伐作戦などと聞かされては萎《な》えるどころの話では――」

「なにか文句があるのかしら」

「ありませんすみません！」

楓は一瞬でヘタレた烏丸を引きずり、どこか俺から逃げるような気配を滲《にじ》ませて、今度こそ休憩室を出て行った。

あとに残されたのは喉《のど》を詰まらせ、身じろぎさえできない俺と宗谷《そうや》。

どうしようもない無力感と突きつけられた真実が、俺たちの肩に重くのしかかっていた。

5

「……本当にもう、どうしようもねぇのかよ……っ！」

楓が出て行ってからもしばらく、俺と宗谷は悪あがきのように打開策を模索し続けていた。

だが明かされた最悪の真実は俺たちを徹底的に打ちのめし、疲れ切った頭ではろくな考えが浮かんでこない。

いつ自分たちがああなるかわからない。

槐《えんじゅ》を助けることはできない。

悪いことばかりが頭を巡って気分が悪くなり、一度思い切って仮眠をとってみたのだが、

「あ……おはよう古屋《ふるや》君」

たかだか二時間にも満たない仮眠で都合良くひらめきが降りてくるはずもない。

「いま起こそうと思ってたんだ。そろそろ絶頂除霊《ぜっちょうじょれい》をかけ直さないといけない時間だったから」

宗谷《そうや》に声をかけられて気づけば休憩時間はほぼ終わっており、中途半端な眠りからくるけだるさだけが心身を蝕《むしば》んでいた。休憩しないよりはずっとマシなのだろうが、目を覚ましても終わらない悪夢のような不快感が胸元にべったりとへばりついている。

槐を救うことなどできないという、悪夢が。

「クソッ……」

最悪の気分のまま、しかし俺たちにはやらなければならないことがあると、病院から提供された軽食や栄養剤を胃袋に無理矢理詰め込んでいく。

いずれにせよ、槐の手で犠牲者が出るのだけは絶対に阻止しなければならないのだ。

俺と宗谷は鉛のように重い足を引きずり、被弾者への応急処置を再開すべく準備を整える。

「……本当にもう、槐ちゃんは助けられないのかな」

休憩室から出ていこうとする直前。

ドアノブに手をかけながら立ち止まり、宗谷が泣きそうな声でぽつりと呟《つぶや》く。

いつも無駄に前向きで能天気な宗谷の、聞いたこともないほどに落ちこみきった声。

「……っ」

けれど俺にはそんな宗谷を慰める言葉も、まして槐を助ける方法なんてものも持ち合わせちゃいなかった。現状のどん詰まりを表わすかのように、俺は喉《のど》を詰まらせる。

そして改めて現実を思い知らされたように黙って項垂《うなだ》れながら、与えられた任務をこなそうと鉛のように重い足を踏み出した――そのときだった。


――待ってください！　諦《あきら》めるにはまだ早いです！


脳内で声が炸裂《さくれつ》したかと思った瞬間、俺たちの間に漂っていた重苦しい空気は突如として打ち破られることとなる。

「え!?　ちょっ、うぐうううううううっ!?!?」

両手の指が収縮と痙攣《けいれん》を繰り返し、ありもしない十本の精管をなにかが通り過ぎていく快感。

ビュウウウウウッ！　ビュビュッ！　ドビュウウウウウッ！

そして突然のことに俺が体勢を崩したからだろう。十本の指先から勢いよく噴出した白い靄《もや》はかたちを成す前にあらぬ方向へ飛んでいき、

「きゃあああああああああっ!?　顔にかかったあああああああっ!?　なんかネバネバするし生温かい!?」

宗谷《そうや》が悲鳴をあげて猫のように顔をごしごしとこすりまくる。

けどすぐになにが起きているのか把握したようで、

「あっ!?　色々ありすぎて再封印するの忘れてた!?」

と、勝手に腕から飛びだそうとしてくるミホトを抑えつけるべく再封印の構えを見せた。

だが、

『エンジュさんを救うことは可能です！』


「……っ!?　え!?」

まだ完全に顕現しないうちから必死に叫ぶミホトの言葉に宗谷は動きを止める。

俺も呆気《あっけ》に取られながら射精感に堪えていると、やがて霊的物質のような白いモヤが輪郭を

形成。完全に顕現したミホトは時間を止める俺たちを見下ろし、

『エンジュさんを助けましょう！　彼女に絶頂除霊《ぜっちょうじょれい》を施《ほどこ》し、パーツを奪うんです！』

信じがたい発言を繰り返した。

「な、に言ってんだお前……絶頂除霊で槐《えんじゅ》を救えるって……」

「それ、本当なの……!?」

『はい！　サキュバス王の性遺物は除霊不可能ではないんです！』

必死に訴えるミホトの言葉に、俺と宗谷《そうや》はその場で棒立ちになる。

「ふ、古屋《ふるや》君……！」

やがて凹《へこ》みきっていたその目にかすかな光を取り戻した宗谷が、降って湧いたような話に頬《ほお》を上気させて俺を見上げてきた。

「ちょ、ちょっと待て！　いくらなんでも話が上手《うま》すぎないか……？」

けど俺はあまりに都合良く出てきた話を鵜呑《うの》みにできず、混乱するように頭を振る。

「そんな方法があるなら、なんでいままで黙ってたんだ。楓《かえで》や晴親《はれちか》さんのいないとこでそんなこと言い出して、また俺たちを騙《だま》してなんか変なことするつもりなんじゃねーのか？」

これまで沈黙を貫いていたミホトに、俺は当然の疑問を向ける。

「うっ……た、確かに」

するとホテルラプンツェル事件でアソコを触られるなどの被害を受けている宗谷が顔を赤く

してミホトにジト目を送る。自らの身体《からだ》を庇《かば》うようにしながら、牽制《けんせい》するように金玉用緊箍児《きんこじ》を掲げてみせた。

『だって仕方がないじゃないですかぁ！』

と、俺たちに疑いの目を向けられたミホトが半べそで訴える。

『私も色々と突然のことに驚いて、自分の中で情報を整理するのに時間がかかってたんです！　なぜか『どうせ誰にも信じてもらえないし……』って謎のマイナス思考ループに入っちゃってましたし、これでもベストなタイミングを見計らってたんですよ！』

こいつ自分が信用されてないって自覚はあったんだな……。

俺が場違いな感慨にふけっていると、ミホトはさらに続ける。

『それでようやく話せそうなタイミングが来たと思った矢先にフルヤさんたちが不貞寝《ふてね》しちゃいますし！　かといってずっと働きづめだったお二人を起こすのも悪いかなって、ずっと起きるのを待ってたんです！』

いや不貞寝って。

……まあ客観的に見れば確かにあれは不貞寝以外のなにものでもなかった気はするが。

「……う、うーん。確かにわたしたちも応急処置とかで手一杯だったし、話すタイミングなんてなかったかも……？」

宗谷が半信半疑で首を捻《ひね》る。

「……」

頭痛と同時に色々なイメージが流れ込んできた俺としても、もしあれ以上の情報がいきなり湧いてきたというのなら、ミホトが混乱していたという主張も無理はないように感じる。

(そういえばミホトのやつ、宗谷《そうや》の実家で顕現したときに記憶がないとか、力を取り戻すためにたくさんの人を絶頂させて満腹になりたいとか言ってたか……)

なら感度三千倍を食らった人たちへの応急処置を通して、ミホトが力を――ひいては記憶を取り戻した可能性はあるのか……?

「……絶頂除霊《ぜっちょうじょれい》で槐《えんじゅ》を助けられるって、お前はなんでそんなこと知ってるんだ?」

お前は一体なんなんだ?

俺は探るようにミホトへ質問を重ねる。しかし、

『わかんないです！　全然、わかんないんです……！』

「わからんってお前……」

この期に及んでそんなことを叫ぶミホトに俺は疑念を深めるが、

『ただ、絶頂除霊でパーツを奪えるということと、奪わなければならないという焦燥《しょうそう》感だけが頭の中にあって……』

ミホトは自分でもどう言葉を選んでいいのかわからない様子で手足をばたつかせる。

ついにはなりふり構っていられないとばかりに半実体の両手で俺の肩を掴《つか》み、

「とにかく、絶頂除霊を使えばエンジュさんからサキュバスの角を奪えるはずなんです！」

そうすることしかできないと言わんばかりの愚直さで叫ぶのだ。

「お願いしますフルヤさん！　この絶頂除霊で、サキュバスの角を止めてください！」

「……っ」

奪えるはず。

除霊ではなく〝奪う〟という表現に、〝はず〟という不確定な言い回し。

そうした言葉の端々から、やっぱりこいつの言うことを無条件に信じるのは危ないと警戒してしまう自分がいる。

それでも俺は、俺たちは、ミホトの怪しい言葉を無視できなかった。

「「……」」

俺と宗谷は互いに顔を見合わせる。

正直なところ、いまだかつて誰も除霊に成功したことがないというパーツの解呪《かいじゅ》方法がこんな都合良く見つかるはずがないと、俺はいまだに耳を疑っている。

そもそもこのミホトとかいうのが信用できる存在ではないのだ。

アンドロマリウス戦のあとに宗谷を襲った件といい、紅富士の園で俺たちを出し抜いて街の人を絶頂させまくろうとした件といい、とにかく絶頂させたがるその本質はいまの淫魔化した槐に限りなく近い。楓《かえで》が以前から警告していたように、その甘言《かんげん》に易々《やすやす》と乗るわけにはいかないのだ。

……けどだからこそ、槐《えんじゅ》を絶頂させてくれというミホトの言葉には違和感があった。

だっていまのこいつには、俺たちをハメる理由がないのだ。

ほうっておけば槐が討伐されるその瞬間まで、何千人もの人たちを絶頂させ続けられる。

なんのリスクを背負うことなく望むまま腹一杯になれるはずなのだ。

それがこんなにも必死に槐を絶頂させろと叫んでいる。

もしかすると淫魔化した存在を絶頂させるということになにか俺たちのあずかり知らない意味があるのかもしれない。

けどいまのミホトの必死な様子が。

退魔師《たいまし》たちが感度三千倍弾を食らったとき、満腹チャンスとか言いながらも彼らを助けるよう俺に訴えてきたミホトの真摯《しんし》な態度が。

ミホトの言葉を真っ赤な嘘《うそ》だとは思わせなかった。

なにより、槐を見捨てられず藁《わら》にもすがりたい気持ちで打ちひしがれていた俺自身が、ミホトを信じたいと思ってしまっていた。

そしていま俺が抱《いだ》いた葛藤《かっとう》などとっくに乗り越えたうえでミホトの言葉に期待を寄せていたのだろう。

「信じて……いいのかな？」

宗谷《そうや》が、確認するようにその前向きな瞳を俺に向ける。

「……わからねえ」

それに俺は正直に答える。

「けど、霊級格7《スケールセブン》になった養父《とう》さんを除霊したこの手なら、十二師天《じゅうにしてん》にも対処できなかった感度三千倍の霊障《れいしょう》を一時的にでも止める方法を知ってたミホトの言葉なら……！」

賭《か》けてみる価値はある。

「……うん、うん！」

俺の言葉を聞いた宗谷の頬《ほお》がさらに上気していく。

「そうだよね、賭けてみる価値はあるっ。まだ可能性がなくなったわけじゃない！」

目により一層の光を宿した宗谷はぐっと両手を握ると、

「討伐する前に絶頂除霊《ぜっちょうじょれい》を試せないか、もう一度作戦本部にかけあってみよう！」

いつもの快活さを取り戻し、率先して廊下を駆け出していった。

俺も宗谷に触発されるように休憩室を飛びだす。

『あ、ありがとうございます！　お願いします！』

まだミホトのことを全面的に信用したわけじゃない。

かつて楓《かえで》が忠告したように、これこそがまさに「悪魔の甘言《かんげん》」なのかもしれない。

それでもほんのかすかに繋《つな》がった希望に、俺たちは再び全力で走り始めていた。

作戦本部への再陳情は宗谷《そうや》が一人で担当することになっていた。

俺には感度三千倍弾の被害者に応急処置を施《ほどこ》すという仕事があったし、あれほどはっきりと作戦本部に喧嘩《けんか》を売った俺が交渉の場に出るのは味が悪いと宗谷に止められたからだ。

宗谷は被弾者を収容する治療施設を回る順番について俺に引き継ぎを行い、念のためにとミホトを再封印してから作戦本部の陳情へ。

俺は引き続き被弾者の応急処置に駆けずり回る。

最早流れ作業のように老若男女を問わず快楽媚孔《かいらくびこう》を突きまくりながら、俺は陳情の成功を祈っていた。

ただ、晴親《はれちか》さんたちを説得するのは難しいだろうと思うと同時に、勝算がないわけではないとも俺は考えていた。

絶頂除霊《ぜっちょうじょれい》を食らわせれば仮に除霊ができなくても、相手の動きを止めることはできるのだ。討伐を目標とする作戦本部にとって悪くない一手だろうし、何千人もの人間を何回も絶頂させまくってアンドロマリウスと戦ったとき以上の力を獲得しているだろうミホトはかなりの戦力になる。

だから俺たちを作戦に加えて、討伐する前に絶頂除霊を試させてくれというワガママは作戦本部にも多少の旨味があるのではと考えていたのだが……現実はそう甘くはなかった。

「ごめん古屋《ふるや》君……なんとか話は聞いてもらえたんだけど」

数時間にわたる応急処置を終え、二度目の休憩時。

「説得、失敗しちゃった……」

夕日が差し込む病院の廊下で落ち合った宗谷は、掠《かす》れた声でその絶望的な報告を口にした。

「ぐっ……！　やっぱそう簡単じゃねーか……向こうはなんて⁉」

あっさりと砕かれた希望に焦《あせ》りを募らせながら、俺は「次は俺も説得に参加するから！」と宗谷に経緯の説明を求める。

「それが……」

交渉の最中によほど声を張り上げたのだろう。掠れた声で宗谷が話し始めた。

宗谷はまず、俺がやった殴り込みみたいな陳情とは違い、『パーツの真相をすべて聞かされた上で提案がある』と宗谷家の後継ぎとして作戦本部への提言を要求したらしい。

その結果、時間はかなりかかったものの作戦会議の場へ正式に参加し、ミホトの言葉と俺たちの提案を晴親さんたちにしっかりと伝えられたそうだ。

だが、宗谷の話を聞いた晴親さんたちはこれ以上なくはっきりとノーを突きつけてきたという。いわく、

『いくら角の能力に関する情報と感度三千倍緩和の方法が事実だったからといって、得体の知れない霊体が語るパーツの解呪《かいじゅ》法など信用できない』

『真実を語って信用を得てから本命の嘘《うそ》で相手を騙《だま》すなど魔族や知性のある悪霊《あくりょう》がよく使う手だ。そして若く未熟な退魔師《たいまし》がそれに躍らされるという例も枚挙にいとまがない』

『パーツの真相を知ったことで、ありもしない救いに騙されているのではないか』

『君たちは童戸《わらしべ》　槐《えんじゅ》を救いたい気持ちが前に出すぎている。いざパーツが除霊できなかった際にどう足並みを乱すかわからない者を作戦に加えることはできない』

と返され、結局宗谷《そうや》は作戦本部を追い出されてしまったというのだ。

「んだよそれ……確かにミホトの話を信用してくれってのは無理があるし、俺たちも結構やらかしてるから慎重になるのはわかるけど……っ！」

こうなったらまた無理矢理にでも陳情するしか……いや、そういうなりふり構わない姿勢がそもそも良くないのか⁉　と両手を握りしめながら考えていたところ、

「え、と……実はその、わたしが一番言い返せなかった晴親《はれちか》さんたちの反論は他にあって……」

宗谷がなにやらモジモジしながら頬《ほお》を染め、迷うように口を開閉させた。

「まだ他になんかあんのか？」

俺が先を促したところ、宗谷は「それが、その」と耳まで顔を赤くし、

「本当にパーツを解呪《かいじゅ》できるっていうなら、わ、わたしを絶頂させてパーツを取り除いてみろって、鈴鹿《すずか》さんに言われて……」

「〜〜〜っ！　ぐっ、そ、それは……」

完全に見落としていた反論に俺はいよいよ頭を抱《かか》えそうになった。

相手の言っていることはこれ以上ない正論だ。

本当に俺の絶頂除霊《ぜっちょうじょれい》でパーツを除去できるというのなら、宗谷というこれ以上ないサンプルが存在する。霊級格7《スケールセブン》討伐作戦の中核に俺たちを据えろと要求するなら、それくらいの証明は必須条件だ。

だがそれは実質的に不可能なのである。

宗谷にはなぜか快楽媚孔《かいらくびこう》が存在しない。

それにそもそもの問題として、俺から宗谷へは一定以上の性的快感を与えることができないのだ。

特定の相手からの性的快感を霊力に変換するという宗谷家の体質。

宗谷はその能力がかなり強いようで、一定以上の刺激は霊力過多で命に関わる。

なので宗谷を使って俺たちの主張を証明することは不可能なのだが……そんな話、晴親さんたちからすれば苦し紛《まぎ》れの言い訳にしか聞こえないだろう。

俺が逆の立場でも怪しすぎて絶対に信じない。

下手《へた》をすれば都市が一つ壊滅しかねない重要任務の最中であればなおさらだ。

（クソッ、だったらどうする……！　他になにか手はないのか……!?）

宗谷の淫魔眼《いんまがん》を除去してパーツが除霊可能だと証明するのは不可能。

なぜ証明できないのか、宗谷《そうや》家の秘密を明かして釈明したところで証明不能という事実は変わらない。

俺たちの話を信じてくれる可能性があって、なおかつ作戦本部に意見できるだろう真由美《まゆみ》さん——宗谷の母親と手鞠《てまり》さんは槐《えんじゅ》を相手に激戦の真っ只中で連絡など不可能だ。

……いや、仮に連絡できたとして、真由美さんは宗谷の身内、手鞠さんは槐の身内だ。

同じ十二師天《じゅうにしてん》とはいえ、最初から俺たち寄りである人物の話を晴親《はれちか》さんたちが聞いてくれるだろうか。

そうなってくると……宗谷の体質ゆえにパーツの除去が不可能と証明できない時点で、晴親さんたちの説得は無理ゲーといえる。

作戦本部の説得は、実質的に不可能だ。

(でも、でもじゃあどうすれば……っ)

と、焦《あせ》りだけが無駄に募り、思考をループさせることしかできない俺の視界に、光が瞬《また》いた。

キイイイン——……

「「っ!」」

逢魔ヶ時にさしかかった薄暗い夕焼け空の下に、美しい半円形のドームが出現する。

病院の窓から遠くに見下ろせる街の中央に出現した巨大な結界は、霊力感知が使えない俺がこの距離でもわかるほど強固で異質なものだった。

「……っ！　あれ……槐ちゃんを討伐するための結界だ……っ！」

交渉の過程で少しばかり作戦方針を聞く機会があったのだろう。

宗谷が顔を青くして、世界の終わりみたいな色の夕焼け空を呆然《ぼうぜん》と見やる。

「確かあそこに槐ちゃんを追い込んで、十二師天が三人がかりで槐ちゃんを倒すって……」

作戦の準備は着実に進んでいる。

槐討伐のリミットが目前に迫っている。

なのに俺は、こんなところで一体なにをしてるんだ……？

焦りと悔しさで血の味がするほど唇を噛《か》みしめた、そのときだった。

（――っ！）

俺の脳裏に、ひとつの考えが浮かんだのは。

……そうだ。

晴親さんたちを説得するような時間はない。方法だって浮かばない。

けどたった一つだけ、槐を救えるかもしれない方法がある。

要は槐が討伐される前に、槐の快楽媚孔《かいらくびこう》を突いてしまえばいいんだ。

「……」

巨大結界の展開する夕焼け空を睨《にら》む俺の背中と頰《ほお》に、幾筋もの汗が流れる。

俺はそれを拭《ぬぐ》うことも忘れ、自分の頭の中に語りかけていた。
(ミホト)
するとそれまで俺たちの動向を静観していたミホトが、『なんでしょうか』と返してくれる。

(お前は、俺が死んだら困るんだよな?)

——はい
(ここで俺がろくでもない霊体に唆《そそのか》されて討伐作戦を台無しにしようもんなら、今度こそ確実に処分されるってことくらい、わかるよな?)

——はい
(それでもお前は、槐《えんじゅ》を救えるっていうんだな?)

——もちろんです!

俺の頭の中に、揺るぎない肯定の声が響いた。

ミホトの言葉が本当だって保証なんかどこにもない。

仮にミホトが嘘《うそ》をついていないとしても、千年以上も除霊方法が発見できなかった呪《のろ》いの除去が成功するかはわからない。

けどよく考えてみろ。

都市を一つ滅ぼす霊級格7《スケールセブン》を絶頂させようなんていうバカがこの千年の間にいただろうか。

はっ、いるわけがない。

ならこれは、まだ誰も試したことのない除霊法。

絶頂でパーツが除霊できないなんて、まだ誰も証明しちゃいない。

だったら。

これまで誰も対処できなかった呪いを祓《はら》える可能性が〇・〇〇〇〇〇一％でもあるのなら。

あの子を救い出すためなら。

この身を賭《と》して、試してみる価値はある。

ミホトにダメ押しの確認を取り、閃《ひらめ》いたその策を実行に移そうと俺は腹をくくった。

「古屋《ふるや》君！」

と、そのときである。

突如として宗谷《そうや》が俺に顔を寄せ、逃がさないとばかりに俺の制服の裾《すそ》を掴《つか》んできた。

「えっ、ちょっ、宗谷⁉　なんだいきなり！」

俺が驚いてあたふたしていると、宗谷は責めるような半眼で俺を睨み、

「……いま、晴親《はれちか》さんたち討伐部隊を全員敵に回してでも、一人で槐ちゃんを助けに行こうって考えてたでしょ」

「っ⁉　はっ⁉　え、なんでわかった――じゃなくて、えと、その」

いきなり宗谷に図星を突かれた俺は驚きのあまり完全にしどろもどろになっていた。

確かに俺はいま宗谷《そうや》が指摘した通りの策を閃《ひらめ》き、宗谷にも内緒で実行しようとしていた。

槐《えんじゅ》が結界内に追い込まれたあと、俺一人ならミホトの機動力を利用して晴親《はれちか》さんたちより先に槐の元へ辿《たど》り突き、絶頂除霊《ぜっちょうじょれい》をかませるかもしれない。晴親さんたちとかち合うことになるかもしれないが、そのときは乱戦のどさくさで槐の快楽媚孔《かいらくびこう》を突けばいい。失敗する可能性は高いが、俺一人が処分されるだけで済むのなら――

思いついたばかりなので粗いが、概《おおむ》ねそんなことを考えていたのである。

それを即座に看破され、俺が「なんで!?」と狼狽《うろた》えていると、

「わかるよ」

宗谷が俺を見つめたまま、お見通しだとばかりにはっきり言い切った。

「だって古屋《ふるや》君、桜《さくら》ちゃんがロリコンスレイヤーになっちゃったとき、一人で勝手に突っ込んで行っちゃったのと同じ顔してるもん」

「……いやお前、まだ晴親さんの術で顔見えないだろ」

「こ、声とか雰囲気とかでもわかるし！」

苦し紛《まぎ》れに俺が茶化すと、宗谷が顔を赤くして反論してきた。

そして宗谷は俺の苦し紛れの指摘など意に介さず、一人で突っ込もうとしている俺に、断固たる声音《こわね》でこう言うのだ。

「ダメだよ、そんな勝手なこと許さない」

「……っ！　だったら――」

どうすりゃいいんだよ！　と俺が叫ぼうとした、次の瞬間。

「一人で行くなんて許さない。わたしも古屋君と一緒に、槐ちゃんを助けに行く」

「え……」

予想外の言葉に俺はいよいよ狼狽《ろうばい》する。

「い、いやでもだってお前、俺がいまからやろうとしてんのは立派な違反行為で……言っちまえば鹿島霊子《かしまれいこ》や橋姫鏡巳《はしひめかがみ》がやらかしたのと同じ、霊能犯罪なんだぞ？」

だからこそ俺は誰の手も借りるつもりはなかった。

一人のほうがゲリラ的に動きやすいって以上に、多分、半ばミホトと心中するくらいのつもりだったのだ。けど宗谷はまったく怯《ひる》まず、

「わかってるよ。けど、わたしも槐ちゃんのことを見捨てられない」

そして宗谷は過去の記憶を探るように目を伏せ、

「槐ちゃん、古屋君に『いつかまた一緒に退魔師《たいまし》やろう』って言われたとき、昔のわたしと同じこと言ってた。『そんなこと言ってくれた人、初めてだ』って」

……いやお前、そんとき事件の事後処理やってなかったか？

式神かなんかを介してこっそり聞いてたんだろうか……なんか恐いんだが。

「槐ちゃんのこと、他人とは思えないんだ。だから、かはわかんないけど……ここであの子

を見捨てたら、わたしは一生この呪《のろ》いが解けない気がする。根拠なんてないけど、ここで諦《あきら》めちゃいけない気がする」

宗谷《そうや》は少し恐怖を感じていた俺に真《ま》っ直《す》ぐ顔を向けると、「大体さ」と呆《あき》れたように息を吐き、

「古屋《ふるや》君、ミホトちゃんの封印解除や制御は誰がやってると思ってるの？」

「……あ」

「古屋君の捨て身の作戦は、そもそもわたしと共犯じゃないと成り立たないんだよ？　それなのにわたしを置いて無茶しようだなんて、いくらなんでも考えなしすぎるんじゃないかな？」

「う……」

あまりに冷静さを失っていたことを指摘されてぐうの音も出ない。

そうして宗谷は俺を散々追い詰めてから、全力の笑顔で言うのだ。

「それに、パーツが除霊できるかもしれないなんて情報を前に、わたしがなにもしないなんてありえないもんね！　古屋君が提案しないなら、きっとわたしが提案してたよ！　晴親《はれちか》さんたちが槐《えんじゅ》ちゃんを倒すより先に、絶頂除霊《ぜっちょうじょれい》を使えばいいんだって！」

いつも奇想天外な作戦を考えつき、根拠のない希望に向かって突き進むときの笑顔で、宗谷が俺の迷いを払拭《ふっしょく》する。

無茶な作戦に宗谷を巻き込んでしまうという迷いを。

「……悪い、付き合わせて」

「んーん。こっちのセリフだよ」

宗谷がなんでもないように笑う。

「何回も言ってるでしょ。地獄の底まで一緒だって」

夕焼けの照らす廊下で、俺と宗谷は共犯関係を結ぶように頷《うなず》き合った。


――こうして、世界でたった二人。

絶対に解けないと言われる呪いに最悪の状況下で立ち向かう、愚者の叛逆《はんぎゃく》が始まった。

第三章　叛逆のテクノブレイカー

1

霊級格7《スケールセブン》発生から丸一日が経過し、完全に日が没した時間帯。

《霊級格7対策本部》から見下ろせるその夜景には、普段ならばあり得ない幻想的な異物が紛《まぎ》れ込んでいた。

住民がいなくなって光源の乏しいその街の中央付近で淡い光を放っているのは、幾つもの区画を丸ごと覆《おお》ってしまうほどに巨大な結界だった。

それもただの結界ではない。

童戸《わらしべ》家の長老たちを中核に据えた広域不幸緩和結界であると同時に、四百名におよぶ精鋭退魔師《たいまし》の霊力を使って『童戸　槐《えんじゅ》の脱出だけを強く拒む』機能に特化させた超特殊結界だ。

それだけでも童戸槐の逃走を防ぐのに絶大な効果を発揮する結界ではあるが、術式を考案した結界専門の土御門《つちみかど》分家の術者たちと本家当主である土御門晴親《はれちか》はこの結界にさらなる仕掛けを施《ほどこ》していた。

それはこの結界の広さである。

まだ能力を隠し持っている可能性があり、なおかつ感度三千倍弾を被弾した人々からエネルギーを吸い取り成長を続ける霊級格7《スケールセブン》。

そんな化け物が相手ではこれだけの人員を投入した結界でも破られる可能性があり、そのため晴親《はれちか》はこの結界に「そこそこの」広さを与えたのだ。

結界が狭すぎればそのぶん結界が攻撃を受ける回数が増える。かといって広すぎれば結界の強度が保てず、あの機動力に翻弄《ほんろう》されて討伐は叶《かな》わない。

逃げられても十二師天《じゅうにしてん》が追いつきやすく、なおかつ用意できる人員で安定維持できる結界の規模――それを見極めた上で晴親はこの結界を設計していた。

「……」

いまなお遠くで暴れる霊級格7の霊力を微細に感知しつつ、展開される結界とのバランスを見極めるように瞑目《めいもく》する。

そんな晴親の耳にその報告が届いたのは、結界の規模を再調整するよう三度目の指示を下したときだった。

『報告！　宗谷真由美《そうやまゆみ》さんが結界内に童戸　槐《わらしべえんじゅ》を追い込むことに成功しました！』

作戦本部に設置されていた無線から、現場で斥候《せっこう》を務める退魔師《たいまし》の緊張した声が響く。

晴親と鈴鹿《すずか》、作戦本部に詰めていた主力二人を中心に空気が張り詰める中、さらに無線が音を鳴らし、立て続けに各所からの報告を吐き出した。

『真由美さんは囮《おとり》用の自律型式神を残して戦線離脱！　回復に努めるとのことです！』

『霊級格7は真由美さんの残した式神と交戦しつつ、時間稼ぎのために投入した家畜に気をとられて三千倍弾を発砲中！　いまのところ結界破壊に動く気配はなく、効果は上々！』

『結界維持の交代要員到着しました！　不測の事態に備えた結界強化、戦線の長期化OKです！』

『手鞠《てまり》さんは童戸槐の不幸能力中和任務を完遂後、予定通り不幸緩和結界の構築に合流！　結界内全域、目標の不幸能力完全中和を確認いたしました！』

「……うむ」

討伐作戦開始までのカウントダウンのように次々ともたらされる報告を受け、土御門《つちみかど》晴親は立ちあがった。

「……まったく、久々に気の滅入《めい》る仕事であるな」

晴親に聞こえないよう小さく漏らしつつ、何本もの妖刀といくつかの霊具で完全武装した多々羅《たたら》刃鈴鹿もそのあとに続く。

両者ともほんの一日前に霊級格7から手痛い一撃をもらった身ではあるが、白丘尼《しらくに》家から派遣されてきた回復術師の手により傷は全快。最低限の指揮は執りつつ霊力の回復にも努めており、昨夜の激戦を感じさせない足取りで作戦本部となっている天幕をあとにした。

と、二人が外に出たちょうどそのとき。

ババババババババッ！

天幕の広がる《霊級格7対策本部《スケールセブン》》の頭上に、示し合わせたかのようなタイミングで一機のヘリが現れた。

「来たか」

晴親《はれちか》が呟《つぶや》くのとほぼ同時。天幕を吹き飛ばさないギリギリの高度を保っていたヘリの扉が開き、そこから派手な人影が躍り出る。

「遅くなってすまない！　全国の不安に呼応したらしい樹海の抑え込みに少々時間をとられた！」

地面から生えた神聖な樹木を操って地上に降り立ったのは、討伐作戦に参加する三人目の十二師天《じゅうにしてん》、皇樹夏樹《すめらぎなつき》だった。

天人降ろしとして覚醒し余裕が生まれたのか、数週間前までの危うい尊大さの消えた若き十二師天は二人の先輩に駆け寄り謝罪を口にする。

「いいや問題ない、真由美《まゆみ》君が上手《うま》くやってくれた」

夏樹の充実した霊力を視《み》て満足そうに頷《うなず》いた晴親は、夏樹の到着に合わせて霊級格7を結界内に追い込んだ真由美の手腕を端的に称賛。

続けて作戦の概要を改めて夏樹と共有しつつ、《霊級格7対策本部》に隣接する広場へと足早に歩を進めた。

「……」

夏樹は真剣な面持ちで作戦内容を頭に叩《たた》き込みつつ、無意識に周囲へ視線を走らせる。

槐《えんじゅ》の身を案じるあまり作戦から外され、さらにはパーツの真相を知らされたという古屋晴久《気になる異性》の精神状態が心配で、いるはずもないその姿を作戦本部内に捜してしまっているのだ。

だがそのほんのわずかに残っていた気の緩《ゆる》みも広場に足を踏み入れた瞬間、即座に霧散した。

そこに整列していたのは、身に纏《まと》う気配だけでベテランとわかる数十名の退魔師《たいまし》たち。

討伐作戦の中核を成す三人の十二師天を援護するために選ばれた精鋭部隊である。

数が多くても感度三千倍弾の的が増えるだけ、という理由でかなり数は絞られているが、一人一人が晴親の目によって選び抜かれた現状最高のサポート要員だ。

その周囲には感度三千倍弾を防ぐ盾の役目を担った宗谷《そうや》家の式神使いも多数おり、呼び出した式神に運ばせる予備霊具の点検などにも余念がない。

作戦開始に備えて霊力を練り続けていたのだろう。

晴親たちが広場に姿を見せた途端、その研《と》ぎ澄まされた霊力はさらに鋭さを増し、場にピリピリと質量をもったかのような緊張感が充満する。

一人だけ、場違いなほどに萎縮《いしゆく》したスーツ姿の女子学生が「なぜ私がこんな場所に……帰りたい」と震《ふる》えながら半べそをかいているが、恐い先輩に無理矢理連れてこられた彼女を叱咤《しった》激励する者はいても甘い顔をする者など一人もいない。

そうした大規模作戦直前の気の高まりに呼応するように夏樹《なつき》は完全な十二師天《じゅうにしてん》の顔となり、鈴鹿《すずか》もしぶしぶながら息を整え十二師天にふさわしい気組みを練る。

「作戦の準備はすべて整った」

そんな中、普段と変わらぬ厳格さを纏《まと》う晴親《はれちか》が現場指揮官として口を開いた。

「硬くはなるな。しかし油断もするな。相手は霊級格《スケールセブン》7。任務の失敗がどのような影響を及ぼすかは語るまでもなく、我々に敗北は許されない」

弟子のナギサのような激しい鼓舞ではない。

しかしその揺るぎない語り口は数々の修羅場を超えてきたベテラン退魔師《たいまし》たちの士気を否応なく高めていく。救いのない人生を歩んできた少女を討伐することへのやるせなさを、一時的にとはいえ掃《は》き清めていく。

討伐部隊を童戸《わらしべ》槐《えんじゅ》のもとへ輸送するための特殊霊装車が一斉に扉を開くのを合図に、晴親は最後の号令を下した。

「総員、退魔師としての責務を果たせ。——作戦を開始する」

《式神の宗谷《そうや》》現当主、宗谷真由美《まゆみ》。
《無敵の童戸》現当主、童戸手鞠《てまり》。

《鬼の多々羅刃《たたらば》》現当主、多々羅刃鈴鹿。
《寵愛《ちょうあい》の皇樹《すめらぎ》》現当主、皇樹夏樹
そして《はじまりの土御門《つちみかど》》現当主、土御門晴親。
準備段階のサポート要因もあわせれば実に五名もの十二師天が一堂に会する空前の大規模ミッション――童戸槐討伐作戦の幕が、切って落とされた。

2

「まずいよ古屋《ふるや》君！　もう作戦が始まっちゃってる！」

式神を介してこっそり作戦本部の動向を窺《うかが》っていた宗谷が血相を変えて叫んだ。

それと同時に病院のロビーに設置されたテレビからも『霊級格7討伐に向けて大きな動きがあった模様です！』とレポーターが緊迫した様子で伝えており、宗谷の報告が間違いでもなんでもないと肯定していた。

「くそったれ！　せっかくいつ作戦が始まってもいいよう前倒しで絶頂除霊《ぜっちょうじょれい》の重ねがけをやってたたってのに……！」

額の汗を拭《ぬぐ》いながら愚痴る俺の目の前では、感度三千倍の被弾者が症状を再発させ、無数の嬌声《きょうせい》を響かせていた。

そんな被弾者たちを放り出すわけにもいかず、俺は焦《あせ》りで歯ぎしりしながら必死に快楽媚孔《かいらくびこう》を突きまくった。

十二師天《じゅうにしてん》が槐《えんじゅ》を討伐するより先に快楽媚孔《かいらくびこう》を突く。

俺が発案し宗谷《そうや》が煮詰めたこの計画を実行するには遅くとも討伐作戦開始と同時に動かなければならないのだが、そのためにはひとつの問題があった。

それは俺の絶頂除霊《ぜっちょうじょれい》が、感度三千倍弾被害者の症状を緩和する唯一の手段ということだ。

しかもこの応急処置は数時間で効果が切れるため、頃合いを見計らって絶頂除霊を重ねがけしなければならず、俺は基本的に医療施設から離れられない立場にあったのだ。

一応、被弾者が新たに増えなくなった現状では数時間毎に安定して休憩時間がとれるようになってはいたものの、槐がいつ討伐用結界内に追い立てられるかまったくわからない以上、その休憩時間と作戦開始がかぶるなどという偶然に賭《か》けるわけにもいかなかった。

そこで俺たちはいつ作戦が始まってもいいよう、被弾者たちへ行う絶頂除霊の重ねがけを一時間ほど前倒しで行うことにしたのだった。

要は再発が予想されるタイミングよりずっと早い段階で絶頂除霊をかけ直し続けたのだ。

これならば次に誰かが再発するまで常に一時間ほどの猶予《ゆうよ》が確保され、討伐作戦がいつ始まろうと槐を助けにいくことが可能になる。

一時間程度の前倒しならば、「点滴などの処置がなされた状態で感度三千倍緩和の効果が切れると危ない」という理由でむしろ医療関係者のほうから処置を頼まれるくらいだったので、他の退魔師《たいまし》に怪しまれることもない。

そうして俺たちは討伐作戦開始に備えて前倒しの重ねがけを続けていたのだが、作戦開始直前になって完全なるイレギュラーが発生した。

感度三千倍の症状再発までのサイクルが短くなっている人が出始めたのである。

霊的な抵抗力が関係しているのか、それとも絶頂除霊による症状緩和処置を受けた回数が関係しているのか。最初期の被害者である退魔師や呪術師《じゆじゆつし》を中心に症状再発のサイクルが早まり、予想外の再絶頂を強《し》いられた俺たちからは一時間の猶予など消し飛んでいた。

――すみません！　まさかこんなことになるとは……ひとまずここを一巡すればまた一時間程度の猶予が生まれるはずです！

と、絶頂除霊を受けた人たちの状況を俺の中からじっくり観察していたミホトがお墨付きをくれるが、その一巡を終えるのにあとどのくらいかかるか……。

（快楽点ブーストを使えば時間は短縮できるだろうけど、それでも相当……）

病院のホールに横たわって痙攣《けいれん》を繰り返す被弾者たちを見渡しさらに焦《あせ》りを募らせる俺の服の裾《すそ》を、誰かが掴《つか》んだ。

「古屋《ふるや》君、こっち」

宗谷だ。

なにか決心したような面持ちで俺の服を引き、まだ応急処置の必要な人が並ぶホールから俺を強引に連れ出した。

「おい宗谷《そうや》!?　いまは一刻も早く応急処置をこなさねーと……」

「それじゃ多分間に合わない」

困惑する俺の言葉を遮《さえぎ》り、宗谷が病院の階段を駆け上がる。

「わたしが先行して討伐作戦を妨害するよ。だからその間に古屋《ふるや》君は応急処置を終わらせて」

「ばっ……いくらなんでも無茶だろ！」

「無茶はもともとな作戦だったでしょ。まあ確かにわたし一人じゃいくらなんでも無理がありすぎるけど、いまはこれがあるから」

と、宗谷が自分の胸元を指さす。

そこにしまわれているのは、槐《えんじゅ》救出作戦への参加を受け、特別に宗谷家からの持ち出しが許可された反則級の式神。霊級格《スケールセブン》7出現の混乱で返却する暇などなく、宗谷が持ち続けている切り札だった。

「確かにソレを使って時間稼ぎに徹するならまだ勝算はあるけどさ……」

三人目が誰かは知らないが、相手はあの晴親《はれちか》さんと鈴鹿《すずか》さんを含めた三人の十二師天《じゅうにしてん》。宗谷を一人で行かせるのはかなり心配だ。

とはいえ他に手段もなく、俺は忸怩《じくじ》たる思いを抱《いだ》いていたのだが……そこでふと疑問が生まれた。

（あれ？　宗谷のやつどこまで行く気だ？）

気づけば俺は宗谷に腕を引かれるまま屋上まで連れ出されていた。

夏の夜空が見渡せる真っ暗な屋上には人気《ひとけ》などまったくなく、密談するにはこれ以上ない場所だ。しかし討伐作戦妨害の相談がほぼ決着した状態で俺をここまで連れてくる意味はない。

（あ、そうか、霊力補充か）

と、俺は自分で疑問に答えを出す。

いくら切り札があるとはえ、三人の十二師天を相手にするのだ。

パワーアップしたいまの宗谷のＭＡＸでも焼け石に水かもしれないが、それでも補充しないよりはましに決まってる。

俺が宗谷の狙《ねら》いを読んで指舐《な》めの体勢に移ろうとしたときだ。

「え？」

どんっ！　と不意に宗谷が俺の胸を押し、階段室の壁に俺を追い詰めた。

続けて宗谷は無言のまま俺に背を向け、そのままバック。

どんっ！　とほとんど体当たりのような勢いで俺の胸に飛び込んできた。

「うぐっ⁉」

な、なんだこれ？　新手の壁ドン？

宗谷《そうや》の柔らかくて温かい背中と階段室の壁に挟まれた俺が狼狽《うろた》えていると、

――しゅるっ。

暗闇の中でもわかるほど耳を真っ赤に染めた宗谷が、俺の胸と自分の背中の間でもぞもぞと手を動かしていたかと思うと――制服を着たままの状態で、その大きなブラジャーを外すのが見えた。

「え？　は？　そ、宗谷？」

いきなりすぎる出来事に声が上擦《うわず》り、心臓が跳ねまくる。

しかし同時に、俺に背中を預けた宗谷からも身体《からだ》全体が震《ふる》えるほどの心音が伝わってきた。

「ち、違うの！」

そして宗谷は単身での討伐作戦妨害を宣言したときの落ち着きようはなんだったのかと思うほど上擦った声をあげ、

「え、えと、あの、なんていうか、わたしも宗谷家の能力に目覚めて結構経つし、そろそろもっとたくさんの霊力を扱うのもいけるような気がしたっていうか。そもそも槐《えんじゅ》ちゃんを助けるのに全力を出さないわけにはいかないし？　無理な作戦を実行するなら多少の無茶は仕方ないし？　かといってちまちま指でじっくり霊力を補充してる時間もないし？」

言い訳のように早口でまくし立て、硬直する俺の両手を握る。

蕩《とろ》けそうなほど熱くなった柔らかい宗谷の手が、ふるふると震えながら俺の手をどこかへ導

いていく。

「それに……いっつも誰かのために一生懸命な古屋《ふるや》君なら……いいかなって……」

蚊の鳴くような声で宗谷《そうや》が囁《ささや》いたときには既に、俺の両手はその膨《ふく》らみの高さにまで到達していて。

「つ、つまり今回だけ！　特別に今回だけだから！　……だから、古屋君……」

蒸し暑い夏の夜よりもさらに艶《つや》っぽく潤《うる》んだ宗谷の瞳が、肩越しに俺を見上げていて。

「優しく……気持ち良くしてね……？」

俺の指先はほとんど反射的に、制服越しのその突起を撫《な》でていた。

「——ひうっ♥♥♥♥!?」

俺の腕の中で宗谷の身体《からだ》が激しく跳ねた、その直後。

カアアアアアッ！

宗谷一人での足止めなんて大丈夫だろうか——そんな心配を吹き飛ばすように、光が弾けた。

●

いつもこの時期には夏祭りや各種イベントに使われるその自然公園はいま、童戸《わらしべ》槐《えんじゅ》討伐用の超特殊結界を構築するための祭壇と化していた。

結界構築に霊力を振り絞るおよそ四百名の退魔師《たいまし》が瞑目《めいもく》するその周辺では、彼らを警護するように手練《てだ》れの退魔師たちが目を光らせている。

日本最大の霊護団体《冥福連《めいふくれん》》の総本山からまんまと行方をくらませた魔族、アンドロマリウスの作戦妨害を警戒し、警護には準十二師天《じゅうにしてん》級とも呼ばれる実力者も多数配備されていた。

そんな緊張感漂う現場に異変が生じたのは、討伐作戦開始からしばらくした頃だった。

「っ!?　報告！　結界上空にアンノウン！　なんだこの速度と霊力……魔族じゃねえのか!?」

結界構築に参加すると同時に周辺の感知も担っていた相馬《そうま》家の退魔師が乱暴な口調で叫んだ。

それを皮切りに複数の退魔師が突如現れたその気配を結界構築場の最高責任者である童戸手《て》鞠《まり》に報告するのだが――

「この霊力……まさか、あの子たち……!?」

自らもその霊力を察知した手鞠は、呆然《ぼうぜん》と声を漏らすことしかできなかった。

昨晩から続く任務の影響で消耗しきったその相貌《そうぼう》に驚愕《きょうがく》が滲《にじ》む。

眠っている間も自動で幸運能力を発動して不幸能力を中和できる手鞠の身体的疲労はそう酷いものではない。本来なら現場の指揮を執るのに必要な判断力は鈍っていないはずだった。

しかし槐の現状に心を痛め続けていた彼女は、その覚えのある――霊力の総量は桁《けた》違いだが——気配が凄《すさ》まじい速度で結界の中心を目指しているのを感知した途端、パニックを起こしてしまっていた。

なぜ。どうしてこんなことを、まさか——

（まさか、槐《えんじゅ》ちゃんを、救うために……？）

理性ではそんなこと不可能だと思っているのに、迷いなく進むその気配に手鞠《てまり》の心が揺れる。

幸運能力のせいで良くも悪くも幼いその精神がどうしようもなく惑う。

そして周囲の退魔師《たいまし》たちが強く指示を求めてくる中、手鞠は、

「対処は……現場に任せるわ～」

ここからの援軍はもう間に合わないし、結界防衛の戦力を削《そ》ぐための囮《おとり》かもしれない。

そんな理由をつけて、彼女はほとんど思考停止するかのように、静観の構えをとるのだった。

「……っ!?」

だがその一方で、騒ぎを聞きつけた準十二師天《じゅうにしてん》級術師の一人は目を見開き髪の毛を逆立たせていた。

手鞠と同様、結界上空に出現したその霊力に覚えのある彼女は肝心のもう一人の気配が存在しないことを確認し——様々な可能性を考慮した結果、自分そっくりの身代わりを残して現場を放棄した。

身代わりとともに残って周囲を誤魔化《ごまか》すよう命じられたチームメイトの二人が「さすがにヤバイっすよ！」「落ち着いてください！」と引き留めようとするが、一睨《にら》みで黙らせる。

土御門晴親《つちみかどはれちか》がサポート役としても優秀な自分を討伐隊本隊に加えなかったのは、このあり得ない万が一を警戒していたからではないか……そんなことを考えながら、彼女は人っ子一人いない夜の街を、美しい獣の尾を駆使して風のように駆け抜けていった。

3

異様な景色が広がっていた。

本来なら夜の深まったこの時間帯でもまだ多くの人通りがあるだろうその繁華街にはしかし、いまは人っ子一人いない。

丸一日前に緊急発令された霊災避難命令の影響で、誰もが着の身着のままでこの街を飛びだしたからだ。

よほど慌てていたのだろう。どの建物にもいまだ多くの明かりが灯《とも》り、街灯やネオンの光が誰も歩いていない夜の街を照らしている。

まるで街一つが一夜にして丸ごと神隠しにあってしまったかのような、不気味なゴーストタウンだ。

そしてそのゴーストタウンと化した繁華街にはさらに奇妙なことに、激しい痙攣《けいれん》と嬌声《きょうせい》を繰り返す家畜が何百頭何千頭と転がっていた。どの家畜も口から泡を、股間《こかん》から体液を噴出して身もだえており、なかには既に瀕死《ひんし》の個体も多い。食い散らかされて
そんな異様な光景を幻想的に包み込むのは、半円状のオーロラのように空を覆《おお》う巨大な超特殊結界。いろんな意味でこの世の終わりのような光景だった。

そんな街並みの中を、黒く塗装された数台の車が猛スピードで駆け抜けていく。

街を覆う結界。その中心部を目指し、幹線道路に転がる家畜や放置された車両を避けて走る特殊霊装車だ。

「……来たか」

その車窓から険しい顔を覗《のぞ》かせていた土御門晴親《つちみかどはれちか》が、ふと進行方向へと顔を向けた。

「向こうからやってくるとは手間が省けて結構だが、やはり既に我々十二師天《じゅうにしてん》さえ餌《えさ》としか考えていないようだ」

そして耳元に装着したインカムへ即座に指示をくだす。

「ここに陣を敷く。全員配置につけ！」

瞬間、すべての車両がその場に停車。

よどみなく降車した退魔師《たいまし》たちが一斉に散開し、特殊霊装車の陰やビルの隙間に身を隠す。

「では手筈《てはず》通りに！　先輩方の武運を祈る！」

皇樹夏樹《すめらぎなつき》は地面から生えた巨大な樹木に飛び乗り、数人の補佐を引き連れて手近なビルの屋

上へと瞬《また》く間に昇っていった。

カンッ——晴親が地面に杖《つえ》をついた瞬間、特殊霊装車から大量の護符《ごふ》が噴出。

その多くが辺り一帯の地面へ魔方陣を描くように散らばり、数枚の護符が晴親の周囲で一斉に弾けた。展開されるのは極めて小さな、そしてそのぶん強度の凝縮された堅牢《けんろう》なる多重結界。

さらにその周囲を宗谷《そうや》家の式神が固める中、残った数十枚の札が多々羅刃鈴鹿《たたらばすずか》に張り付いた。

鈴鹿は二振りの《八岐大蛇《やまたのおろち》》を両手に握りながら、全身に張り付く札に「おーおー、いやらしい」などと戯《たわむ》れを口にしていたが、すぐにその口元は引き締まる。

冥福連《めいふくれん》総本部では呪的迷宮の影響もあって致命的なまでに感知が遅れた。

だがその禍々《まがまが》しい霊気はもはや知覚するなというほうが難しいほどの圧力を放ち、猛スピードでこちらに近づいてくる。

討伐隊の緊張が否応なく高まり、サポート班の全身からは大量の冷や汗が噴出する。

やがて——

「キャッハハハハハハハハハハハハハハ♥♥！」

ズシャッ！　退廃的な嬌声《きょうせい》を響かせ、文字通り跳んで来たのだろう霊級格7《スケールセブン》——童戸《わらしべ》槐《えんじゅ》が夜空を切り裂き幹線道路に降り立った。

金色の瞳に褐色の肌。その華奢《きゃしゃ》な身体《からだ》を彩るのは禍々《まがまが》しくも露出の激しい淫魔《いんま》の装飾。

細い肢体《したい》には真由美《まゆみ》が残した——そしてもう一体も残ってはいない——自律式神の残骸《ざんがい》がまとわりつき、その細い体躯からは想像もできない異常な身体能力を思わせる。

脱色された髪をかき分けるようにして生える二本一対の太く捻《ねじ》れた角が一際強い存在感を放つ中、その下にある小さな唇が怪しく弧を描く。

「にぃぃぃ♥」

前衛で妖刀を構える鈴鹿《すずか》、後衛で術式を練る晴親《はれちか》。そして物陰で息を殺すサポート班。

そのすべての存在を知覚しているかのように視線を巡らせた淫魔は、笑みをかたちづくる口元から大量の涎《よだれ》を垂れ流した。

「「……っ！」」

数千人に及ぶ人間からエネルギーを吸い取り力を増したからか。それとも長いこと家畜しか貪《むさぼ》れなかった反動か。

一度は「食事の妨害をしてくる脅威」と背を向けた二人の十二師天《じゅうにしてん》さえも餌《えさ》と見る淫蕩《いんとう》の瞳がとてつもない霊圧を放つ。

その化け物じみたプレッシャーは冥福連《めいふくれん》で相対したときとは比べものにならない。

そしてその圧をはねのけるように獰猛《どうもう》な笑みを浮かべた鈴鹿が妖刀を握り直し、晴親が杖《つえ》を軽く持ち上げた瞬間。

戦いが始まった。

「キャッハハハハハハハハハ♥♥！」

ズバババババババババババババババッ！

ゴングは淫蕩の嬌声《きようせい》とともにバラまかれる弾幕の風切り音。

グリンッ！　準備運動でもするかのように首を回した槐《えんじゆ》の角から無数の破片が撃ち出され、同時に霊級格《スケールセブン》7本人もまたミサイルのように鈴鹿たちに突っ込んできた。

刹那《せつな》、二人の十二師天は即座に動く。

「《羅生門《らしようもん》》！」

鈴鹿が腰にはいた刀の柄を叩《たた》く。

途端、鈴鹿に迫る感度三千倍弾が虚空《こくう》に衝突してはじけ飛んだ。

ズガガガガガガガッ！

散弾銃じみた威力の弾幕がビルの外壁とアスファルトを削り飛ばしガラスを粉砕する中、鈴鹿の周りだけが一つの弾痕《だんこん》もなく綺麗《きれい》なままだ。

妖刀《羅生門》。

特殊カーボンと霊的物質を融合し、さらに透明化の処理まで施《ほどこ》した伸縮自在の防壁型妖刀だ。……妖刀製作者の鈴鹿《すずか》が妖刀と主張するのだから、誰がなんと言おうと妖刀である。

カンッ！

続いて涼やかな杖《つえ》の音が響いた途端、周囲に広がるのは青の光粒。

先程アスファルトの地面に魔方陣を描いた数百枚の護符《ごふ》が輝きを放って周囲一帯を照らしたかと思うと、凄《すさ》まじい速度で迫る淫魔にまとわりついた。

それは本来、複数の術者が霊力を束ねて発動させる高等結界系拘束《こうそく》術。

術式の基礎こそ春先に霊級格6《スケールシックス》である乳避け女に使用されたものと同様だが、土御門《つちみかど》家当主が組み上げるその術式精度はまさに桁《けた》違い。略式ではあるが周囲のサポート班からも霊力を借りた範囲拘束術は超重力の檻《おり》と化して凄まじい威力を発揮する。

弾幕とともにこちらに突っ込んで来た霊級格7《スケールセブン》の動きが鈍り、そこへ鈴鹿が迎撃するように切り込んだ。

「オオオオオオオオオオッ！」

裂帛《れっぱく》の気合いとともに、目標とは中距離を維持したまま単身で斬りかかる。

その両手には一振りで八つの斬撃を生み出す妖刀《八岐大蛇《やまたのおろち》》が二本握られ、一瞬にして発生した十六、三十二、四十八の斬撃があらゆる角度から討伐目標に襲いかかる。

と同時に、鈴鹿はさらに二本の妖刀を振るっていた。

別の妖刀に持ち替えたわけではない。

鈴鹿が肩に担いだ特殊霊具——意のままに動く二本腕を増設し、装着者を擬似的な四本腕に変えるオリジナルの式神内蔵型変態霊具だ——が二振りの《八岐大蛇》とは別に《大嶽丸《おおたけまる》一式》《大嶽丸二式》と呼ばれる妖刀を振るったのである。

四十八の斬撃とともに鈴鹿謹製の妖刀が放つのは広範囲の雷撃と火炎。

目を焼く炎雷がその光の中に無数の刃を隠し、拘束術によって動きの鈍る霊級格7に殺到した。本来なら避けようのない範囲攻撃。

だが——

「っ！」

「キャッハハハハハハハハハハハ♥！」

そのすべては完璧《かんぺき》に回避された。

どこにどう攻撃が及ぶか完全に把握しているような初動の速さ。及び不意打ちの無効化。

強力な範囲拘束術を強引に引き千切る冗談じみた身体能力。

それらの能力が高次元で噛《か》み合い、絶対的な回避能力を実現しているのだ。

そして霊級格7の——性遺物の脅威はそれだけに留まらない。

「キャッハハハハハハハハ♥♥！」

攻撃を回避した淫魔はそのまま流れるような動きで鈴鹿との間合いを詰めると、
ズバババババババババババッ！

至近距離から感度三千倍弾を乱射。

そしてあろうことか乱射を続けながら鈴鹿《すずか》に殴りかかってきたのである。

「──っ！」

瞬間、装着者である鈴鹿の反射速度をも超えて、増設腕が動いた。

《大獄丸一式《おおたけまる》》《大獄丸二式》

殴りかかってくる霊級格7を牽制《けんせい》するように噴出する炎雷。

一拍遅れて《羅生門《らしょうもん》》を起動させた鈴鹿は感度三千倍弾を防ぐが、炎雷を躱《かわ》した槐《えんじゅ》の肉薄には対応が遅れた。霊級格7《スケールセブン》の拳が鈴鹿を襲う。が、その攻撃はまたしても不発に終わる。

鈴鹿の全身にまとわりつく護符《ごふ》。

そのうち二枚が弾け、とある術式の構築に神経を割かれている晴親《はれちか》に代わって半自動的に術式を発動させたのである。

一枚は凝縮された爆・破魔札の散弾。炸裂《さくれつ》した弾幕が淫魔の鼻先で無数の爆撃を放ち、その攻撃を中断させる。

そしてもう一枚は鈴鹿と淫魔の間に強固な結界を構築。鈴鹿と淫魔を引きはがすように膨《ふく》らむ結界が彼我の距離を強制的に広げる。

バギャアアアン！　淫魔がその膂力《りょりょく》で結界を打ち壊し、今度は後方で小細工を弄《ろう》している
らしい晴親やサポート班を狙《ねら》うが、それを阻止するのは二振りの《八岐大蛇《やまたのおろち》》から放たれる

無数の斬撃。

互いの攻防を牽制しあう無数の大破壊が交差し、幹線道路は一瞬で廃墟《はいきよ》のような有様《ありさま》になっていく。

やがて攻防の合間を縫って一際大きく距離をあけた鈴鹿が一息つくように口を開いた。

「はっは！　これが本当の霊級格7か！　やはり此方《こなた》一人では命が幾つあっても足りんな！」

全力を尽くせるよう万全の準備を整えてきたつもりだったが、大量の人間を糧《かて》に力を増した霊級格7はさらにその上をいく。

冥福連《めいふくれん》で初遭遇したときよりも確実に手強さを増した目の前の怪物に、鈴鹿の頬《ほお》を汗が伝う。

「霊級格7の逃走防止と完全なトドメ用にと機が整うまで皇樹《すめらぎ》の夏樹《なつき》を上方待機としたが、これはなかなか厳しい采配《さいはい》……！」

今作戦に参加する三人目の十二師天《じゆうにしてん》、皇樹夏樹。

彼はいまのところ、一連の攻防に一切関与せずに霊力を温存していた。

夏樹は覚醒した天人降ろしとして破格の霊力を発揮できるが、その力は極端なまでの短期決戦向け。加えて覚醒してからまだ日が浅いことから、いきなり霊級格7を相手に即席の連携は危険ということで、晴親が待機を厳命したのである。

上方待機には童戸槐《わらしべ》が逃走を図った際にすぐ捕捉できるように、という意味もしっかりあるのだが、それでも前衛として矢面に立つ鈴鹿の負担が増えていることに変わりはない。

「さて、ひたすら攻撃を仕掛けることでどうにか戦線を保ってはいるが、いつまで保つことやら……！」

術式と特殊霊具の使用によってある程度底上げされている身体能力と反射速度。

それでも完全には捕らえきれない怪物に妖刀を振るいながら、鈴鹿《すずか》は互いに決定打のない、しかしいつ崩れてもおかしくない危うい均衡に身を投じていく。

「化け物め……っ！」

戦慄《せんりつ》したようにそうこぼすのは、霊力提供や術式構築補助で陰から晴親《はれちか》の後方支援を支えるサポート部隊だ。

十二師天《じゅうにしてん》が放つ必殺の波状攻撃をことごとく躱《かわ》し、あまつさえ反撃まで仕掛けてくる霊級格7《スケールセブン》。そんな人外の脅威に驚愕《きょうがく》と畏《おそ》れを漏らし、同時に傍《かたわ》らの学生へ水を向ける。

「おい君！　君は確か十二師天クラスの拘束《こうそく》術が使えるんだろう!?　震《ふる》えてないで術式を行使するか、せめて範囲拘束術式に霊力を分けてくれ！」

「そ、そんなこと言われても！」

烏丸葵《からすまあおい》が半べそで悲鳴をあげる。

確かに彼女は霊級格6《スケールシックス》にさえ有効な拘束術を行使できる破格の術師だが、その力が発動するのは相手が美少女だったときだけ。相手を縛る際に性的興奮が生じていることが絶対条件だ。

十二師天と霊級格7が争い、ベテラン退魔師《たいまし》が戦線維持に駆けずり回る修羅場中のド修羅場。

それも敵対する美少女が除霊ではなく討伐対象となれば、それはもう性的興奮どころの話ではない。ゆえに烏丸は拘束術どころか霊力さえろくに捻《ひね》り出せず、完全なお荷物と化していまにも気絶しそうになっていた。

サポート班もそんな彼女の精神状態を察したか、ひとまず自分たちの仕事に集中しながら、いつ破綻《はたん》してもおかしくない十二師天と霊級格7の紙一重な攻防を見守った。

だがそんなサポート班の心配をよそに、連綿と続く拮抗《きっこう》状態はいつまでも終わらない。

やがて周囲の地形が変わり、いくつかのビルが崩壊したころ——鈴鹿が崩れ落ちそうな自らの身体《からだ》を支えるようにガッ！　と妖刀を地面に突き立てた。

「まったく、サキュバス王の性遺物とやらの力には呆《あき》れるばかりよ」

いまだ無傷で淫蕩《いんとう》の笑みを浮かべる霊級格7に対し、鈴鹿の消耗は激しい。

ダメージこそ負ってはいないが、一度のミスも許されない攻防で精神は疲弊《ひへい》し、妖刀の濫用《らんよう》で霊力もかなり消耗してしまっていた。

「全力で妖刀を振るい続けて牽制《けんせい》がやっととは。都市のひとつやふたつ滅ぶわけよ。だが」

鬼の角が生えたその相貌《そうぼう》に、再び獰猛《どうもう》な笑みが浮かぶ。

「切り札を使うまでの時間は稼げた」

「うむ、素晴らしい働きだった」

直後、これまで後方で結界の中にこもっていた晴親《はれちか》が動いた。

その手に開かれているのは一冊の文庫本。

何枚もの護符《ごふ》に覆《おお》われたその本から放たれた怪しげな光が、鈴鹿《すずか》へと伝播する。

「……!?」

そこで初めて、霊級格7《スケールセブン》の表情に動揺が走った。

なにかわからないがなにかまずい。

「イイイイイイイイイイイイイッ！」

ズバババババババババババババッ！

直感のように危機を感じ取った淫魔が晴親の元へ感度三千倍弾を乱射しながら迫る。

「《八岐大蛇《やまたのおろち》》！」

そしてそれをこれまでの攻防と同様に、牽制《けんせい》の刃が邪魔をした。

淫魔もそれをこれまでどおり回避し、体勢を立て直して再び晴親の元へ迫るのだが――

「――っ!?」

放たれた斬撃が消えない。

薄皮一枚で槐《えんじゆ》の横を通り過ぎ、あとは周囲の建物を切り裂いて消えるはずの斬撃の気配が消えない。それどころかいましがた避けたはずの斬撃は異様なまでの弧を描いて反転。再びこちらに迫ってくるのを淫魔の感覚器官が捉えていた。

「ギイイイイイイイイイッ!?」

淫魔は驚いたような奇声を発して再び回避する。

だが斬撃は再び自分に迫り、しかも先程よりもその数が増えている。
三十二、四十八、六十四――消えない斬撃が繰り返し槐を強襲するその最中にも、鈴鹿が妖刀をふるって斬撃を増やしているのだ。
最早反射速度云々《うんぬん》など関係ない。避ける隙間のない斬撃の津波が槐を完全包囲しつつあった。

「君の最大の脅威はその感度の高さから生じる回避能力の高さだ。ゆえに少々特殊な追跡術式を組み、対策をさせてもらった」

追跡術式。

晴親の構築したそれは、退魔術よりも呪詛精霊《じゅそせいれい》などに代表される呪術《じゅじゅつ》に近い代物だ。

術式の恩恵を受けた人物が特定の相手へ向ける遠距離攻撃すべてに呪詛のような追尾効果を付与するという特異な術式。

強力かつ特殊な術ゆえに鈴鹿一人に付与するのが精々《せいぜい》ではあるが、その威力は絶大。

結界などで防御することのできない槐を追い詰めるにはこれ以上ない威力を発揮していた。

「いまだ！　畳みかけろ！」

鈴鹿の攻撃が槐を翻弄《ほんろう》する中、サポート班が一斉に準備していた護符をばらまいた。

拘束《こうそく》術式の組み込まれた結界符だ。

多くの人々を襲った感度三千倍弾の意趣返《いしゅがえ》しがごとく、必死に斬撃を躱《かわ》す槐《えんじゅ》のもとに、重ねて動きを鈍らせる護符《ごふ》の弾幕が殺到する。

鈴鹿《すずか》の斬撃のように追尾効果こそ付与されていないが、消えない無数の斬撃に翻弄《ほんろう》されるいまの槐にその弾幕は躱しきれない。

「イ、ギイイイイイイイイイッ！」

瞬間、槐の動きが変わった。

殺到する斬撃を、その細腕で次々と叩《たた》き落としていく。

そうして無理矢理作った隙間から護符を避け、再び斬撃を叩き落としては躱していくのだ。

だが霊力の塊である《八岐大蛇《やまたのおろち》》の斬撃を無傷で散らせるわけではない。

霊的防御力、および物理的な硬度の増している霊級格7《スケールセブン》ではあるが、その身体《からだ》には確実にダメージが蓄積している。

被弾はわずか、なおかつ効果は気休め程度ではあるが、拘束符も確実に当たりはじめている。

晴親《はれちか》が施《ほどこ》したたったひとつの術式が戦況を大きく優勢に傾けつつあった。

「うむ、危険を冒して術式を組み上げた甲斐はあったようだ」

術式に不備がないよう細心の注意を払いながら、晴親が安堵《あんど》したように呟《つぶや》く。

サキュバスの角への対策に特化したともいえるこの術式だが、その構築には大きく二つの制約があった。

ひとつは対象との間に強固な呪詛《じゅそ》経路を構築するためにターゲットの近くで術式を組まねばならない工程があり、なおかつそれには晴親でさえかなりの時間を要すること。

もう一つは多くの呪詛がそうであるように、対象の髪の毛などの触媒が必要になる点だった。またこの術式はその威力を最大限発揮するためにより強力な触媒が必要であり、実のところ晴親はそれだけの触媒が手に入るかどうかが作戦の明暗をわけると考えていたほどなのだが
——その触媒は思いのほか早く見つかった。

それは、いま晴親の手にある一冊の文庫本。

霊級格7と化した少女、童戸《わらしべ》槐が幽閉されていた座敷牢で見つかった一冊の娯楽小説だった。

主人公が仲間と力を合わせてたくさんの人を笑顔にする、温かくて幸せな物語。

何度も読み返したのだろうその文庫本はくたくたで、なにより、少女の思念がこれでもかと染みついていた。決して手の届かない世界に憧れた少女の想いが。強力な術式の触媒になってしまうほどに。

「……」

この文庫本を術式に組み込むと決めた際、さしもの晴親も心が揺らいだ。しかしそれは作戦に不要な私情。早々に割り切り、いまこうして霊級格7討伐に心血を注いでいるのだった。

そんな晴親が手に持つ文庫本に一瞬だけ目をやった鈴鹿がぼそりと呟く。

「……まこと、気の乗らん仕事だ」

攻撃の合間に霊力回復薬をがぶ飲みし、空になった容器を乱暴に投げ捨てて息を漏らす。

そして尽きることのない追尾攻撃と迫り来る護符《ごふ》の弾幕に少しずつ少しずつ体力を削られていく霊級格7《スケールセブン》へ憐憫《れんびん》の眼差しを向けた。

「古屋《ふるや》の晴久《はるひさ》をきつく叱《しか》りつけた手前ではあるが、此方《こなた》も子供をいたぶる趣味はない」

本来の作戦ではこのまま少しずつ霊級格7の体力を削り、確実に潰《つぶ》せる段階で夏樹《なつき》を投入する予定だった。

だが無数の斬撃と炎雷、そして投擲《とうてき》される護符から逃げ惑い濁った悲鳴をあげる少女の姿など、あまり長く見ていたいものではない。

鈴鹿《すずか》は静かに二本の妖刀を握った。

そしてその《八岐大蛇《やまたのおろち》》と《大獄丸一式《おおたけまる》》を一本の鞘へとねじ込み、深く腰を落とす。

瞬間、爆発的な霊気が生じたかと思うと一気に収束し——

「妖刀合成——居合い一閃《いっせん》《大蛇丸》」

圧倒的な破壊力を内包する炎の追尾斬撃が宙を走った。

相手は霊級格7。この一撃でも仕留めきれるとは限らない。

だがこの一撃で一気に体力を削ることができれば、あとは夏樹にトドメを任せるだけ——

そうすればもう苦しまなくていい。少女は安らかに眠ることができる。

祈るように鈴鹿が剣を振り抜き、晴親《はれちか》が「先走りおって」と言いつつその攻撃を補佐するように追尾術式の力を強める。

そして回避不能の一撃を察した槐《えんじゅ》が振り返り——その身体《からだ》が不自然なまでに大きく痙攣《けいれん》した、その瞬間だった。


『その討伐作戦ちょっと待ったあああああああっ！』


「「っ⁉」」

場違いな声が戦場に響き渡った。

次の瞬間、その阿呆《あほう》のような声に呼応するように、異様な物体が降ってくる。

ブオオオオ、オ、オオオオオオオッ！

巨大な獣の叫声じみたエンジン音を響かせて落下してきたその物体は、小回りの利きそうなスポーツカー。

だがその場にいた誰もがそれをすぐにはスポーツカーとは認識できなかった。

なぜならその車は、全面鏡張りという、あり得ない風体をしていたからだ。

そしてその鏡は当然、普通の鏡などではない。

「なっ⁉」

鈴鹿《すずか》や晴親《はれちか》、十二師天《じゆうにしてん》を含む誰もが驚愕《きようがく》に声を漏らす。

追尾術式を付与して霊級格7《スケールセブン》に迫る攻撃の数々が、その全面鏡張りのスポーツカーに触れた途端、霞《かすみ》のように消失したのだ。

それはとある事件のあと、式神使いである宗谷《そうや》家に管理封印を任された秘匿呪具《ひとくじゆぐ》──

「アンチ・マジックミラー号だと!? ならば使役者は……!」

晴親が突然の異常事態に瞠目《どうもく》するのとほぼ同時。

その疑念に応えるように空から一体の龍が凄《すさ》まじい速度で戦場へと突っ込んできた。

それは強大な霊力を秘めた式神。

恐らくここまでアンチ・マジックミラー号を運んできたのだろう青龍《せいりゆう》はサポート班が放った拘束《こうそく》符を蹴《け》散らし、討伐隊を威嚇《いかく》するようにアンチ・マジックミラー号の頭上を旋回する。

続けてアンチ・マジックミラー号の中から出現するのは、朱雀《すざく》、玄武《げんぶ》、白虎《びやつこ》の姿を模した巨大な式神だった。寄生型の式神であるアンチ・マジックミラー号を中心に、まるで霊級格7を守るように布陣した式神の一軍が十二師天と相対する。

そのあり得ない光景に、晴親は愕然《がくぜん》と目を見開いた。

「宗谷美咲《みさき》……!? バカなっ!? そこまで愚かだったか……!?」

念のためにと一応の対策は施《ほどこ》したが、さすがに彼らもそこまでバカではないはずだ……心のどこかで高をくくっていただけに、憑《つ》き物の戯言《ざれごと》に惑わされたのだろう若者らの暴挙に晴親は呆然《ぼうぜん》と言葉をなくす。

だが次の瞬間には冷静さを取り戻し、「肝心のもう一人が姿を見せないのはなぜか」「自分が施した対策に引っかかったか、あるいは被弾者治療などのために宗谷美咲を先行させたか」と頭を巡らせつつ、魔族の乱入に備えた緊急プランをもとに迎撃態勢へと意識を切り替えた。

一方、鈴鹿は少しだけ期待するように鋭い双眸《そうぼう》を式神軍に向けると、

「ほぉ……この期に及んで乱入してきたということは、古屋晴久《ふるやはるひさ》に絶頂させてもらいパーツの除去に成功したということでよいのかな？　宗谷の不良後継ぎよ」

『ぜ……し、してませんそんなこと！』

だがアンチ・マジックミラー号の内部から返ってきたのは場違いなほど狼狽《ろうばい》する少女の恥じ入る声。

『けど、まだ可能性はあるはずなんです！　古屋君に絶頂除霊《ぜっちょうじょれい》を使ってもらうまで、槐《えんじゅ》ちゃんは死なせない！　槐ちゃんの救出作戦は、まだ終わってない！』

続けて響くのは、切実な想いのこもった決意の叫声。決死の覚悟。

瞬間、鬼の気迫をまとった鈴鹿は晴親とともに、

「論外」

若輩の愚かな主張を一刀のもとに切り捨て、霊級格7討伐作戦を継続すべく再び霊力を噴出させた。

「んあああああああああああああああっ♥♥♥!?」

嬌声《きょうせい》の重なり合う病院ホール内で、俺は自分の快楽媚孔《かいらくびこう》を突いていた。

木を隠すなら森の中。周囲の嬌声に紛《まぎ》れ込ませるかたちであられもない声を漏らした俺は、次の瞬間にはまったく無駄のない動きで感度三千倍患者の快楽媚孔を突きまくる。

(すげえ……快楽点ブーストの効果が上がってる……!)

感度三千倍患者の応急処置を可能な限り早く終わらせられればと行った快楽点ブーストだったが、それは俺が想定していた以上の効果を発揮してくれた。

動きの精度がこれまでとは段違いだったのだ。

――当然です！　これだけたくさんの人から繰り返しエネルギーを摂取してお腹いっぱいになったのですから、色々パワーアップしてますよ！

と豪語するミホトの言葉通り、俺の思考はこれまでにないほど澄み渡り、疲弊《ひへい》しているはずの身体《からだ》のキレもロリコンスレイヤーと戦ったとき以上のものだった。

そうして俺はこれ以上ないほどの効率で応急処置を続けていき――

「んほおおおおおおおおおおおっ♥♥♥!?」

病院のホールにおっさんの嬌声が鳴り響いたのを最後に、絶頂を繰り返す人はいなくなる。

「よしっ！　これで全員だな！」

周囲の医療関係者に患者の見落としがないか確認し、それから俺は一目散にホールを飛び出した。

今度こそ槐《えんじゅ》を救い出すために。

槐を助けるにあたって、俺たちの勝利条件はひとつ。

討伐隊が槐を殺すより先に快楽媚孔を突き、槐を絶頂させることだ。

けど俺と宗谷《そうや》は具体的な作戦立案の段階で、この勝利条件を達成するのは実際のところかなり難しいだろうと結論づけていた。

霊級格7《スケールセブン》と認定された槐の快楽媚孔を突くにはそれなりの時間がかかることが予想され、十二師天《じゅうにしてん》がその間待っていてくれるわけがないからだ。仮にミホトの機動力を利用して十二師天より先に槐と遭遇できたとして、快楽媚孔を突く前に追いつかれる可能性が高い。

かといって槐が討伐用結界に追い込まれる前にこっそり突撃を仕掛けるなんてのは被害拡大のリスクがでかすぎるし、十二師天を足止めするなんてのも現実的じゃあない。

そこで俺たちは十二師天を出し抜くことなど早々に諦《あきら》め、一つの賭《か》けに出ることにした。

十二師天と霊級格7が争う戦場に乱入し、その大混戦の中で快楽媚孔を突くという賭けだ。

十二師天が率いる討伐隊と俺たち、そして槐の三つ巴。

そのカオスな戦場を上手《うま》くコントロールすることができれば、槐《えんじゅ》に与《くみ》することで討伐作戦を妨害しつつ、十二師天《じゅうにしてん》の攻撃に便乗することで槐の快楽媚孔《かいらくびこう》を突くことができる――と言えば机上の空論に近い匂《にお》いがぷんぷんするが、俺たちだけで槐を救うには空論だろうがなんだろうがなりふり構っていられない。

結局、予想外のタイミングで被弾者の感度三千倍状態が再発してしまったために三つ巴以外の策などとれなくなってしまったわけだが……とにかくいまはその三つ巴の要領で宗谷《そうや》が時間を稼いでくれている。

ただ、いくらアンチ・マジックミラー号と覚醒した宗谷家の力があるとはいえ、三人の十二師天を相手にいつまで保つかはわからない。それに、これだけの大規模討伐作戦を真正面から妨害するのはいくら宗谷でも精神的にかなりキツイはずだ。

「もう騒ぎになってやがるし……急がねーとな」

既に宗谷の一件は現場全体に知らされているのか、病院内は退魔師《たいまし》を中心に慌ただしい喧噪《けんそう》に包まれていた。

「おい！　誰か古屋晴久《ふるやはるひさ》を見なかったか！」

「それが……ごった返す病院内をちょこまかと動き回られている間に見失ってしまい……」

「てゆーか、冥福連《めいふくれん》突入作戦の中核に抜擢《ばってき》されたような変態退魔師、見つけたところで私たちの手に負えるの!?　犯されて終わりじゃない!?」

俺を捜す退魔師たちの怒号が病院内に響きはじめる中、俺は快楽点ブーストの力でそれらを上手く避け、結界が展開される前に上手いこと病院からの脱出に成功した。

そのまま夜の闇に紛《まぎ》れ、人気《ひとけ》の少ないほうへと駆けていく。

本当ならすぐにでもミホトを顕現させて宗谷と槐のもとへ向かいたいのだが……ミホトの姿はこの大規模避難の原因となったいまの槐の姿に酷似しているのだ。

誰かに見られて広域避難所全体がパニックになるようなことは万が一にも避けたい。

加えて病院の屋上はミホトがその機動力を発揮する反動で壊れかねないので、俺は屋外に人目の届かない場所を探しているのだった。

やがて俺は誰にも見咎《みとが》められることなく、病院から少し離れた場所に人気のない河川敷を発見する。

「よし、行くぞミホト！」

快楽点ブーストのパワーアップもあってかなり時間を短縮できた。

しかしそれでもなお一分一秒が惜しい状況に変わりはなく、急いで顕現するようミホトに声をかけた……そのときだった。

――フルヤさん！

「っ!?」

ミホトが脳内で警告を発し、快楽点ブースト状態の俺は咄嗟《とっさ》にその場を飛び退《の》いた。

バシンッ！　俺が先程までいた場所に発動したのは、霊力探知ができずとも見るからに強力だとわかる拘束術《こうそく》。

「くっ⁉　追っ手が来やがったか！」

だが慌てる必要はない。パワーアップした快楽点ブーストの力なら多少強力な追っ手が相手でもすぐに振り切れる、とブーストのかかった頭で冷静に考えていたのだが――術を放った人物がその姿を見せた途端、俺の思考は瞬《また》く間に凍りついた。

想定していなかった事態に全身から血の気が引く。

「なにを……しているの……？」

絶対零度の声音《こわね》。絶世の美貌《びぼう》。闇夜に浮かぶ白銀の九尾。

「答えなさい、古屋《ふるや》君。あなたは一体、なにをしているの……⁉」

準十二師天《じゅうにしてん》級とも称される超高校級の退魔師《たいまし》。

《化け狐《ぎつね》の葛乃葉《くずのは》》が跡取り娘、葛乃葉楓《かえで》。

手鞠《てまり》さんたち結界構築班の護衛に参加しているはずの幼馴染《おさななじみ》が、顔色をなくして俺の前に立ちふさがっていた。

4

「いま、宗谷美咲《そうやみさき》が討伐作戦を妨害していると連絡が入ったわ」

パキッ、と小枝を踏み鳴らして、楓《かえで》がこちらに近づいてくる。

「そしてあなたは、ミホトの封印も解除された状態で病院を抜け出し、どこかに向かおうとしている。一体、どういうつもりなの……?」

「……っ!」

凄《すさ》まじい圧力だった。

いままでも楓からきつく叱《しか》られたり折檻《せっかん》を受けたりしたことはあったが、そのすべてがほんのお遊びだったのだと確信できる威圧感。刺すような霊気。

楓が詰問しながらゆっくりと歩を進めるたび、心臓の鼓動が痛いほど勢いを増していく。

(これは……誤魔化《ごまか》せねぇ……!)

下手《へた》な言い訳は逆効果。

適当な出任せは即座に見抜かれると、長年の付き合いから直感する。

だが、かといって安易に戦闘や逃走を選ぶこともできなかった。

実のところ、俺はいままで楓が本気で戦うところを見たことがない。

そもそも楓が本気を出すような悪霊《あくりよう》怪異《かいい》など滅多に出現しないし、いたとしても万年Dクラスの俺なんかが参戦できる現場ではなかったからだ。

だがかつて退魔学園《たいまがくえん》に出現した霊級格5《スケールファイブ》の怪異ロリコンスレイヤーをわずか四本の尾で瞬殺した事実。そしていま発散されている凄まじい霊力からその実力は十分に垣間《かいま》見える。

確かに、いまの俺にはパワーアップした快楽点ブーストの力がある。

けど快楽点ブーストはあくまで判断力の向上と動きの最適化に特化した能力。

ミトトなしで九尾の機動力から逃げ切るのは容易ではないし、ミトトを顕現させようにもその大きすぎる隙を楓が見逃すはずがない——快楽点ブースト状態の澄み切った思考が現状を的確に分析して警鐘を鳴らし、俺の頬《ほお》から冷や汗が流れ落ちる。

（それに……できることならいままで俺の呪《のろ》いの面倒をずっと見てくれた楓と、こんなかたちで戦いたくない）

だから俺は一か八か、ミトト顕現のための隙を見いだす意味も込め、獣尾を逆立ててにじり寄ってくる楓に口を開いた。

「……槐《えんじゅ》を助ける方法が見つかったんだ」

ぴくり、と楓の足が止まる。

「俺の絶頂除霊《ぜっちょうじょれい》で快楽媚孔《かいらくびこう》を突けば、槐に取り憑《つ》いたパーツを取り除けるかもしれないんだ。だから槐が殺される前に、俺は——」

「本気で……言っているの？」

殺意さえ滲《にじ》ませる冷たい声が、俺の声を即座にたたき切った。

「どこの憑き物に唆《そそのか》されたのか知らないけれど、本当にパーツを除霊できるというのなら、宗谷美咲《そうやみさき》で証明してみればいいだけだわ」

「……っ！」

「それができずにこんな真似《まね》をしている時点で、あなたたちの話に信憑性《しんぴょうせい》なんてありはしない」

作戦本部が挙げたのと同じ理由で、楓《かえで》は俺の話を否定する。

宗谷《そうや》に絶頂除霊《ぜっちょうじょれい》を使えない理由は幾つもあった。

快楽媚孔《かいらくびこう》が存在しない。そもそも能力の関係で宗谷に強い性的刺激を与えることはできない。

けどそんなことを言っても信じてもらえるはずがないし、信じてもらえたところでパーツの除去が可能だと証明できない状況に変わりはない。

「いいから、とにかくそこをどいてくれ……！」

だから俺は結局、真正面から愚直に吠《ほ》えることしかできなかった。

「俺は、槐《えんじゅ》を助けに行くんだ！」

「ふざけるのもいい加減にしなさい……！」

「っ⁉」

瞬間、楓の身体《からだ》から爆発的な霊力が噴出した。

これ以上ガキの戯言《ざれごと》など聞いていられないとばかりに九尾が地面を抉《えぐ》り、凄《すさ》まじい形相で楓が俺を睨《にら》み付ける。

「ここで討伐作戦を妨害しようものなら、あなたは今度こそ確実に殺処分されるわ。そうでなくとも、多数の犠牲が想定されるパーツの除霊を妨害するなんてあり得ない」

怒《いか》りに声を震《ふる》わせるようにしながら、楓が言葉を吐き出す。

「いまならまだ間に合う。かなり強引な根回しが必要になるけれど、あなたは未遂ということにして、宗谷家への厳罰だけで事態を収められるわ。だからいますぐ、病院に戻って被弾者への応急処置を続けなさい！」

逆らうことは絶対に許さないとばかりに楓が叫ぶ。

いままで見たことがないほど感情的で頑《かたく》な楓の態度に俺は面食らう。

しかし俺もここで引くわけにはいかない。

俺のワガママに付き合ってくれた宗谷を切り捨てられるわけがないから。

助けられるかもしれない少女がみすみす殺されるのを放ってはおけないから。

これ以上平行線にしか見えない議論に時間を割いてはいられない。

「時間がねえんだ……っ！　悪いけど、こうなりゃ力尽くでいかせてもらう！」

「っ⁉」

言い終わる前に、俺は視界の端で見つけておいた小石を連続で蹴《け》り上げた。

会話に集中していた楓の視界を潰《つぶ》すように複数の小石が宙を跳び、凄まじい速度で蠢《うごめ》く獣尾がそのすべてを瞬時に叩《たた》き落とす。

できた隙は一瞬。

だが俺はその一瞬で楓の視界から外れるように身体を捻《ひね》り、ミホトを顕現させる時間を稼ぐべく楓《かえで》から全力で距離を取る。

だが、

「多重彼我遮断陣《ひがしゃだんじん》！」

「っ！」

楓の反応は迅速《じんそく》だった。

俺と楓を閉じ込めるリングのように展開したのは、十層にも及ぶ強力な結界。

外部と内部――彼我の音や空間的繋《つな》がりさえ完全に遮断する高等術式だ。

「ぐっ……!?」

無機物絶頂で結界を破壊すべく快楽媚孔《かいらくびこう》を探るが、最悪なことにいくつかの快楽媚孔は手の届かない天辺付近にあり、ミホトの膂力《りょりょく》を借りなければ突破は不可能だった。

だがその肝心のミホトを顕現させる暇など楓は与えてくれない。

「絶対に逃がさない……っ！」

結界を突破しようと目論む俺の動きを察した楓が、それを妨害するように襲いかかってきた。

自在に動く九本の尾を使って一気に俺との距離を詰め、続けて縦横無尽《じゅうおうむじん》に狐《きつね》の尾を振るう。

（くそっ！　できることなら避けたかったけど、こうなったらミホトの顕現だけじゃなくて、楓に絶頂除霊《ぜっちょうじょれい》をかまして骨抜きにするのも視野に入れて――）

などという考えは即座に粉砕された。

「ぐっ!?　うわ!?」

目にもとまらぬ速度で繰り出される九本の獣尾。

その凄《すさ》まじい猛攻はパワーアップした快楽点ブーストの力を借りても避けるのがやっと。

最適化された身体《からだ》の動きと判断力をもってしても楓に近づくはできず、事前になんらかのコーティングが施《ほどこ》されているのか、狐尾には快楽媚孔も見当たらなかった。

(楓のやつ、本気だとここまで……!?)

快楽点ブーストさえ真正面からねじ伏せる楓の実力に戦慄《せんりつ》しながら、それでも打開策を探して攻撃を凌《しの》ぎ続ける――そんな俺の耳に、

「行かせない……っ！　たとえいま以上にあなたから恨まれることになっても、絶対にここは通さない！」

「……!?」

猛攻の最中、鬼気迫る表情の楓が自分に言い聞かせるように声を漏らすのが聞こえてきた。

「あなたがパーツに取り憑《つ》かれたのは私のせい。なら、パーツを除霊できるなんて妄言《もうげん》に唆《そそのか》されてあなたがこんな暴挙に及んでいるのも私のせい。だから私には……あなたを止める義務がある！」

一瞬も気の抜けない猛攻の合間に聞こえてくるその声は悲痛そのもので。

耳を傾けずにはいられない。

(けど、パーツに憑《つ》かれたのが自分のせいとか恨むとか、一体なんの話だ!?)

楓《かえで》がなにを言っているかわからず、脳裏には幾つもの疑問符が浮かぶ。

しかしその疑問の答えを探る余裕などどこにもありはしなかった。

楓の攻撃手段は、獣尾だけではないからだ。

「私はあなたを止めなければならない……だから、手足の一本や二本、後遺症のひとつやふたつ……覚悟しなさい……!」

ゴオオオオオッ!

青白い炎が放たれる。

結界内の酸素濃度や温度の関係か、火勢はそれほど強くはない。

だが楓の放つ狐火《きつねび》は俺の機動力を削《そ》ぐようなかたちで的確に退路を断ち――そこに白銀の獣尾が殺到した。

「……っ!」

避ける。避ける避ける。全力で避ける。

だが一本の尾が地面を抉《えぐ》ったかと思うと、次の瞬間、巻き上げられた土塊の散弾銃が俺に襲いかかった。

「う、あああああっ!?」

咄嗟《とっさ》に目をつむって視界が潰《つぶ》されるのだけは回避するが、その一瞬が致命的だった。

獣尾の一本を避けきれず、咄嗟に人外化している両腕でガードする。

その凄《すさ》まじい威力に踏ん張りなどきくわけもなく、吹き飛ばされて地面を転がる。

「四肢壊死捕縛《ししえしほばく》」

「っ!?」

さらに俺が這《は》いつくばったその先に強力な捕縛術が展開され、俺はかろうじてそれを回避した。が、一連の攻撃で一気に体力を消耗した俺は既に息があがりかけていた。

「もうわかったでしょう」

楓がさらなる捕縛術の構えを見せながら俺を睨《にら》む。

「これ以上やっても怪我《けが》が増えるだけよ。大人しく投降して、私の監視下で被弾者の応急処置を続けなさい」

確かにこのまま続ければジリ貧だ。

快楽点ブースト状態でも勝ち目はないし、効き目が切れれば重ねがけする間もなく瞬殺だろう。けど、

「どうにかギリギリ、狙《ねら》い通りだ」

「っ!?」

俺は逃げ回り吹き飛ばされながら辿《たど》り着いたそこ――大地の快楽媚孔《かいらくびこう》が光るその場所に指を突き立てた。

ゴゴゴゴゴゴッ！

途端、巻き起こるのは大地の絶頂。

局地的ではあるが地面が大きく揺れ、ひび割れた地面からは潮吹きの如く地下水がわき出す。

「なっ⁉」

その揺れに楓《かえで》が膝《ひざ》をついた。

狐尾を使って揺れの影響しない空中へ跳ぼうにも、上方は結界に蓋《ふた》をされてそこその高さしかない。

一方俺は激しい揺れの中でも快楽点ブーストの効果でそれなりの機動力を保ったまま。

揺れの影響で楓の攻撃精度が鈍る中、俺は自分の内側に呼びかける。

「ミホト！」

――はい！

途端、俺の指先で射精感が高まっていく。

両手の指が痙攣《けいれん》と収縮を繰り返し、やがて弾けるのはありもしない十本の精管をなにかが通り過ぎていく快感だ。

ビュウウウウウウウッ！　ビュビュッ！　ドビュウウウッ！

「う、ぐうううううううっ⁉」

十回分の射精が同時に押し寄せてきたに等しい快感に身もだえしながら走り回り、楓の攻撃を回避。

そして地震が収まるころ。

『ようやく顕現できました！』

金色に輝く人外の瞳、銀髪、褐色の肌。

ムチムチの肉体を露出度の高い修道服で包んだ謎の霊体ミホトは半実体をもって顕現し、その両手は既に俺の両手と同化していた。

「これで、形勢逆転だ」

『はい！』

俺の言葉にあわせ、ミホトが俺の両腕を操り地面を叩《たた》いた。

凄《すさ》まじい速度で宙を舞った俺の身体《からだ》は一瞬で結界の上方にあった快楽媚孔《かいらくびこう》を突き、彼我遮断《ひがしゃだん》陣《じん》を絶頂崩壊させる。

「……っ！」

楓が獣尾と狐火《きつねび》で牽制《けんせい》するのも置き去りにし、さらに二枚目の結界も絶頂。

続けて瞬《また》く間に三枚目四枚目の彼我遮断陣がビビクンッと痙攣して消滅する。

ミホトが取り憑《つ》いた俺の両腕は快楽点ブースト同様にかなりの強化がされており、アンドロマリウスと戦ったときと同じかそれ以上の膂力《りょりょく》を発揮して人外の高速移動を実現していた。

（これならすぐに楓を振り切れる！）

そう、確信したときだった。

「言ったでしょう」

鋭く濃密な霊気が、

「絶対に逃がさないと……！」

まるで戦意の衰えない楓《かえで》から噴出した。

（なんだ……!?）

意識に一瞬のラグが発生した――そのわずかな異変を感じ取った次の瞬間。

俺たちを取り囲んでいた結界が消失した。

「『っ!?』」

いま突こうとしていた結界の快楽媚孔《かいらくびこう》も一緒に視界から消え失《う》せ、俺とミホトが目を見張る。

どうなってんだ!?　と思いつつ、結界が消えたなら好都合とそのまま夜空に向かって突き進んだのだが、

「『あいたぁ!?』」

なにもないはずの虚空《こくう》に両腕がぶつかり、勢い余って頭もぶつける。

激痛に顔をしかめると同時にバキィ！　と俺たちの衝突に負けてた結界にヒビが入るような音がしたのだが、やはり俺たちの目の前には結界など存在しない。

「なにが……!?」

ミホトとともに混乱しながら頭を押さえて立ちあがる。

直後、ミホトが『はっ⁉』となにかを察知したかのように腕をあげた。

「うっ⁉　ぐああああああああっ⁉」

次の瞬間、ミホトがあげた腕に複数の衝撃が弾け、続けて脇腹にも凄《すさ》まじい衝撃が叩《たた》き込まれる。

「な、んだ……⁉」

いま、楓のいないはずの方向から――いやそれどころか、なにもない虚空から攻撃が……⁉

地面を転がりながら「一体なにが⁉」と周囲を見回した俺はさらに表情を引きつらせる。

（楓がいない⁉　ありえねぇ！）

どこを見渡しても楓の姿が見当たらない。

それどころか、楓を感じ取れる一切の気配が完全に消失していた。

強烈な霊気、荘厳なまでの存在感を放つ九尾。全身から放つ殺気。

その全てが河川敷の闇夜に溶け込んでしまったかのように消え失せ、いくら神経を研《と》ぎ澄ませてもまるで感知できない。

一体どこに⁉　と俺がパニックに陥っていると――

『フルヤさん！』

ミホトが叫びながら両腕を縦横無尽《じゅうおうむじん》に振るう。

「ぐっ、ああああっ⁉」

瞬間、またしてもなにも存在しない空間から衝撃が弾けた。

今度はミホトの操る両腕がほとんどの衝撃をガードするも、幾つかの攻撃は俺の身体《からだ》をかすめ、虚空《こくう》から突如放たれる土砂の散弾は容赦《ようしゃ》なく俺の身体を痛めつける。

度重なる虚空からの攻撃に焦燥《しょうそう》が加速する。

だが一方で、俺は繰り返される攻撃の正体にようやく思い至る。

これはまさか――

『幻術⁉』

できれば当たってほしくない俺の推測を肯定するかのようにミホトが叫んだ。

幻術。

それは霊体物質による霊的特殊メイクと並び、葛乃葉《くずのは》の代名詞である変身術を構成する術式のひとつだ。

ただし、変身術を構成する一要素といっても、人の精神が霊力に大きく影響することを考えればその術式の影響力はまさに絶大。そうでなくとも相手の認識を支配する力はとてつもない脅威であり、極めれば一国を傾けかねない無類の能力となる。

この術式を極めた菊乃《きくの》ばーさん（楓《かえで》の祖母）が同じ十二師天《じゅうにしてん》からもチート呼ばわりされていることからもその凶悪さは明らかだ。

ただ、その絶大な威力に比例するように、幻術を変身術と切り離して極めるには途方もない修練が必要とされている。葛乃葉の直系でさえ習得できるとは限らない絶技であり、その難易度は楓でさえまだまともに扱えないレベル……だったはずなのだが。

「楓のやつ、いつの間にここまで使いこなせるようになってやがったんだ⁉」

いきなり消えた結界と楓。なにもないところから繰り出される攻撃。

河川敷の景色が丸ごと変わったりしているわけではないのでまだ発展途上なのだろうが、それでも楓が幻術を実践レベルで使いこなしていることに変わりはない。

楓が隠し持っていた切り札に俺が「聞いてねえぞ！」と叫ぶと、

「普段から奥の手をひけらかす術師なんて存在しないわ」

距離間のまるで測れない幻聴のように楓の声が響き、苛烈《かれつ》な攻撃が再開された。

「ぐ、うううううっ⁉」

まずい！　どうする⁉

楓がまだ複数人に幻術をかけられないせいか、それともミホト本人になにか耐性でもあるのか。幻術のかかりが薄いらしいミホトがいまは攻撃を察知して防いでくれている。

しかしその感知も完全ではないらしく、咄嗟《とっさ》にガードするのがやっと。すべての攻撃を防ぎ切れているわけではない。

このままじゃジリ貧。

かといって葛乃葉《くずのは》の幻術を破るような高等術なんて俺が使えるわけもない。

こんなの一体どうやって突破すりゃあ……!?

——ひとつだけ、方法があります!

楓《かえで》に悟られないようにか、ミホトが俺の脳内に直接語りかけてきた。

「っ!?」

——フルヤさん自身の快楽媚孔《かいらくびこう》を突けば幻術は解除できるはずです!

(っ!? マジか!? いやでも、いままでロリコン化やラッキースケベなんかを解除できなかったのに大丈夫なのかよ!?)

ミホトからいきなり語られる解決策に俺が面食らっていると、

——本来ならそうですが、今回のこれは幻術! 意識に干渉する術です! 無意識——夢に干渉する私の力とあわせ、絶頂除霊《ぜっちょうじょれい》による性エネルギーの爆発を利用すれば解除は可能です!

(なるほど……)

と俺はミホトの言葉に納得するのだが、

(って、たまに見てたあのドエロい夢、やっぱりお前の仕業《しわざ》だったのかよ!)

——い、いまはそんなこと言ってる場合じゃないですよ!

(まあ確かにそうだけど……つーか打開策があるならなんでさっさと実行しないんだ!?)

ミホトとの脳内会議の最中も楓の攻撃でどんどんダメージが蓄積していく。

なのになぜミホトは俺の快楽媚孔を突かず相談を持ちかけるように語りかけてきたのかと俺は首を捻るのだが——その疑問は自分の身体《からだ》を見下ろしてすぐ解消された。

快楽媚孔が、ない。

少なくとも俺自身が視認できる位置に、一撃必頂のツボは光っていなかった。

——気づきましたか!?

状況のまずさに気づいて唇を噛《か》みしめる俺の脳内でミホトが叫ぶ。

——補足しますと、フルヤさんの頭部にも快楽媚孔は見当たりませんっ。恐らく背中にあると思われますが……

ミホトが言いよどむが、その先は言わないでもわかる。

ミホトはいま俺の両腕に自分の両腕を重ね、その豊満な胸元が俺の背中にぴったり押しつけられるほど密着した二人羽織のような状態になっている。

背中の快楽媚孔を視《み》て俺に知らせるには、一度両腕の同化を解除しないといけないのだ。だが幻術まで使われたこの状態でそんなことをすれば、楓に瞬殺されてしまう。

加えて、自身の快楽媚孔を突けばミホト顕現時以上の快楽が俺を襲うことになる。ミホトに操られている最中なら絶頂しながらでも動けるが、一度ミホトとの同化を解除しなければならないとなると俺はその場で動けなくなるだろう。

つまり、

――背中の快楽媚孔《かいらくびこう》を突くには、先程私が顕現したときよりも大きな隙をカエデさんからかすめ取る必要があるんです！

（くっそ……！　さっきブーストかけたときの快楽媚孔は突きやすい位置にあったってのに……絶頂のたびに位置が変わるって性質がこんなときに最悪の足かせになりやがった……！）

こうなりゃ俺とミホトの間に手を突っこんで当てずっぽうで快楽媚孔を突けないかとも考えるが、楓《かえで》の攻撃はミホトの両腕を使って防ぐのがやっとなのだ。そんな運任せの方法に賭《か》けてもやられる可能性のほうが高い。

ここを突破するには、楓から先程以上の隙を引き出すしかないのだ。

（つってもどうする⁉　同じ手は二度通じねぇし、幻術までかけられたこんな状態じゃあ……！）

ミホトが攻撃を凌《しの》いでくれている間、必死に頭を回す。

こんなとき、どんな逆境にもめげずにアホみたいな打開策をひねり出す宗谷《そうや》なら――そう考えていた俺の視界に映り込んだのは、幻術をかけられてなお広がる河川敷の景色。足下《あしもと》に広がる下草。快楽点ブースト状態の脳裏に光が弾ける。

（……！　ミホト！　防御の合間を縫って、アレを絶頂させまくれ！）

――っ⁉　構いませんが、フルヤさんへの攻撃を全部は防ぎきれなくなりますよ⁉

（構わねぇ！　どうせこのままじゃジリ貧だ！　やってくれ！）

――了解です！

一も二もなく俺の言葉を受け入れたミホトが動きを変えた。

両腕で楓の攻撃をガードしつつ、その合間に足下で無数に光るその快楽媚孔を突きまくる。

「う、おおおおおおおおっ!?」

途端、ガードの薄くなった部分に楓の攻撃が叩《たた》き込まれる。

腹に、足に、背中に。凄《すさ》まじい衝撃が叩き付けられ視界の端で星が瞬《またた》く。

だが俺は倒れない。

ミホトの凄まじい膂力《りょりょく》に振りまわされながらも、俺はブーストの力を借りて攻撃がインパクトする瞬間、身体《からだ》を捻《ひね》り、飛び退《の》き、致命的な直撃を避ける。

もちろんそれでもダメージは確実に蓄積していく。

全身をぼろぼろにしながら、楓がいるだろう方向を予測。逆方向へ無様に転がり、ミホトが足下のソレを絶頂させまくるのをサポートする。

「なんのつもりか知らないけれど……」

虚空《こくう》から苛立《いらだ》ったような楓の声が響く。

「もういい加減、諦《あきら》めなさい……！」

一際強い衝撃をミホトがガードした、その瞬間だった。

ビクンッ、ビビクンッ。

ミホトが絶頂除霊《ぜっちょうじょれい》を叩き込みまくったそれが、一斉に弾ける。

ビビクンッ！　ビビクンッ！　ボッファアアアアッ！

瞬間、足下《あしもと》に広がる下草たちが一斉に放出したのは、夜闇の中でもわかるほど濃密かつ大量の花粉だった。

「な……っ!?」

突然の出来事に、楓《かえで》の驚倒が虚空《こくう》から響く。

だがなにも驚くことじゃない。植物にとって花粉の飛散は生殖行為。

飛散の準備を終えた植物が絶頂除霊《ぜっちょうじょれい》を食らえば、大量の花粉を放出するのは自明の理だ。

スギのイメージが強いだけに花粉は春に飛ぶものと思われがちだが、河川敷に生える雑草の花粉は夏や秋に飛散する。これらの花粉は遠くまで飛ぶことがないので花粉症になる人間も少なく、その脅威は人々の意識の埒外《らちがい》にあるのだ。

だが結界という密閉された空間で、それも絶頂除霊の影響で異常なまでの量の花粉が放出されれば――花粉症でなくともとてつもない影響が出る。

「これは――くしゅんっ！　くしゅん！　くっ!?」

なにもない空間から本人のイメージとはかけ離れた可愛《かわい》らしいくしゃみが響く。

「いまだ！」

恐らく楓はいま、俺と同じように涙とくしゃみで著しく集中力が削《そ》がれているだろう。

『はい！』

その隙を見逃さず俺は叫んだ。

ぬぽんっ！　と卑猥《ひわい》な音とともにミホトの両腕が俺の両腕から抜ける。

『――ありました！　ここです！　ここが快楽媚孔《かいらくびこう》です！』

俺の背中に目を落としたミホトが半実体の指先で背中の真ん中あたりをつつく。

と、そのときだ。

「舐《な》めないでちょうだい……！　こんなふざけた目くらまし、なんの意味もないわ！」

それは予想外の一手に対する焦燥《しょうそう》の反射行動だったのだろう。

風のそよぐ感触。恐らくは結界に空気孔を空けたのだろう楓が、花粉を消し飛ばそうと狐《きつね》火《び》を放つ。が、

「それも狙《ねら》い通りだ！」

「っ!?　なっ!?」

咄嗟《とっさ》に伏せた瞬間、空気中の花粉が一気に燃焼した。

俗に粉塵《ふんじん》爆発と呼ばれる現象だ。

しかしこの粉塵爆発というのはそう簡単に発生するものではなく、小麦粉などと違って水分量の多い花粉では激しい爆発など発生しない。

（けど、相打ちなんてするわけにはいかねーこの状況じゃあ、むしろそのほうが好都合！）

中途半端な燃焼をした花粉塵爆発は楓と俺を適度な威力で引き離し、現状ベストな目くらま

しとして機能する。

その最中、俺はミホトが示してくれた快楽媚孔《かいらくびこう》を突いた。

「んあああああああああああああああああっ♥♥!?」

激しい快楽が全身を駆け抜け、情けない声が口から漏れる。

そして花粉塵《ふんじん》爆発の煙幕がおさまった頃、俺は再び立ちあがり、ミホトと同化していた。

その視界には俺たちを閉じ込める結界の威容も、驚愕《きょうがく》に顔を歪《ゆが》める楓《かえで》の姿もはっきりと映っている。

「まさか……絶頂除霊《ぜっちょうじょれい》で幻術を破ったというの!?」

楓が唖然《あぜん》と声を漏らす。しかし次の瞬間にはまなじりをつり上げ、

「だったら……次はもっと強力な幻術で視界を完全に潰《つぶ》すまでよ……！」

「ならこっちは幻術がかけられる前に快楽媚孔の位置を確認するまでだ……！」

脇腹で光る快楽媚孔に手を添えながら楓と睨《にら》み合う。

と、そのときだった。

パキィイイン――……

突如、俺たちの行く手を遮《さえぎ》っていた彼我遮断陣《ひがしゃだんじん》が砕け、

「う……っ!?」

「っ!?　楓!?　大丈夫か!?」

顔色を青くした楓が突如だらだらと脂汗を流し、倒れるようにしてその場に座り込んでしまった。

まさか爆発の際に頭でも打ったか⁉　と心配して駆け寄る。

『……大丈夫ですよ、フルヤさん』

と、冷静な声でそれを止めたのはミホトだった。

『恐らく、修行中の術式を無理な出力で使っていたのでしょう』

修行中の術式――それは間違いなく、先程の凶悪な幻術のことだ。

『少し安静にしていればすぐに回復します。逆にいえばいまはもうなにもできません。ここは勝負ありました。すぐに《サキュバスの角》のもとへ向かいましょう』

確かに言われてみれば、楓の症状は座学で学んだ術式暴発の症状と合致している。

正直、それでもなお楓のことは心配だったが、ここで優先すべきは槐《えんじゅ》の命。

「悪い楓、俺は行かせてもらう」

言って、ミホトの膂力《りょりょく》に身を委《ゆだ》ねようとした――そのときだった。

「ま、ちなさい……！」

執念のようなものを感じさせる楓の低い声が、

「そこから一歩でも動いてみなさい……！　あなたの命はないわ……！」

俺たちの意識をさらった。

「……は？」

あり得ない。だが冗談では済まない楓《かえで》の声音《こわね》に、俺とミホトは思わず動きを止める。

「……っ！」

そして楓はぶるぶるとその手を振るわせ——酷《ひど》く迷っているように顔を歪《ゆが》め——懐《ふところ》から一枚の護符《ごふ》を取りだした。

「あなたがパーツに呑《の》まれるようなことがあれば、神父から責任を引き継いだ私たち葛乃葉《くずのは》があなたを殺すことになっている……！」

そして護符を俺に突きつけるようにして、信じがたいことを口にするのだ。

「この護符に霊力を込めた瞬間、あなたの身体《からだ》に埋め込まれた即死術式《最低限のセーフティ》が発動するわ……！」

「……っ⁉　は⁉」

楓の口から語られる現実味のない唐突な話に俺はそれこそ面食らう。

ミホトも瞠目《どうもく》しながら『ま、まさかまさか』と首を振り、

『ハッタリです！　そんな術式の存在に私が気づかないわけが——っ⁉』

ミホトの声が途中で止まった。お、おい？

まさか、と俺も一緒に言葉を失った、次の瞬間。

『わああああああっ⁉　な、なんですかこれ⁉　術式じゃなくて遠隔操作の護符が身体に直接埋め込まれて⁉　封印術式にばかり気が向いてたせいで物理を見落としてました⁉』

ミホトが悲鳴をあげた。

「おい、マジかよ……!?」

勝利から一転。状況が一変していた。

楓が繰り出した想定外すぎる一手に、俺とミホトは今度こそ凍りつく。

(どうにかできねえのかミホト!?)

打開策を求め、先程と同じように脳内でミホトに語りかける。だが、

――む、無理です！　まだ発動さえしていない体内の護符には手が出せませんし、考えられる手段はカエデさんが持つ起動用の護符をジャミングすることですが……最近になってジャミング対策を施《ほどこ》した形跡があるうえに、恐らくなにかしようとした途端察知されて殺されます！

ミホトが『どうしましょう！　どうすれば!?』と狼狽《ろうばい》しきった様子で喚《わめ》く。

それは最早、俺たちに打開策など存在しないことを意味していた。

「わかったでしょう？」

地面に座り込んだまま、髪の隙間から眼光をのぞかせ楓が言う。

「死にたくなければ、私の指示に従って大人しくしていなさい……！」

「……っ！」

殺気が渦巻く。

妙な真似《まね》をすれば本当に殺すと楓が全身全霊《ぜんしんぜんれい》をもって殺意を示す。

俺の頬《ほお》を幾筋もの汗が伝い、誰も動けない時間がすぎていく。

槐《えんじゅ》が殺されるかもしれないその瞬間が、刻一刻と確実に近づいてくる。

だから、俺は。なんの策も浮かばない俺は。

「『っ!?』」

座り込む楓《かえで》のほうへ、一歩踏み出した。

楓が瞠目《どうもく》し、ミホトが声にならない悲鳴をあげる。

「古屋《ふるや》君！」

楓が威嚇《いかく》するように護符《ごふ》をかざす。

脂汗を流し、必死の形相で動くなと訴える。けど俺は、

「……やるならやれよ」

「!?」

「ここで槐を見捨てたら、後悔まみれの俺の行く末は怪異《かいい》か？　悪霊《あくりょう》か？　下手《へた》すりゃお前が言ってたように負の感情でパーツの進行が進んで槐の二の舞だ。どうせ周りに迷惑かけた上に除霊されて終わるってんなら……最後は槐を助けられる可能性に賭《か》けるか、ここでお前に引導を渡されたほうが百倍マシだ……！」

心臓が痛い。喉《のど》が張り付く。手足が震《ふる》える。

殺される。本当に殺される。

けど、だからって止まれない。止まるわけにはいかない。

「古屋君！　いいから止まりなさい！　動かないで！　言うことを聞いて！　……っ！　止まれ！」

髪を振り乱して楓が叫ぶ。その脇を通り過ぎ、俺は楓に背を向ける。

「ミホト」

『ふぁい⁉』

「行くぞ」

楓の警告を振り切り、『ほ、本当に大丈夫なんですか？　本当に？』と狼狽《ろうばい》するミホトに指示を出す。

いつ殺されてもおかしくない。

けど俺は、約束したんだ。

また一緒に退魔師《たいまし》をやろうと。

ここで止まったら、俺は、槐が憧れてくれた〝退魔師〟ではなくなってしまう。

ビクビクと即死術式の発動を恐れるミホトを吹っ切らせるように、俺がその場から走り出そうとした、そのときだった。

「やめて……お願いだから行かないで……っ」

止まらなかった、止めようとも思わなかった俺の足が、そこで初めて地面に縫い止められた。

それは、これまでの長い付き合いの中で一度も聞いたことがないほど弱った楓の声。

「お願いだから……」

思わず振り返った先で、楓《かえで》は俺に手を伸ばすように地面を掻《か》きながら、掠れた声を漏らしていた。

「本当なら、あなたがこんな大規模な事件に巻き込まれることなんてなかった。あの日、私がもっとしっかりしていれば、あなたがそんな呪《のろ》いに魅入《みい》られないようちゃんと見ていれば、あなたはただの平凡な退魔師《たいまし》でいられた……！　こんなおぞましい術式を埋め込まれて管理されることもなくて、助かるかどうかもわからない子に命を賭《か》けようなんて思わなくて済んだ！」

「か、えで……？」

その表情を髪で隠し、追いすがるように、懺悔《ざんげ》するように楓が声を振り絞る。

「恨まれても仕方ない。罵《ののし》られても反論できない。けど、私のせいであなたが死ぬなんて耐えられない……！」

そして楓は顔をあげる。

即死術式の護符《ごふ》を掲げ、真《ま》っ直《す》ぐ俺を見つめると、

「お願いだから、私にあなたを殺させないで……！」

パーツに取り憑《つ》かれたがゆえに槐《えんじゅ》を救えるかもしれないという希望を得てしまった俺を引き留めるように。失敗すれば殺処分される無謀へと身を投じられるだけの力を得てしまった俺に謝罪するように、楓が懇願を口にした。

「楓……お前……」

その言葉を聞いて……いや、一連の独白を聞いて、俺の中でくすぶっていた一つの疑問が音を立てて砕け散った。

宗谷《そうや》と出会い、パーツを取り巻く状況が目まぐるしく変わるようになってから急激に増えた、楓の思い詰めたような表情。

疲れているのだろうか。忙しい中でパーツのごたごたが続き、手間をかけさせてしまっているのだろうか。ずっと、そう思っていた。

けど違ったんだ。

「お前まさか、あの日このパーツが取り憑くのを防げなかったこと、ずっと気にしてたのか⁉」

「……っ」

俺の問いかけに、楓が沈黙で肯定を返す。

まるで怯《おび》えるように顔を伏せる楓を、俺はなぜか泣きそうな気持ちになりながら見下ろしていた。すぐに自分を追い詰めてしまう、その生真面目な幼馴染《おさななじみ》のことを。

「バカかよ……」

ビクッと楓が震《ふる》える。

またなにか勘違いしていそうなその様子に、俺はたまらずまくし立てる。

「お前な、知ってるだろうけど、このパーツは十二師天《じゅうにしてん》さえ出し抜いて宿主に取り憑くんだぞ？　宗谷《そうや》の淫魔眼《いんまがん》もそうだし、今回の角だって手鞠《てまり》さんたちが万全の状態で迎え撃ったのに槐《えんじゅ》に取り憑《つ》いたって話じゃねーか。いくらお前が天才でも、子供が一人でパーツを防げるわけないだろ。そうじゃなくたってお前に責任なんかあるわけないのに、お前はほんと昔から色々背負い込みやすいっつーか生真面目っつーか……」

「で、でも……あの日私が油断していたのは事実で……そもそもあなたを強引に連れ出して遊びに行っていたのが原因で……だから、恨まれても仕方ないって、ずっと……」

「あのなぁ」

それでもなお言いつのる楓《かえで》に、俺はいよいよなにかを破裂させるように断言した。

「恨むわけないだろ。むしろ、ずっと感謝してたよ」

「……え？」

「パーツに取り憑かれたとき一番心配してくれたのはお前だったし、忙しいときでもずっと定期検診してくれてさ。断頭台裁判のときも弁護してくれたし、夏樹《なつき》のバカに絡まれたときだって助けてくれた。それ以外にも色々、俺のこと助けてくれてたろ」

「……！」

「なのにいままで気づかずに、ずっと変な重責を背負わせてて悪かった。この呪《のろ》いはお前のせいなんかじゃない。俺は、お前を恨んでなんかない」

「ふ、るや君……」

楓は変に真面目で頑《かたく》なだから、繰り返し強調しないとわかってくれないだろう。

呆然《ぼうぜん》とする楓にしっかり断言してから、「でも」と俺は楓から視線を切った。

「悪い。これだけは譲れないんだ。――行くぞミホト」

もう一度ミホトに指示を出し、今度こそ楓に背を向ける。

「古屋《ふるや》君！」

引き留める声が耳朶《じだ》を打つ。

いままでに聞いたことがないほど切実な楓の声が心を揺らす。けど、

「最後の最後まで、俺みたいなやつを気遣ってくれてありがとな、楓」

『イきます！』

ミホトが河川敷の地面を叩《たた》き、凄《すさ》まじい速度で俺の身体《からだ》を夜空へと躍らせた。

「……」

楓のもとへ向かう俺の脳裏をよぎるのは、俺を引き留めようと必死に涙を流す楓の表情。

『フルヤさん』

後ろ髪を引かれる俺に気づいたのか、着地しながら再び地面を叩くミホトが口を開く。

『大丈夫です。快楽媚孔《かいらくびこう》さえ突けば、エンジュさんは助けられます。あなたが問答無用で処分されるようなことにはなりません』

「……そうじゃなきゃ困る」

闇夜に浮かぶ巨大な結界へ、楓《かえで》を振り切った俺とミホトは真《ま》っ直《す》ぐ突き進んでいった。

5

霊級格《スケールセブン》7討伐作戦はたった一人の闖入者《ちんにゅうしゃ》により、完全な停滞を強《し》いられていた。

「《八岐大蛇《やまたのおろち》》！　《大嶽丸一式《おおたけまる》》！」

追跡術式の付与された多々羅刃鈴鹿《たたらばすずか》が霊級格7童戸槐《わらしべえんじゅ》に向かって攻撃を放つ。

ブオオオオオオオオオオオッ！

しかしいくら回避しようと追跡を続けるはずの斬撃と炎熱は、攻撃線上に割り込んだ全面鏡張りのスポーツカーに激突した瞬間なんの傷跡も残せず消失してしまう。

カンッ！

《八岐大蛇》が放った斬撃の幾つかは周囲の街灯や電柱を切り倒し、土御門晴親《つちみかどはれちか》がそれをポルターガイストの要領で操作、物理的な打撃を与えようとするのだが、

『ガード&アウェイだよ！』

ブオオオオオオオオッ！

十二師天《じゅうにしてん》の攻撃を無効化するや一転してスポーツカーが転身。

宗谷美咲《そうやみさき》の駆る秘匿呪具《ひとくじゅぐ》アンチ・マジックミラー号はただでさえ小回りの利く車体に四本の腕を生やし、生半可《なまはんか》な物理攻撃はすべて回避してみせる。

十二師天に攻撃を仕掛けるのではなく、徹底して霊級格7を追跡術式から守り、自身がやられないよう下手《へた》に粘らない。

適度に出しゃばっては速攻で逃げを選択し、かと思えば絶妙なタイミングで霊級格7への攻撃線上にしゃしゃり出る。

多々羅刃鈴鹿の主な攻撃手段は妖刀による様々な霊的斬撃。

土御門晴親の主な攻撃手段はその多彩かつ繊細な術式であり、ポルターガイストなどの力技は比較的専門外。

致命的なまでの相性の悪さも手伝い、宗谷美咲の暴挙を止められないでいた。

「ははっは！　まさか妖刀合成からなにから全ての妖刀を完封されるとは！　その上晴親殿の術式もほぼ封殺！　さすがは此方《こなた》のご先祖！　誰かは知らんが、宗谷家と組んでとんでもない魔物を生み出したものだ！」

悔しさ半分、尊敬半分といった様子で鈴鹿が叫ぶ。

「悠長なことを言っている場合か！」

それに釘を刺すのはアンチ・マジックミラー号の体当たりに結界を破壊され、追跡術式を維持するために物陰への退避を余儀なくされた晴親だ。

「キャッハハハハハハハハハハッハ♥♥！」

ズバババババババババババッ！

その怒声をかき消すのは、アンチ・マジックミラー号という最高の盾を得て追跡術式の脅威から逃れた霊級格7《スケールセブン》の嬌声《きょうせい》と砲声。

アンチ・マジックミラー号の陰から放たれる感度三千倍の弾幕は厄介《やっかい》このうえなく、討伐隊の動きを確実に縛っていた。

アンチ・マジックミラー号が感度三千倍の対象とならない無機物だからか、自らを守ってくれていると学習したからか。霊級格7は小賢《こざか》しくもアンチ・マジックミラー号を利用し、討伐隊に相対しているのである。

その結果として晴親《はれちか》たちは複雑な作戦を行使できず、アンチ・マジックミラー号に対してポルターガイストを用いたシンプルな物理攻撃以外の責め手を欠き、戦線は拮抗《きっこう》を続けているのだった。

そのうえさらに忌々《いまいま》しいことに、

『はいそこの人！　あとそこのサポート班！　余計なことするとこの場で性癖《せいへき》をバラまいたうえにいろんな秘密を協会の公式データバンクにアップしますよ⁉』

「「「ひっ⁉」」」

霊級格5《スケールファイブ》に迫ろうかという巨大式神でサポート班の陣形をかき乱す宗谷美咲《そうやみさき》はそれだけに飽き足らず、淫魔眼《いんまがん》を用いた脅迫で彼らの心までかき乱していた。

「狼狽《うろた》えるな！　はったりだ！　私が施《ほどこ》した淫魔眼封じの効果はまだ切れていない！」

晴親が声を張り上げる。

アンチ・マジックミラー号の内部に潜《ひそ》む宗谷美咲に術の重ねがけができない状態であることは確かだが、昼間の陳情の際にかけた淫魔眼封じはまだ生きている。

サポート班にそう説明して鼓舞するのだが、宗谷美咲の堂に入ったハッタリ《脅し》はさながらそれ自体が性質の悪い呪詛《じゅそ》のようにサポート班から平静さを奪っていく。

そのせいかサポート班が構築を補助している範囲拘束《こうそく》術の青い光粒が輝きを弱め、霊級格7の動きが速くなっているような気さえする。

事態は極めて深刻であった。

「ちょっとお嬢おおおおおっ！　いくらなんでもヤバイですって！　このままじゃ最悪宗谷家お取りつぶしっすよ!?」

と、サポート班の一員であった宗谷家分家の精鋭たちが説得を繰り返すも、

『ごめん！　わたしと一緒に死んで！』

「「いやいやいやいやいやいやいやいやいや!!」」

宗谷家の問題児はまるで耳を傾けない。

「ぬあああああっ!?　一体全体なにがどうなっているのだ!?」

宗谷美咲のチームメイトである烏丸《からすま》葵《あおい》に至ってはパニックを起こしており、なんの役にも立ちそうになかった。

このままでは埒《らち》が明かない。

（やむを得ん。彼には最後まで霊力を温存しておいてほしかったが……このままでは時間と霊力の無駄。恐らく肝心のもう一人は葛乃葉楓《くずのはかえで》が上手《うま》く足止めとして機能しているのだろうが、こうなっては最早なにが起きるかわからん！　一刻も早く霊級格7《スケールセブン》を仕留めねば！）

うっとうしいガード&アウェイでひたすら時間稼ぎに徹する宗谷美咲《そうやみさき》に業を煮やした晴親《はれちか》は、決断した。

現場指揮官としてインカムで指示を下したその瞬間、美咲が必死に保っていた均衡を打ち破るようにアスファルトを砕いた樹木が神気をまき散らして伸び上がる。

『うぇ!?　これってまさか!?』

視間違いようのない神聖な霊力に美咲がうめき声を漏らし、

「まさかあり得んと上方から様子を窺《うかが》っていたが、その声その霊力、よもや本当に宗谷美咲か!?　一体なにを考えている！」

それまでひたすら上方待機を命じられていた皇樹夏樹《すめらぎなつき》が派手な紅の髪を揺らし、頭上の角から伸びた樹木で壁面を伝って戦場に舞い降りた。

先の事件で美咲たちが散々苦しめられたアンチ・マジックミラー号をいとも簡単に仕留めてしまった、若き十二師天《じゅうにしてん》である。

『うわわわっ!?　よりによって三人目の十二師天が皇樹さん!?　最悪だよ!?』

ブオオオオオオッ！

美咲の焦燥《しょうそう》を反映するように、アンチ・マジックミラー号が即座に逃げに転じる。

瞬間、先程までアンチ・マジックミラー号がいた場所に叩《たた》き込まれるのは引っこ抜かれた街路樹。生き物のようにうねる神木が夏樹の意思に従い、霊力を通さない街路樹を投げつけたのである。

晴親が使う念動力とは速度も威力も桁違《けたちが》いの強力な物理攻撃。

一撃でも直撃すればアンチ・マジックミラー号の鏡は叩き割られ、そこで勝負は決するだろう。

だが、いまアンチ・マジックミラー号が寄生しているのはバリケードをはじき飛ばし追っ手を叩き潰《つぶ》すためにパワーを重視した十トントラックなどではない。

時間稼ぎのための機動力に特化したスポーツカーだ。

「ちぃ！　ちょこまかと！」

ズガガガガガガッ！

次々と放たれる強力な物理攻撃をアンチ・マジックミラー号は必死に回避。合間にしっかり槐《えんじゅ》に殺到する攻撃を無効化しつつ、一心不乱《いっしんふらん》に戦場をかき乱す。

しかし先程までほとんどの攻撃を無効化できていた状況とは違い、錯綜《さくそう》する戦場を『一撃でも食らえば終わり』という重圧の中で走り回るプレッシャーは想像を絶する。

加えてその強力な攻撃は尽きることなく雨のようにアンチ・マジックミラー号を襲うのだ。

『う、あああああああっ！』

美咲《みさき》は自らを鼓舞するように声を張り上げながら、さらに複数の式神を召喚する。霊級格4《スケールフォー》相当の式神三体がアンチ・マジックミラー号の鏡から這《は》い出すように出現し、避けきれない物理攻撃に備えた保険のように車体へへばりついた。

極限の状況。

たった一度の判断ミスが勝負を決める。

複数の式神を極限まで集中して操作する美咲の精神が悲鳴をあげる。

「キャッハハハハハハハハハハハハ♥♥♥！」

ズバババババババババババッ！

「っ!?　くっ！」

そんな美咲の戦いを知ってか知らずか、欲望に従うまま暴れ回る童戸《わらしべ》槐《えんじゅ》の感度三千倍弾がさらに戦場をかき乱した。

夏樹《なつき》の攻撃がわずかに緩《ゆる》む。引き替えに感度三千倍弾がかすったアンチ・マジックミラー号の車体にヒビが走るが、美咲はそれでも時間を稼ぐべく戦場を駆け巡る。

（早く！　古屋《ふるや》君！　早く！）

ともに叛逆《はんぎやく》を誓ったチームメイトの到着を祈り、守るべき少女が放つ感度三千倍弾に助けられながらただひたすら時間稼ぎに徹する。

三人の十二師天《じゅうにしてん》を相手に、あり得ないほどの時間、美咲は戦線を維持する。

だがその奮闘も長くは続かなかった。

「《八岐大蛇《やまたのおろち》》！」

『えっ⁉』

夏樹の攻撃を回避しつつ槐に迫る十二師天の攻撃を消失させたアンチ・マジックミラー号の周囲に無数の斬撃が放たれた。

狙《ねら》われたのはアンチ・マジックミラー号から生えた四本の太い足。

通常の車では不可能な変態起動を可能としていたアンチ・マジックミラー号の生命線である。

『しまっ――』

夏樹の攻撃を回避しようと無防備に足を出してしまっていた美咲は咄嗟《とっさ》に回避を念じる。

だが数十にも及ぶ斬撃は容赦《ようしゃ》なくアンチ・マジックミラー号を襲い、術式無効能力の付与されていない足の一本を切り飛ばした。

ブオオオオオオオオオオオッ！

悲鳴のようにエンジン音を轟《とどろ》かせたアンチ・マジックミラー号が逃走を図るが――ドガガガガガガッ！

『――っ⁉』

アンチ・マジックミラー号の進路を塞《ふさ》ぐように空から街路樹の束が降ってくる。

変態起動を可能とするアンチ・マジックミラー号の四肢《しし》が健在であればそれを飛び越えることは容易だったろう。無理をすれば三本の足でも乗り越えられたはずだ。

だが足を切り飛ばされた直後、不意打ちで遮《さえぎ》られた進路に対応が遅れる。

そして三人の十二師天《じゅうにしてん》が集うこの戦場では刹那《せつな》の躊躇《ちゅうちょ》が命運を分かつ。

反転しようとアンチ・マジックミラー号を操作した美咲《みさき》の視界に映り込んだのは、これでもかと幹をしならせる大量の神木。

激闘の最中に倒壊したビルの瓦礫《がれき》を砲弾に見立てた無数の砲列だった。

『――あ』

咄嗟《とっさ》に式神たちを盾として前に出すも、放たれる砲撃に霊級格《スケールフォー》4の式神たちはみるみるうちに削られていく。

脳裏によぎるのは、自分が倒れたあとのこと。

十二師天によって討伐される少女の未来。

誰よりも嘆きにくれるだろう少年の慟哭《どうこく》。

『古屋《ふるや》君、槐《えんじゅ》ちゃん……ごめ――』

無謀な時間稼ぎが当たり前のように限界を迎えた、そのときだった。

「――――イイイィッ⁉」

この場の誰よりも感知能力に優れる霊級格7《スケールセブン》がなにかを察知するように喉《のど》を鳴らして天を仰いだ刹那。

『やあああああああっ！』

『――え？』

霊級格4の式神をぶち抜きアンチ・マジックミラー号を粉砕すべく迫っていた瓦礫の砲弾がいきなり左右にはじき飛ばされた。

空から降ってきた一つの――いや、二人羽織のように重なった二つの人影が、アンチ・マジックミラー号と童戸《わらしべ》槐を十二師天の猛攻から守るように立ちふさがる。

「悪い宗谷《そうや》！　遅くなった！」

どこかで戦闘を繰り広げてきたのか、その身体《からだ》は既に傷だらけだ。

しかし一切揺るがない闘志を瞳に宿して振り返るその少年に、美咲は半べそで呼びかける。

『古屋君！』

美咲の声に応えるように晴久《はるひさ》が頷《うなず》く。

絶大な戦闘力を誇る謎の霊体ミホトを携《たずさ》えた晴久はたった独りで戦い続けた美咲を労《ねぎら》うように、敬意を払うように、二人で誓い合った叛逆《はんぎやく》の名を口にする。

「一緒に、槐《えんじゅ》を助けるぞ！」

『うん！』

夕暮れに刻んだ決意がいま、三人の十二師天《じゅうにしてん》へ挑戦状のように叩《たた》き付けられた。

●

晴久《はるひさ》が美咲《みさき》と合流して言葉をかわす一方、その光景を見て愕然《がくぜん》と声を漏らす者がいた。

「な……なにをしているんだ君は！　君たちは！」

自身の攻撃を防いだ——明らかに美咲の討伐妨害に荷担した少年に、夏樹《なつき》がほとんど青ざめたような顔で叫び散らす。

「こんなことをしでかして……今度こそ確実に殺処分だぞ⁉」

つい先日まで晴久処分の急先鋒だったはずの夏樹が吠《ほ》える。

だがそれに対して晴久は、

「……なんだ、三人目の十二師天ってのは夏樹だったのか」

いま気づいたとばかりに夏樹に顔を向け、そして「いまさらその程度の言葉には怯《ひる》まない」とでも言うかのように覚悟を決めた声音《こわね》で語るのだ。

「それが、槐を助ける方法が見つかってな」

かもしれない、ではなく自分に言い聞かせるように断言する。

「討伐作戦を中止するよう、頭の固い討伐部隊を説得してくれると助かる」

夏樹には紅富士を背負う責任があるから聞き入れてくれるわけがない。聞き入れてもらうわけにはいかない。

そんなことは重々承知した上で、晴久はアンチ・マジックミラー号の天敵である夏樹が出張ってきたという現実に抗《あらが》うように、自分を鼓舞するように、その悪い冗談を口にしていた。

だが、それを半ば真に受けて戸惑うのは夏樹である。

「な、あ、なにをバカな!?　君は一体なにを言ってるんだ!?　こんなときにまでオレを惑わせて、変態能力者は常識というものがないのか!?」

晴久にはまっっっったく自覚はないが、晴久に対して色々と特別な感情を抱《いだ》く夏樹にとって、晴久の一連の言動はまさに性質《たち》の悪い錯乱術式そのものだった。

このまま槐討伐作戦が進行すれば晴久が殺処分される。

その事実に翻弄《ほんろう》される若き十二師天はほとんどパニックを引き起こし、その身に迷いを埋め込まれる。

そうして夏樹がアンチ・マジックミラー号を一時的に攻めあぐねる一方、物陰に身を潜《ひそ》めて美咲の式神と戦うサポート班のほうからも声があがる。

「ぬあああああああっ!?　美咲嬢の次は古屋《ふるや》だと!?　いつも私の趣味にお説教をかましておい

て、いま貴様らがやっていることのほうがよほど無茶苦茶ではないか!?」

パニックが一周回って冷静さを取り戻したらしい烏丸《からすま》がチームメイト二人に「十二師天《じゅうにしてん》の討伐作戦を妨害するなど正気か!?」と珍しく正論を喚《わめ》き散らす。

だが、烏丸の存在に気づいた晴久《はるひさ》が放った一言が状況を一変させる。

「討伐はなしだ!」

「……え?」

「いま夏樹《なつき》にも言ったが、槐《えんじゅ》を助ける方法が見つかったんだ! 槐は死なない、だから烏丸! 元々そのために連れてこられたんだろうお前は――」

好きなだけ槐を縛れ!

ともすれば誤解されそうなセリフが廃墟《はいきょ》と化した繁華街に木霊《こだま》した。

次の瞬間、

「本当かそれはあああああああっ!」

変態の奇声が闇夜にぶちあがる。

続けて異様な霊力が烏丸の身体《からだ》から我慢汁のように噴出し、

「ふ、ふはははははっ! 討伐ではないというのなら心のちんちんが萎《な》えることはないのだ! まさかあんな縛り甲斐のある少女、それも普通なら同意があっても縛ってはいけなそうな年の少女に緊縛許可が出るとは、つくづく退魔師《たいまし》とは素晴らしい! さあ食らうのだ! 我流結界系捕縛術《ほばく》二式！　光泥自縄地獄！」

「――イイィ!?」

途端、霊級格7《スケールセブン》の周囲に発生するのは幾つもの光の球体。

当然、これまで無数の攻撃を察知し回避してきた淫魔はその変態拘束術《こうそく》を逃れようと動くのだが――

「「「っ!?」」」

その場の誰もが瞠目《どうもく》した。

烏丸葵《あおい》には追尾術式など付与されていない。

にもかかわらず中空から染み出した光球は偏執ストーカーのごとく槐にまとわりつき、粘度の高い泥沼に突き落としたかのようにその動きを阻害する。

「イイイイイイイイイイイイイイイッ!?」

「ぐへへへへへへっ！　ドスケベ衣装の槐嬢が猥褻《わいせつ》スライムのような拘束術に呑《の》まれてもがく姿、それは最早極上のイメージビデオなのだ！」

霊級格7が不愉快そうな声をあげ、烏丸が下卑《げび》たおっさんのような笑みをこぼす。

さすがに霊級格7の膂力《りょりょく》は凄《すさ》まじく、烏丸の術だけでは劇的な速度低下は望めない。

だが晴親《はれちか》が構築した範囲拘束術と同じかそれ以上の効果を見せる烏丸の変態術式に、サポート班からは「なんなんだ君は!?」と驚愕《きょうがく》の声があがる。

　そうして古屋晴久《ふるやはるひさ》がある意味で宗谷美咲《そうやみさき》以上に戦場をかき回し戦いの舞台を自分たちの色に染め上げる中――二人の十二師天《じゅうにしてん》は冷徹な表情のまま、愚かな少年を睥睨《へいげい》する。

「宗谷美咲には既に何度も確認したが――」

　葛乃葉《くずのは》家の即死術式は無効化されたのか？　とイレギュラーばかりが起こる戦場に辟易《へきえき》しながら、晴親《はれちか》が最後通牒《さいごつうちょう》のように晴久に問いかける。

「君たちは自分がなにをしているか、理解しているのかね？」

「……っ！」

　晴親と鈴鹿《すずか》。

　二人の十二師天から放たれる重圧は最早この世のものではない。

　霊級格6《スケールシックス》、霊的上位存在、悪霊《あくりよう》の群れを使役するゴーストフィリア。

　これまで戦ってきたどんな化け物よりも化け物じみた暴威をまき散らす退魔師《たいまし》二人の刺すような霊圧を生身で浴びながら、しかし晴久はそれをはねのけるように凶悪に笑う。

「わかってますよ」

　頬《ほお》に幾筋もの汗を流し、それでも晴久は一切ひるまない。

　背後の美咲へ、変態の本領を発揮した烏丸《からすま》へ、両手に憑依《ひょうい》したミトへ、鼓舞するように決意を叫ぶ。

「さあ、槐《えんじゅ》救出作戦の続きだ！」

槐《えんじゅ》を助ける。

昨夜から——ずっと前からなにひとつ変わらない目的を胸に。

霊級格《スケールセブン》7と日本最強の退魔師《たいまし》たちが激突するその戦場へと、術式ひとつ使えない呪《のろ》われた少年は身を投じた。

●

「止められ……なかった……」

幼馴染《おさななじみ》の少年が消えていった夜空を見上げ、楓《かえで》は呆然《ぼうぜん》と呟《つぶや》いていた。

けどいつまでもそうしているわけにもいかず、術式暴発の影響でふらつく身体《からだ》を叱咤《しった》して強引に立ちあがる。

脳裏をよぎるのは、霊級格7と三人の十二師天《じゅうにしてん》が食らいあう頂上戦に突っ込んでいった少年の後ろ姿。

その無謀が辿《たど》るであろう絶対の結末。

(確かにいまの古屋《ふるや》君は強い。ミトの全力を借りれば霊級格《スケールシックス》6にだって一人で勝てる。けど、十二師天を相手取りながら霊級格7をくだせるとはとても思えない)

わずか十七歳にして幾つもの現場を経験してきた楓の直感が警鐘を鳴らす。

このままでは仮にパーツを除霊できるというミホトの言葉が事実だったとしても、晴久《はるひさ》に未来はない。

童戸《わらしべ》槐は救えず討伐作戦は完遂され、作戦を妨害した晴久は今度こそ処分されるだろう。

あるいはこの作戦中に槐共々討伐される可能性すら……。

「古屋君が作戦の妨害を始めてしまった以上、彼の命が助かる唯一の道は……」

楓の頭に浮かぶのは、晴久たちにパーツの真実を語ったあと、病院内で偶然見かけたとある後輩の存在。

最早常識も良識も、ついでに握られていた即死術式の起動符さえ破り捨て、楓は駆ける。

ダメージの残る身体を気にしている余裕もない。

それまで抑圧していた想いを暴発させるように九尾を操り、夜の闇へと身を躍らせた。

第四章　サキュバスの角VS十二師天VS童戸槐救出部隊

1

「イイイイイイイアアアアアアアアアアッ!!」

先端を切ったのは不愉快げな金切り声をあげた槐《えんじゅ》だった。

烏丸《からすま》の変態拘束《こうそく》術を食らってなおデタラメな身体能力を発揮して倒壊しかけたビルに一瞬でよじ登ると——ズバババババババババババッ！

拘束術の使い手をあぶり出すが如く感度三千倍弾を乱射。

その場にいた全員に回避と防御を強制する。

だがそんな中で、俺たちだけはまったく別の行動を取った。

攻撃だ。

「行くぞミホト！」

『はい！』

ミホトが俺の両腕を操り地面を叩《たた》く。

何千人もの人々を繰り返し絶頂させて頂点に達した人外の膂力《りょりょく》が俺の身体《からだ》をロケットのよ

うに撃ちだした。

ドガガガガガガッ！

まき散らされる感度三千倍の弾幕を避けるように、俺の身体《からだ》は立ち並ぶビルを跳弾のごとく跳ね回る。凄《すさ》まじい風圧と加速度に身体が軋《きし》むがそんなことはどうでもいい。

感度三千倍弾の雨をかいくぐり、俺とミホトは一気に槐《えんじゅ》へ突っ込んでいく。

「イイイッ!?」

俺とミホトの接近に気づいた槐が頭部から生えたその邪悪な角をこちらに向ける。

先程まで戦場全体に散っていた弾幕が俺めがけて一気に射出された。

だが無駄だ。

『やあああああっ！』

ビルを跳ね回る最中に拾っていた鉄骨をミホトが振りまわし、高密度で放たれる感度三千倍の銃撃をはじき飛ばす。

それでもあまりに数の多い弾丸は合間を縫って俺の身体をかすめそうになるが、

「あああああああっ！」

快楽点ブースト状態の俺は無理矢理身体を捻《ひね》り、強引に弾幕を回避した。

脳裏をよぎるのは、ここに来る途中でミホトが語った注意点。

『感度三千倍弾の効果は私の力である程度中和できます！　けど何発も食らうとさすがに押し

負けてしまうので、フルヤさんのほうでも可能な限り避けてください！』

それを実践するように弾幕を避け、俺とミホトは槐の懐《ふところ》にもぐり込む。

（あった……！　快楽媚孔《かいらくびこう》！）

簡単に折れてしまいそうなほど華奢《きやしや》な槐の身体。

その中央、鳩尾《みぞおち》付近に光るのは一撃必頂のツボ。

「『あああああああああああああっ！』」

目くらましのため槐めがけて鉄骨を投げたミホトと俺は息を合わせ、人外の膂力《りよりよく》、人外の速度をもって快楽媚孔を突いた。

だが、

「キャッハハハハハハハハハハハッ♥♥！」

「ぐっ⁉」

『危ないです⁉』

確実に当たると思われた攻撃は空を切り――代わりに頭上から降ってきたのは淫蕩《いんとう》の哄笑《こうしよう》と感度三千倍弾の雨。

ボゴォ！　とミホトが引き抜いたビルの外壁で弾丸を防ぐが、弾幕に削られた周辺の壁が倒壊。足場を失った俺とミホトはそのまま落下する。

人外の両腕で墜落の衝撃を殺しダメージは無効化するものの、

ドゴオオオオオオオオオオッ！

「『っ！』」

「アハァ♥」

倒壊するビルの外壁を何度も蹴《け》って加速落下してきた槐《えんじゅ》の拳が盾にしていたビル外壁をも砕き、俺の身体《からだ》に叩《たた》き込まれる。しかし

『うにゃあああああああああっ！』

「あああああああああっ！」

ミホトの操る人外の両腕がその攻撃を真っ向から弾き、俺は同時に地面に散らばる破片を蹴り上げ槐の視界を潰《つぶ》す。

そのままミホトがカウンターの要領で快楽媚孔《かいらくびこう》を突くのだが、

「キャッハハハハハハハ♥♥！」

烏丸《からすま》の変態拘束《こうそく》術によって動きが鈍っているはずの槐はしかし、あり得ない反応速度をもって俺たちの攻撃を完全回避しやがった。

快楽媚孔を狙《ねら》った突きだけでなく、俺が蹴り上げた破片も一個残らず。

そして回避と同時に放たれるのは近距離から放たれる感度三千倍弾の弾幕。

たまらず距離をあけてコンクリート片を用いた防御に回りつつ、俺は吐き捨てる。

「烏丸の拘束術食らってこの動きか……やっぱ一筋縄じゃいかねーな……っ！」

快楽媚孔さえ突ければ勝負は決まる。

だが現状、快楽媚孔どころか攻撃を一発当てることさえ難しい。

できることなら槐との一騎打ちに専念するため、ミホトと槐の機動力を使って討伐隊から距離を置きたいが――さすがにそう上手《うま》くはいきそうになかった。

「《八岐大蛇《やまたのおろち》》！　《大嶽丸《おおたけまる》一式》《二式》！」

「爆・破魔札――自律榴弾砲術」

「『っ！』」

槐の攻撃が俺に集中したことで体勢を立て直したのだろう。

二人の十二師天《じゅうにしてん》が俺たちめがけ、逃がす隙さえ与えないとばかりに凶悪な遠距離攻撃を仕掛けてきた。

なんらかの霊具で腕を増設したような鈴鹿《すずか》さんが繰り出すのは無数の斬撃と視界を埋め尽くす炎雷。

晴親《はれちか》さんが放つのは五つほどの空飛ぶ球体で、そこから放出されるのは無数の爆・破魔札だった。しかも爆発した護符《ごふ》からさらに無数の破魔札が現れ、威力は高くないものの、花火のようにそこら中で爆・破魔札の衝撃が連鎖する。

「ふざけろ……!?」

鈴鹿さんの放った攻撃が俺とミホトを呑《の》み込まんと迫り、爆・破魔札の奔流《ほんりゅう》はあらゆる角度から俺だけを狙《ねら》い撃つ。

ミホトが俺の腕を操って攻撃を避け、槐《えんじゅ》もその範囲攻撃を難なく回避するのだが、

『古屋《ふるや》君！　避けるだけじゃダメ！』

そのとき、アンチ・マジックミラー号を操る宗谷《そうや》の叫声が響いた。

「あの変態能力者、本当に戦い始めただと……!?　バカなっ、これではもう本当に取り返しが……っ!?」

なにやらブツブツと混乱しきっている夏樹《なつき》が放つ物理攻撃に足止めを食らいながら、それでも宗谷が必死に続きを口にする。

『いま槐ちゃんには追跡術式がかかってる！　鈴鹿《すずか》さんの攻撃がどこまでも槐ちゃんを追尾するの！　放っておいたら槐ちゃんが死んじゃう！』

「んだと……!?」

驚いて槐のほうを見れば、宗谷の言葉を証明するかのように槐が悶《もだ》え苦しんでいた。

「イイイイイイイッ！」

避けても避けてもUターンして襲いかかってくる無数の斬撃に加え、まとわりつこうとする津波のような炎雷に翻弄《ほんろう》される槐。俺とミホトが放った速度だけの一撃必殺と違い、尽きることのない波状追尾攻撃は確実に彼女を追い詰めていく。

烏丸《からすま》の強力な拘束《こうそく》術を食らって動きの鈍る槐はその回避能力を発揮しきれないようで、襲

い来る攻撃をいまにも折れてしまいそうな細腕で叩《たた》き落とすのがやっとのようだった。

「クソッ！　なんてこと考えやがる！　ミホト！　頼む！」

『もちろんです！　槐さんに死なれたら元も子もありません！』

爆・破魔札の弾幕をかいくぐり、槐の元へと駆ける。

人外化した両腕を駆使して槐にまとわりつく攻撃をはじき飛ばしていく。

いまの槐を討伐するためだけに作り上げたような術式に、改めて十二師天《じゅうにしてん》が抱《いだ》く殺意の強さを思い知り戦慄《せんりつ》が走る。

だが一方で、快楽点ブーストで冷静さを保つ俺の頭はこうも考えていた。

（この追尾攻撃を上手《うま》く利用すれば、槐の動きを制限できる……っ！）

討伐隊から距離を取ったりしなくても、この追尾攻撃に上手く便乗できれば。

最初に考えていた三つ巴構想が上手く機能し、槐を除霊できる。

俺がそう考えていたときだった。

『え？』

「っ⁉」

迫り来る攻撃の合間を縫って――その超反応を最大の武器とする槐が、俺の腕を掴《つか》んでいた。

次の瞬間、

「アアアアアアアアアアアアアアアアアアッ！」

「『うああああああああああああああっ⁉』」

先程俺たちが鉄骨や外壁で感度三千倍弾を防御したのを真似《まね》たのか。

槐《えんじゅ》は俺とミホトを棒きれのように振りまわし、俺たちの身体《からだ》で迫り来る無数の攻撃を叩《たた》き落とそうとしていた。

「ぐっ、あああああっ⁉　ミホトおおおっ！　掴《つか》まれてないほうの腕の主導権を返せえええっ！」

『ぎゃああああああっ⁉　は、はいいいいっ！』

溜《た》まらず叫んだ瞬間、右手がミホトの支配から解放される。

途端、その怪力こそ消えるが、右手は快楽点ブースト状態である俺の制御下に置かれる。

快楽点ブーストの判断力をもって、身体に当たりそうな攻撃を人外化して防御力の跳ね上がった腕でどうにか防ぎまくった。

そして攻撃が収まった瞬間、痛みと引き替えに一瞬でミホトが右手に再憑依《ひょうい》し、その怪力で槐の拘束《こうそく》をふりほどいた。

「イイイイイイイイイイッ！」

途端、槐が威嚇《いかく》するような声をあげて俺たちに放つのは感度三千倍弾。

「ぐっ⁉　槐！」

容赦《ようしゃ》ない猛攻に俺とミホトが体勢を立て直そうと距離を取る一方で。

そんな俺たちの様子を観察していたらしい歴戦の退魔師《たいまし》たちの声が耳朶《じだ》を打つ。

「なるほど。やはりアンチ・マジックミラー号の次は彼が此方《こなた》らの攻撃を阻《はば》むようですな」

「うむ。そしてアンチ・マジックミラー号のときとは違い、霊級格7《スケールセブン》に共闘の意思はない。排除は容易だ」

「ならば――」


「まずは古屋晴久《ふるやはるひさ》から潰《つぶ》す」


激しい戦場の中で確かに聞こえてきた十二師天《じゆうにしてん》の冷徹な判断に、俺とミホトが息を呑《の》む。

直後、始まったのは俺への集中攻撃だった。

槐への追跡術式もオフにしたのか、すべての攻撃が真《ま》っ直《す》ぐ俺に飛んでくる。

（ぐっ……!?）

『わあああああああっ!?　なんですかこれええええええっ！』

ミホトが悲鳴をあげながら逃げ惑うが、そこでさらに追い打ちがかかる。

「キャハハハハハハハハハハハ♥♥！」

俺にだけ向けられる攻撃の合間を縫って、槐がこちらに攻撃を放ってくるのである。

感度三千倍弾の雨。その身体能力を駆使した重い一撃。

いずれもクリーンヒットすれば即座に勝負が決まる攻撃に、ミホトも俺も神経を削られる。

（これは……三つ巴作戦が最悪のかたちで機能しやがった……！）

十二師天《じゅうにしてん》を足止めする戦力などない俺たちは当初、十二師天VS槐《えんじゅ》の戦場に乱入し、戦場を引っかき回すどさくさで　槐の快楽媚孔《かいらくびこう》を突こうとしていた。

この方法なら槐と擬似的に共闘して十二師天の討伐作戦を食い止めることができると同時に、十二師天と擬似的に共闘して槐を除霊できると考えていたのだ。

だがそれは同時に槐と十二師天が擬似的に共闘して俺たちを排除する可能性もあるということで——いままさにその最悪の構図が完成してしまっていた。

俺が近接攻撃を仕掛けたからか、ミホトの膂力《りょりょく》を最大の脅威と感じ取ったからか——あるいはミホトの存在そのものになにかあるのか、槐は執拗《しつよう》に俺を狙《ねら》ってくる。

その気配を敏感に察した十二師天も攻撃を緩《ゆる》めず、俺とミホトは大苦戦を強《し》いられていた。

俺とミホトだけではキツイ。だが、

『そんな！　槐ちゃん、さっきはわたしと共闘してくれてたのに！』

そう叫ぶ宗谷《そうや》にも余裕はまるでなさそうだった。

二人の十二師天と霊級格7《スケールセブン》が手を組んで攻撃してくるなどという悪夢のような状況でも、反則級の式神であるアンチ・マジックミラー号が参戦してくれればどうにかなっただろう。

だが宗谷の乗るアンチ・マジックミラー号はいま、天敵とも呼べる相手——夏樹《なつき》に足止めを強いられているのだ。

「パーツの除霊だと……!?　あり得ん、いくらなんでもそんな世迷い言と紅富士《べにふじ》の園《その》を天秤《てんびん》にかけることは……っ」

夏樹は先程からなにやらずっとブツブツ言い続けており、神木の操作もアラが目立つが……それでも十二師天の力は健在。決定打は放てないものの樹木による強力な物理攻撃で足が三本になっているアンチ・マジックミラー号を封殺していた。

夏樹がこちらに与《くみ》してくれれば状況も変わるだろうが、天人降ろしの重責を背負う彼女にそんな選択はさせられない。俺たちの馬鹿な叛逆《はんぎやく》には巻き込めない。

それがわかっているから宗谷も説得などはせず、ただひたすら夏樹から逃れる隙を窺《うかが》っているようだった。

さらに宗谷の操る巨大式神は精鋭サポート班が余計な真似《まね》をしないよう牽制《けんせい》するのに精一杯で、こちらに手を貸す余裕はない。

こっちからアンチ・マジックミラー号のほうへ身を寄せようにも、歴戦の十二師天が放つ巧妙な牽制が接近を許さない。

二人の十二師天と霊級格7の猛攻は、俺とミホトだけでどうにかしないといけないのだ。

「クソが！　ここまできたら試しに一発突かせてくれたっていいだろうが！」

俺はあまりにヤバイ状況を前に、血を吐くようにして叫ぶ。しかし、

「愚かな……！　得体の知れない憑《つ》き者が宿主の命を危険にさらしてまで達成しようとする

望み、なにかよからぬ企みである可能性が高すぎる！　やらせるわけにはいかん！」

返ってくるのは晴親《はれちか》さんの厳格な怒声。

その意思の強さを示すかのように、攻撃は苛烈《かれつ》さを極めていく。

「ぐ、あああああああああっ！」

長期戦は絶対不利。

戦闘の合間になにやら力の溜《た》め込まれた護符《ごふ》を破り捨てて霊力を回復させた晴親さんと鈴鹿《すずか》さんを見て、俺は焦《あせ》りを募らせる。

一体どうすれば……たたき落とされた最悪の状況下で必死に勝機を探していた、そのときだった。

脇道を使っていつの間にか接近していたのだろう。

俺のすぐ近くで戦塵に紛《まぎ》れていた鈴鹿さんが妖刀を三本、一つの鞘にねじ込んだ。

「さすがに消耗が激しいので避けたかったが仕方ない……妖刀合成――居合い一閃《いっせん》《酒呑童子《しゅてんどうじ》》」

「『っ!?』」

瞬間、放たれるのは圧倒的な破壊力を予感させる炎雷の大斬撃。

さらに増設された腕から放たれるのは《八岐大蛇《やまたのおろち》》が吐き出す無数の斬撃。

俺とミホトは息を合わせ、かろうじてそれを避ける。だが、

「ほぅ？　避けてよかったのか？」

「っ!?」

鈴鹿さんの口から囁《ささや》かれた言葉にはっとして振り返る。

俺の身体《からだ》を両断すべく放たれた大量の斬撃が、空中で不自然な弧を描いていた。

その先にいるのは、いままさに俺に攻撃を仕掛けようと近づいてきていた槐《えんじゅ》。

炎雷をまとう斬撃は途中で複数の刃に分かれ、一撃一撃が槐の小さな身体に致命的なダメージを与えると確信させる威力をもって槐に迫る。

烏丸《からすま》の強力な拘束《こうそく》術によって動きの鈍った槐には対処しきれないと確信できる速度と密度。

その攻撃に便乗して快楽媚孔《かいらくびこう》を突こう、などと画策する間もないほど完璧《かんぺき》なタイミングで放たれた必殺の斬撃だ。

(こ……の……!?　俺を狙《ねら》うと見せかけて、本命は槐のままか!?)

十二師天《じゅうにしてん》が仕掛けてきたブラフに翻弄《ほんろう》されるまま、俺とミホトは全力で槐の元へと疾駆《しっく》した。

「あああああああああああっ！」

『やああああああああああっ！』

槐からの攻撃も警戒しつつ、俺とミホトは強力な斬撃を叩《たた》き落としていく。

時間が縮んだように感じる極限の集中状態の中、槐の身を守ることだけに専念していた、そのときだ。

焦りで視野の狭まっていた俺たちの足下《あしもと》で光が弾けた。

「波状《はじょう》曼荼羅《まんだら》捕縛《ほばく》」

晴親《はれちか》さんの声が響いたその瞬間。

俺たちの身体《からだ》が地面から伸びた光の縄に完全捕縛された。

『ぐっ!?　けどこの程度の捕縛術なら……!』

と、ミホトがその膂力《りょりょく》をもって捕縛術を一瞬で破壊する。しかし、

「『っ!?』」

捕縛術が一瞬で再生し、再び俺とミホトを捕縛する。

破壊、捕縛、破壊、捕縛。

何度も繰り返される破壊と再生はそれこそ波状攻撃のように繰り返され、確かに数瞬、俺とミホトをその場に縫い付けた。

(なんだこの拘束《こうそく》術式!?　いくら晴親さんが規格外の術師でも、事前に準備した地雷術式でも使わねーとこんな強力な術――)

高速回転する思考でそこまで考え、俺はようやく気づく。

ブラフを駆使し、槐《えんじゅ》の位置さえ計算した十二師天《じゅうにしてん》の手で、俺がこの場に誘いこまれたことに。

「本命は最初からずっと彼方《かなた》だ、叛逆《はんぎゃく》者」

刀が振り抜かれる刹那《せつな》。圧縮された時間の中で、俺はその声を確かに聞いた。

「なにも派手な術式だけが退魔師《たいまし》の技ではない。騙りも駆け引きも立派な術式――できるこ

となら冥土の土産などではなく、有望な後輩への助言としたかったところだ」

感情を殺してそう言った鈴鹿《すずか》さんが妖刀を振るった。

晴親さんの術式によって動きを止められた俺の無防備な――人外の両腕とは違って生身でしかない身体に、怪異《かいい》霊を細切れにしてみせた《八岐大蛇《やまたのおろち》》の斬撃が叩《たた》き込まれる。

『古屋《ふるや》君⁉』

「っ⁉　古屋晴久《はるひさ》⁉」

異変を察した宗谷《そうや》と夏樹《なつき》の悲鳴が遠くから響く。

「イイイイイアアアアアアアアッ！」

驚異的な攻撃を放つ鈴鹿さんを威嚇《いかく》するように、未《いま》だ討伐されるべき怪物の姿のままの槐が人外の叫声をまき散らす。

まだなにもできていない。槐は救えていない。やられるわけにはいかない。

俺の次にこうなるのは、槐なんだから。

だがなにも、打つ手がない。

歴戦の十二師天が連携して繰り出したハメ技に抗《あらが》う術《すべ》がない。

「くそったれ……っ‼」

『うううううううっ！』

ミホトが抵抗の悲鳴をあげる傍《かたわ》らで悪態を漏らすことしかできず、自分の身体を両断するその斬撃を睨《にら》み付けていた――そのときだった。

ズガガガガガガガッ！


「――っ!?」

俺を切り刻もうとしていた斬撃が、一瞬にしてすべて叩《たた》き落とされた。

「……え？」

なにが起きたかわからず呆《ほう》けた俺の眼前で揺れるのは、流麗なポニーテール。

「――間一髪ってやつだな」

突如として空から降ってきたその少女は野生動物のように引き締まった身体《からだ》に不釣り合いなほど膨《ふく》らんだ胸を張り、怪しげな護符《ごふ》の巻かれまくった木刀を肩に担いでこちらを振り返った。

「助けにきたぞ、古屋《ふるや》！」

言って面倒見の良い兄貴分のような快活さで笑うのは、元霊級格6《スケールシックス》の異常な身体能力を有するクラスメート――南雲睦美《なぐもむつみ》。

あり得ないその闖入者《ちんにゅうしゃ》に、俺だけでなくトドメの一撃を防がれた鈴鹿《すずか》さんも瞠目《どうもく》する。

「馬鹿な!?　その異常な身体能力に異常な盛り乳……彼方《かなた》よもや、東雲《しののめ》市の元霊級格6か!?」

「誰の乳が異常だあああああああああっ!?」

「ぐうっ!?」

愕然《がくぜん》としながら南雲の正体と偽乳《にせちち》を看破した鈴鹿さんに激昂《げきこう》した南雲が襲いかかり、《八岐《やまたの》大蛇《おろち》》の斬撃と護符まみれの木刀がぶつかり合う。

「は!?　はぁ!?」

『……!?』

意味のわからない展開に俺とミホトが言葉を失う中、さらに意味のわからないものが空から降ってくる。

「……!?」

殺伐とした戦場に飛来するのは、何十人ものスレンダー水着美女。

「「きゃあああああああああっ!?」」

そしてその水着美女たちに紛《まぎ》れて悲鳴をあげるのは、アンチ・マジックミラー号めがけて落下する二人の少女。

「な……!?」

俺の目がおかしくなかったのでなければ、それは南雲と一緒に避難していたはずの小日向《こひなた》先輩、それから病院で意識を失っていたはずの妹分、文鳥桜《ふみどりさくら》。

「あああああっ!?　美咲《みさき》いいいいいっ！　キャッチしてその中に入れなさいいいいいっ！」

『ふぇ!?　えええええええっ!?』

「な、なんだ⁉」

俺に負けず劣らず混乱した声をあげた宗谷《そうや》はしかし、驚愕《きょうがく》する夏樹《なつき》をよそにアンチ・マジックミラー号の腕で二人をキャッチ。鏡の表面に波紋を揺らし、二人を車内に格納。

そしてそれを見届けた水着美女たち――恐らくそういう姿に設定された式神だ――は地面にふわりと降り立つと、そのいやらしい下半身を強調するように尻《しり》と太ももを揺らしながら走り回る。次の瞬間、

『お、男の人……男の人がいっぱい……きゃあああああああああああっ！』

「「「ぎゃああああああああああああああっ⁉」」」

少しでも欲情した男の股間《こかん》に激痛を与える小日向《こひなた》先輩の能力が発動。効果範囲内にいたサポート班の男性退魔師《たいまし》たちが鶏を絞め殺したような絶叫をぶち上げてダウンする。

「ちょっ、なにが⁉」

突如股間を押さえてのたうち回る同僚の痴態《ちたい》に女性退魔師たちが騒然となる中、その隙を突くかのように、彼女らの中でも胸の大きい数名に護符《ごふ》が投擲《とうてき》される。

瞬間――ボンッ！

女性退魔師たちがコミカルな音と煙に包まれ、貧乳と化していた。

「……⁉　……っ⁉」

立て続けに起こる意味のわからない展開の連続。

しかしその中で確かに繰り出された〝変身術式〟に俺はようやく「まさか……!?」とまともに言葉を発した。

そして俺の予想を裏付けるように、

「彼方《かなた》……っ！　仮にも一般人である元霊級格6《スケールシックス》を巻き込むなど、常軌を逸しているぞ!?」

「馬鹿な、血迷ったか!?　それとも魔族に洗脳でもされているのか!?」

鈴鹿《すずか》さんと晴親《はれちか》さんが、このあり得ない、あり得てはならない乱入祭りの首謀者を一足早く視認し、愕然《がくぜん》とした声を漏らす。

直後。

「やっぱりこうなったわね。大口を叩《たた》くだけ叩いて、ボロボロじゃないの」

冷徹な声音《こわね》と同時に俺の身体《からだ》に投擲されたのは、並の術師ではあり得ないほど強力な——準十二師天《じゅうにしてん》とでも呼ばれるような退魔師でないと扱えないほど強力な治癒符。

続けて俺とミホトを拘束《こうそく》する術式が破壊されたかと思うと、

「十二師天を舐《な》めすぎよ」

九本の狐尾で俺を守るように包み込みながらふわりと着地したのは、目元を赤く腫《は》らした俺の幼馴染《おさななじみ》——葛乃葉楓《くずのはかえで》だった。

2

なにがどうなっているのか未《いま》だに飲み込めず、拘束術《こうそく》から解放されても唖然《あぜん》として動けないでいた俺を置いて、事態はさらに目まぐるしく展開していった。

「ぬあああああああっ!? ちょっと待つのだ! いまさっきの攻防、もしや私の拘束術が遠因となって、古屋《ふるや》か槐《えんじゅ》嬢のどちらかが斬撃を食らって死ぬところだったのではないか!?」

サポート班とともに身を潜《ひそ》めていた烏丸《からすま》が、鈴鹿《すずか》さんの放った《酒呑童子《しゅてんどうじ》》に端を発する一連の戦闘に時間差で青ざめたような悲鳴をあげる。

途端、烏丸の興奮が萎《な》えてしまったのか、槐の動きを縛っていた光の泥がふっとかき消えた。

「――っ! あはぁ♥」

歓喜の吐息を漏らすのは、その異常な身体能力を取り戻した槐だ。

度重なる追跡術式や《酒呑童子》に脅威を感じたのか。

いつもまで経ってもエネルギー補給のできない状況に業を煮やしたのか。

光泥自縄地獄が解けたその瞬間、槐はその小さな身体《からだ》を折り曲げ、逃走の気配を滲《にじ》ませる。

「……っ! 距離を置かれては追跡術式の精度が……!」

と、楓《かえで》への叱責と詰問を中断して反応したのは晴親《はれちか》さんだ。

南雲《なぐも》に抑えられている鈴鹿さんに代わって自分に追跡術式を付与したのか、不自然な軌道を描く攻撃術で槐の逃走を牽制《けんせい》する。

が、その攻撃を妨害する巨大な影が飛来した。

「なっ!?」

それは宗谷《そうや》が操る霊級格５《スケールファイブ》に匹敵しようかという巨大式神。

小日向《こひなた》先輩の能力でサポート班の半分が戦闘不能になったことで余裕のできた式神が晴親さんの抑えに動いたのである。

「……っ！　舐《な》めるな！　この程度の式神、即座に解体してくれる！」

と、晴親さんが槐への牽制と並行して式神に術を放つのだが――その術に突如ラグのような異常が発生。威力が減退し、式神を解体するには至らない。

「っ!?　これは、ナギサに授けた術式妨害か!?」

忌々《いまいま》しげに晴親さんが振り返るのは、いまだに夏樹《なつき》との攻防を繰り広げるアンチ・マジックミラー号。

そして術式無効術を放った張本人――桜《さくら》は晴親さんに睨《にら》まれた途端、慌てたように車内から絶叫を漏らした。

『ちょっと女狐《めぎつね》！　こんなことしてホントに大丈夫なんでしょうね!?』

すると俺の隣に立っていた楓はしれっと、

「大丈夫なわけがないでしょう。童戸《わらしべ》槐の除霊が失敗すれば古屋君と宗谷家も含め、私たちは全員破滅よ。いいから黙って働きなさい」

『ああもう、わかってたけど！　最初に説明された時点で他に手はないって覚悟してたけど！

病み上がりになんてことさせるのよ！　てゅーか信じらんない！　お兄ちゃんがこんなバカなことするなんて！　やっぱり監視役の私がしっかり見てないとダメなんだから！』

「ぬうっ⁉　こしゃくな……！」

ヤケクソのように文句をわめき散らし、しかし桜《さくら》は晴親《はれちか》さんが放つ術式を的確に妨害。宗谷《そうや》の巨大式神と力をあわせ、討伐隊から距離を置こうとする槐《えんじゅ》を賢明にサポートし続けていた。

「お、お前ら……っ！」

そして俺は桜と楓《かえで》のやり取りを聞いて、目まぐるしい展開を目の当たりにして、ようやく現実を正しく認識する。

楓、桜、南雲《なぐも》、小日向《こひなた》先輩の四人が、自分たちの今後も度外視して俺たちを助けに来たのだと。槐を救うという俺たちの違反行為に荷担しに来たのだと。

「なんで……⁉　バカかよ！　なに考えてんだ⁉　本当にパーツが除霊できる保証なんてねーのに、こんなことしたらあとでお前らまでどうなるか――」

俺は戸惑うように叫んだのだが……言葉は途中で断絶する。

ブチッ、となにかがブチ切れるような音がしたあと、間髪《かんはつ》容れず獣尾のビンタが俺を襲ったからだ。

「あなたが！　私の！　言うことも！　聞かず！　暴走！　するからでしょう！」

「うべっ⁉　ぐあっ⁉　うぐっ⁉　ぐはっ⁉　ぐえっ⁉　がはっ⁉」

楓が怒声を区切りながら何度も何度も尻尾《しっぽ》ビンタを放ち、感覚を共有しているミホトが『フルヤさん早く謝ってください！』と悲鳴をあげる。

だが俺はそれでも自分たちの賭《か》けに楓や桜、なにより一般人である南雲や小日向先輩まで巻き込んでしまっている事実に抵抗を感じ、「いまならまだ……」と口を開くのだが、

「おい古屋《ふるや》！　いつまでもごちゃごちゃうるせーぞ！」

楓に作ってもらったのだろう。護符《ごふ》で巻かれた木刀で《八岐大蛇《やまたのおろち》》の斬撃を斜めに弾くようにしながら、南雲が叫ぶ。

「お前、紅富士であたしと小日向先輩、あと文鳥《ふみどり》さんにも言ったよな？　なんでも言うこと聞くってよ！」

それは鹿島霊子《かしまれいこ》との戦いで援軍に来てくれた南雲たちに俺が勢いでしてしまった約束。

エッチしようとか胸を揉《も》んでくれとか要求されたらどうしようと困っていた大きな借り。

「だったらあたしらの望みは一つ！『お前を助けさせろ』だ！」

「……っ！」

言葉に詰まる俺に、さらにアンチ・マジックミラー号のほうから、

『……心配しなくても……私と睦美《むつみ》ちゃんの責任は葛乃葉《くずのは》家がある程度もってくれるって言うし……それに……私たちは晴久《はるひさ》君がいなくなっちゃうと……とっても嫌だし……困るから……』

南雲《なぐも》の言葉を補足するように、俺の懸念を払拭《ふっしょく》するように、小日向《こひなた》先輩の優しい声音《こわね》が耳朶《じだ》を打つ。

「そういうこった！　命張るなら、あたしの胸をでかくしてからにしやがれ！」

お前はそれが本音だな⁉　と軽口を叩《たた》く気も起きない。

きっと俺の負い目をなくす照れ隠しのつもりで言ったのだろう（と願う）南雲の言葉に俺が言葉を返せないでいた、そのときだ。

「キャッハハハハハハハハハハハハ♥♥！」

「くっ⁉　いかん！」

さしものベテラン十二師天《じゅうにしてん》も妨害を受けながら一人で霊級格《スケールセブン》7の牽制《けんせい》を続けるのは無理があったのだろう。

晴親《はれちか》さんの妨害を抜けた槐《えんじゅ》が、新たな狩り場を求めて夜の闇を猛スピードで逃走する。

できれば討伐隊から距離を置いて快楽媚孔《かいらくびこう》を突くことに集中したい——数十分前に思い描いた理想の戦況が、いま、整おうとしていた。

『美咲《みさき》！　アンチ・マジックミラー号の運転は私に任せて、あんたはお兄ちゃんたちと除霊に行きなさい！』

『え、で、でも……』

『いいから！　私は病み上がりでろくに戦えないから、代わりにお兄ちゃんを助けてあげて！』

『……っ！　うん！　サポートに半自律型の式神を何体か置いていくから！』

『頼んだわよ！』

そんなやり取りが聞こえたかと思った直後。

「古屋《ふるや》君！　葵《あおい》ちゃん！　行こう！」

「おい古屋！　今度こそ槐嬢や貴様が死ぬような危険なく緊縛できるのだろうな!?」

アンチ・マジックミラー号の影から現れた素早い式神に乗り、烏丸《からすま》を回収した宗谷《そうや》がこちらに合流。俺とは違って即座に迷いを切り捨てた前向きさで前進を謳《うた》う。

「これで役者は揃《そろ》ったわね」

冷静に呟《つぶや》いた楓《かえで》が、決断を促すように俺を見下ろしていた。

「……ああクソ！　ごちゃごちゃ言ってる暇なんかねーってことかよ！」

いまこうしている間にも槐は結界の外を目指し爆進している。

宗谷を見習うように迷いを封じ込め、俺は全力で叫んだ。

「南雲！　小日向先輩！　桜《さくら》！　悪い！　ここは任せた！」

「おう！」

『頑張って……』

『失敗したら許さないんだから！』

十二師天の足止めを一般人と怪我人《けがにん》に任せる罪悪感や情けなさをかなぐり捨て、槐の後を追おうとした、そのときだった。

「未熟者どもめが……っ！　これ以上は好きにさせんっ」

『っ!?　いつの間に!?』

アンチ・マジックミラー号の操作にまだ慣れていない桜《さくら》が夏樹《なつき》を相手取る一瞬の隙を突いたのか、晴親《はれちか》さんが俺たちの前に立ちふさがる。

「……っ！　ミホト、楓《かえで》、一気に振り払うぞ！」

俺とミホトが晴親さんにフェイントを仕掛ける傍《かたわ》ら、楓が宗谷《そうや》と烏丸《からすま》を抱《かか》えて一気にその場を離脱しようとする。

が――カツンッ！

「無駄だ」

硬質な杖《つえ》の音が響いたその瞬間、南雲《なぐも》と鈴鹿《すずか》さんの戦闘さえ巻き込む規模で展開するのは十層の彼我遮断陣《ひがしゃだんじん》。

その規模だけでも舌を巻く術式だが、日本トップクラスの退魔師《たいまし》が放つ術はそれだけで終わらない。

「なっ!?　これは――!?」

突如。時空がねじ曲がったかのように結界内の広さが増し、まるで迷宮のような構造を描き出す。そしてその異常空間の主であるかのように佇《たたず》む晴親さんから、さらに大量の霊力が噴出した。

その術式の名を、俺たちは知っている。

「絶対領域!?」

宗谷が信じられないとばかりに叫ぶ。

だがそれは俺も同じ気持ちだった。

絶対領域。それは霊能犯罪者が拠点防衛などによく使うとされる術式で、術者本人に極めて有利な環境を作り出す一方、構築にはかなりの手間がかかるとされている。

それこそ拠点防衛以外ではまともに運用できないほどに。

だがいま、目の前の十二師天《じゅうにしてん》は桜の術式妨害も振り切り、ほぼ一瞬で絶対領域を組み立ててみせた。

「恐らく、童戸槐《わらしべえんじゅ》との戦闘中に仕込みを行っていたのでしょうね。つくづく化け物だわ」

本人も十分怪物じみている楓が低く呟《つぶや》く。

戦慄《せんりつ》する俺たちをよそに、晴親さんが怒《いか》りを堪《こら》えるように唸《うな》る。

「霊級格7《スケールセブン》を追おうにも、あとでどんな邪魔をされるかわからん！　まずは君たちを一息に片付けてからだ……っ！」

その気迫と霊力に、一筋縄では突破できないと本能が警鐘を鳴らす。

「くそっ、いい加減にしやがれ……！」

この期に及んでまだ切り札を隠し持っていた十二師天《じゅうにしてん》に、俺は唇を噛《か》みしめる。

「大体なんであの人はさっきから小日向《こひなた》先輩の能力が効いてないんだ!? 年だからか!?」

ずっと不思議だったのだ。

少しでも欲情すれば股間《こかん》に激痛を与える小日向先輩の能力は凶悪かつ強力。

水着美女が駆け回るこの環境でその恐ろしい力から逃れられる男などほぼ存在せず、痛みで集中を欠いた状態では術式などろくに維持できないはずなのだ。

だが目の前の十二師天は一切の揺らぎなく研《と》ぎ澄まされた戦意を放出し続け、俺の疑問を聞いて呆《あき》れたように口を開く。

「ふんっ、大量失踪《しっそう》事件を起こした元霊級格6《スケールシックス》の残留怪異《かいい》か。くだらん！ 欲情など精神を鍛え上げれば年齢など関係なく制御可能。私や皇樹夏樹《すめらぎなつき》のように修行を積んだ十二師天を侮るのもいい加減にしてもらおう」

いやまあ夏樹はそもそも女なんだが……それはそれとして目の前の老兵が小日向先輩の能力さえ真正面からねじ伏せる怪物なのは確かだ。

槐《えんじゅ》を救うための最後の難関を打破すべく、十二師天に有利なこの空間をどう攻略するか頭を巡らせていた、そのときだった。

「宗谷美咲《そうやみさき》。霊級格は低くてもいいわ。素早さ優先の式神を何体か出しなさい」

「え？」

突如、楓《かえで》が宗谷に謎の指示を下す。

と、宗谷は式神を出しつつなにかに気づいたように声を漏らした。

「あっ、もしかして葛乃葉《くずのは》さん、わたしの淫魔眼《いんまがん》から読み取った晴親《はれちか》さんの好みをもとに式神を化けさせようとしてますか!?」

宗谷の予測に俺はなるほどと目を見開く。

だが宗谷は続いて申し訳なさそうに、

「あの、でも、すみませんっ。いまわたし、晴親さんの術の影響でまだ淫魔眼が使えなくて……」

……っ。そうだった！

夕方、槐が除霊できると主張するため作戦会議に出席した際、美咲は他人の顔が見えなくなる術をかけられている。その効果がまだ続いているなら、晴親さんの弱点を突くことはできない。その事実に俺と宗谷は顔を曇らせるのだが、

「問題ないわ」

楓が信じがたいことを口にする。

「あの人の好みなら、よく知っているから」

ボンッ！　ボボンッ！

鳴り響くのはコミカルな変身音。

煙が晴れて現れるのは、狐《きつね》の耳と尾が生えた十六歳ほどの美少女軍団。

それはまるで――普段はロリに変身している菊乃ばーさんがその姿を成長させたらこうなるだろうと思わせる絶世の美少女たちで――彼女らは服をはだけさせながら晴親《はれちか》さんの周りで色香を振りまいた。

次の瞬間。

「ぐあああああああああああああああああああああああああっ!?」

晴親さんが股間《こかん》をおさえて鶏が絞め殺されるような悲鳴をあげた!?

欲情など精神を鍛えれば制御可能――そう勇ましく断言していた晴親さんの即落ちっぷりに俺が唖然《あぜん》としていたところ、

「な、なぜだああああっ!? なぜこ、こ、このことを知っている!?」

晴親さんが困惑の悲鳴を漏らす。

すると楓《かえで》は若干同情するような声音《こわね》で、しかしトドメを刺すように容赦《ようしゃ》なく、

「……祖母が、ことあるごとに自慢していましたから。学生時代にはよくモテて、特に現十二師天《じゅうにしてん》であるあなたにはしつこく何度も求愛されたと。恋文の内容からアプローチの方法まで、明らかにあなたに口止めされているだろう内容まで赤裸々に詳細に繰り返しベラベラと。……ご心配せずとも、このことを知っているのは葛乃葉《くずのは》の人間全員だけです」

「あのクソ女狐《めぎつね》があああああああああああああああっ!!」

晴親さんが血涙《けつるい》を流さんばかりの勢いで絶叫したその直後。

股間への痛みと最悪の暴露に著しく集中を欠いたのか、絶対領域が消滅。

続けて晴親さんの心が折れるかのように彼我遮断陣《ひがしゃだんじん》も木っ端微塵《こっぱみじん》に砕け散った。

「さあ、邪魔者は消えたわ」

「……お、おう！」

これ以上は見て見ぬ振りをするのが武士の情けだろう。

散々な目に遭ってなお俺たちを止めようと術式を繰り出しては桜《さくら》の術式妨害と良い勝負を繰り広げる晴親さんから目を逸《そ》らして走りだした——そのときだった。

「まっったく！　君たちは本当に、どうかしている！」

触手のように蠢《うごめ》く神木に乗った夏樹《なつき》が怒声を張り上げながら俺たちに追いすがってきた。

まさかアンチ・マジックミラー号の相手を放棄して俺たちを止めに来たのか⁉　と身構えていたところ、

「霊級格《スケールセブン》7を相手にするというなら、十二師天であるオレも一緒につれていけ！」

吹っ切れたようにはっきりと、夏樹は信じがたいことを口にした。

「はぁ⁉　いやお前、紅富士はどーすんだよ！　お前は俺らを止めなきゃいけない立場だろ！」

「う、ぐ、そうだ……なにを……している……っ」

なぜか俺が夏樹を説得し、痛みにのたうつ晴親さんも同調するようにうめき声を漏らす。

だが夏樹は一同の困惑をはね飛ばすように有無を言わさぬ口調で、

「童戸槐《わらしべえんじゅ》の逃走を防止する結界もそう長くはもたない！　この期に及んでオレたちが潰《つぶ》し合っていては本当に手遅れになってしまう！」

そう断言するのだ。

「それにオレはもともと逃走防止とトドメ用の予備戦力だ！　討伐対象が逃げ出した以上追いかける必要があるし、パーツの除去とやらが失敗した場合、その場でトドメを刺す義務がある！」

夏樹《なつき》は周囲にアピールするようにそう叫ぶ。

そして俺の隣に追いついた夏樹は急に声を落として責めるように、

「除霊が失敗すれば君は処分されてしまう。なら除霊が少しでも上手《うま》くいくよう、オレが手伝わないわけがないではないか。紅富士を救われたこのオレが。……君は、自分の命を軽く見すぎだ」

「まったくその通りだわ」

俺の処遇を巡って一触即発《いっしょくそくはつ》の雰囲気になったこともあり、先程まで夏樹の合流に一際怪訝《けげん》そうな顔をしていた楓《かえで》が心底共感するように頷《うなず》いた。

「……っ」

言いたいことは山ほどある。

いくら大義名分《たいぎめいぶん》があろうと、さすがに夏樹まで俺に荷担するのはマズイだろと突き放したい。

だがいずれにせよ、俺はもう既に楓たちを巻き込んでしまっている。

だったらもう、どんな手を使ってでも槐を救う以外に道はない。

絶頂除霊《ぜっちょうじょれい》でパーツを除霊できるという可能性にすべてを託すしかないのだ。

ならば、

「……悪い！　全員、俺の我儘《勝手》に人生賭《か》けてくれ！」

「当然よ」

すべてを吹っ切って覚悟を固めた俺の咆哮《ほうこう》に、楓が静かに返す。

「私は最初からそのつもりでここに来たわ」

「わ、わたしだってそうだし！」

楓のその言葉に宗谷《そうや》がなぜか張り合うように同調し、烏丸《からすま》が「いや私は人生なんて賭けないぞ!?　体液をぶっかけるならまだしも！」と叫んで獣尾に締め上げられる。

『それでは、イきましょう！』

「ああ……っ！　全速力だ！」

場がまとまったことを察したミホトが俺の両腕を操って地面を叩《たた》き、楓たちがそれに続く。

そうして俺は結局たくさんの人の力を借り、巻き込んだ末に、槐の元へと駆けるのだった。

3

「こっちだ！」

作戦中に街路樹を介して広く大まかな感知網を構築していたという夏樹《なつき》の誘導に従い、ゴーストタウンと化した繁華街を疾走する。

俺はミホトの膂力《りょりょく》でカタパルトのように地面すれすれを跳び。

楓《かえで》は九尾を駆使して烏丸《からすま》と宗谷《そうや》を運び。

夏樹は神木のしなりを利用してそんな俺たちを先行し。

俺、宗谷、烏丸、楓、夏樹の五人は誰もいない街を人外の速度で突き進む。

そうして諸々の作戦準備と打ち合わせに加え「パーツは除霊ではなく奪うというかたちになるらしい」と正確な情報も夏樹と楓に伝えつつ、夜空を淡く照らす特殊結界の境界へと近づいたときだった。

「まずいな……」

夏樹が眉根《まゆね》を寄せて遠くを視《み》るように顔をあげた。

「生き残った囮《おとり》用の家畜に気をとられて逃走を中断していたらしい童戸《わらしべ》槐《えんじゅ》が再び結界に向けて舵を切った。このままではオレたちが追いつく前に結界への攻撃が始まってしまう」

空をすっぽりと覆《おお》い尽くすこの超大型結界は槐の不幸能力を中和すると同時に、彼女にだけ特別強く作用する逃走防止機能を備えている。

だがいまや霊級格7《スケールセブン》と化した槐の攻撃をどれだけ耐えられるかはまったくの未知数であり、それをよく理解しているらしい夏樹は少しだけ逡巡《しゅんじゅん》する様子を見せたあと、

「可能な限り結界の耐久値は削りたくない。古屋晴久《ふるやはるひさ》、君はこの中でも移動速度がズバ抜けているだろう。可能であれば君だけでも先行して彼女の注意を……!?」

そのとき。

夏樹の表情が突如として強《こわ》ばった。

「なんだ、急に進路が……!?　フェイント……いやこの軌道は……助走か!?　皆気をつけろ！　目標がこちらに転進して――」

警告を発した夏樹の叫喚《きょうかん》はしかし、途中で遮《さえぎ》られた。

「キャッハハハハハハハハハハハハ♥♥♥！」

ズバババババババババババババババッ!!

霊力感知が使えない俺でも「察知するな」というほうが無理のある禍々《まがまが》しい霊力。

しかしそれが「近づいてくる」と脳が認識したその瞬間、通算三度目となる戦いの火ぶたは既に切られたあとだった。

「きゃああああああああああああっ!?」

「ぬああああああああああああああっ!?」

誰もいない幅広の道路にまんべんなく降り注ぐ感度三千倍の弾丸。

逃走から一転して敢行された不意打ちの強襲。

盾として事前に展開していた式神の陰に全員が身を隠し、宗谷《そうや》と烏丸《からすま》が盛大な悲鳴をあげる。

「……っ！　槐《えんじゅ》……っ！」

拘束《こうそく》術の戒めから解かれ、自身が弾丸のような速度で動き回る槐。

快楽点ブーストを重ねがけした俺の意識は、超高速で跳ねる彼女の表情を確かに捉えていた。

残像を夜景に刻みながら感度三千倍の弾丸をバラまく槐は——満面の笑み。

褐色の肌に大量の涎《よだれ》を伝わせ、金色の瞳がギラギラと俺たちを睥睨《へいげい》する。

「キャハハハハハハハハハ♥♥！」

追跡術式さえなければ全員ただのエサでしかない。

もう我慢できない。早く食わせろ。

そう言わんばかりの嬌声《きょうせい》を響かせ、変わり果てた姿の槐が俺たちのもとへと突っ込んできた。

食事を邪魔する式神の盾を消し飛ばし、俺たちに感度三千倍弾を撃ち込むために。

——上等だ。

「そっちから来てくれるなら願ったり叶《かな》ったりだ！　今度こそ槐を返してもらうぞ性遺物！」

『やあああああああっ！』

瞬間、ミホトの操る俺の両手が地面を叩《たた》いた。

感度三千倍弾を避けるため、俺の身体《からだ》が稲妻のようなジグザグの軌跡を夜空に描く。近くにあった看板を引っぺがしながら霊級格7《スケールセブン》に肉薄し、一撃必頂のツボを狙《ねら》う。

「全員打ち合わせ通り建物の陰に退避！　正面戦闘は古屋《ふるや》君に任せて、各自準備を始めなさい！」

楓《かえで》の一喝《いっかつ》が響くと同時。

感度三千倍弾を食らってへろへろになった式神を盾にして、宗谷たちが建物の陰に避難する。

「アハァ♥」

直後、槐が宗谷たちの背を狙うような素振りを見せる。

「させるか！」

『なあああああああっ！』

それを阻止すべくミホトの操る両腕が怪力をふるい、足下《あしもと》のアスファルトを打ち砕く。

巻き起こるのは爆発のような大破壊。

打ち出されるのは俺がさっき瓦礫《がれき》を蹴《け》り上げて行った目つぶしとは比べものにならない規模、威力を要するアスファルトの散弾銃《ショットガン》。

しかし近距離から放たれたその範囲攻撃はかすりもしない。

「キャハハハハハハハハハハ♥♥！」

凄《すさ》まじい速度で攻撃範囲から逃れた槐はそのまま流れるような動きで俺に肉薄。

ズババババババ！　感度三千倍弾を放ちながら、弾丸よりもなお速い速度で拳を打ち込んできた。

「ぐっ!?」

『きゃう!?』

感度三千倍弾を看板でガード、快楽点ブーストで回避。

しかしとんでもない密度の弾幕と同時に放たれる超速の拳がかするたび、躍るように繰り出される蹴《け》りが瓦礫《がれき》を巻き上げ唸《うな》るたび、俺の身体《からだ》は確実にダメージを蓄積していく。

『うりゃあああああああああっ!』

ミホトが連続で地面を爆砕。相手の攻撃を牽制《けんせい》するようにアスファルトの散弾銃を連発するも状況は変わらない。

とてつもない速度で回り込まれ、防戦を強《し》いられる。

なんの拘束術《こうそくじゅつ》も食らっていない槐《えんじゅ》の全力に追い詰められていく。

(けど——)

先程までの戦場と違って、ここに邪魔者は一人もいない。

今度こそ槐を救うためだけに全員が動く。

皆が一つの意思のもとに力を振るう。

いまここで、槐をくそったれな呪《のろ》いから救い出すために!

「やれえええええっ!　烏丸《からすま》ああああああ!」

「言われるまでもない!　ぐへへへへっ!」

瞬間、響き渡るのは烏丸の下卑《げび》た笑声。

続けて槐の周囲に発生するのは光の泥。

「我流結界系捕縛《ほばく》術二式！ 光泥自縄地獄！」

「っ⁉ イイイイッ⁉」

俺が時間を稼いでいる間に安全地帯を確保した烏丸によって放たれるのは、まとわりついて離れない凶悪な拘束術。

弾丸のごとく跳ね回る槐の速度があからさまに低下する。

畳みかけるように、俺とミホトはアスファルトの散弾を放った。

「イイイイイイイイイイイッ！」

が、全弾回避。

先程までの身体能力に頼った大雑把《おおざっぱ》な回避じゃない。

すべての弾丸の軌道が完全に読めているかのように。

なんの障害物もない道を散歩するかのように。

一切の無駄な動きなく弾丸の雨の中をこちらに近づいてくる！

「くそっ！ さっきからこの異常な反応速度が厄介《やっかい》すぎる！」

動きを制限されてなお、範囲攻撃も不意打ちも速度に任せた一撃もすべて完全回避してみせる異常な回避能力。

その脅威に俺が悪態をつくと、

『《サキュバスの角》の能力は感度三千倍！　角から放たれる銃弾で他者の性感を三千倍に引き上げるだけでなく、宿主の五感の感度をも異常上昇させます！』

ミホトが角の能力について復習するように叫ぶ。

と、その言葉に呼応するかのように――

「でもいくら反応速度が速くたって！」

「攻撃を避けられなくては意味がないわ」

作戦立案組――宗谷《そうや》と楓《かえで》の声が建物の陰から漏れ、同時に響くのはかすかな地鳴り。

「ぐう、都会の地下は異物が多すぎるな……古屋晴久《ふるやはるひさ》！　しばし時間を稼げ！」

夏樹《なつき》の声が轟《とどろ》き、俺とミホトは応えるように声をあげる。

「『あああああああああっ！』」

「イイイイイイイイイッ！」

攻撃、回避、防御、牽制《けんせい》、激突。

互いに獣のような声をあげ、これまで何度も交わした攻防を繰り返す。

そんな中、なにかが地中を掘り進むような地鳴りはどんどん大きくなっていく。

俺たちの戦闘音をかき消すように地面が割れ、アスファルトが隆起し、周囲のビルさえ傾いていく。この世の終わりのような光景が広がっていく。

そうして俺が戦闘を続けながら、幅広の道のちょうど真ん中あたりで槐《えんじゅ》とぶつかり合ったときだった。

「いまだ！　古屋晴久！」

夏樹の声が轟き、地鳴りの音がぴたりと止まる。

瞬間、ミホトが俺の両腕を大きく振り上げた。

「ギィ!?」

槐がその反応速度で攻撃を避けるように後退する。

だが構わない。狙《ねら》いは槐本人ではない。

「冥福連《めいふくれん》での意趣返《いしゅがえ》しだあああああああっ！」

『にゃああああああああっ！』

ボッゴオオオオオオオン！

振り上げられた両腕が、地面を叩《たた》き割った。

「っ!?」

次の瞬間、俺と槐は真っ黒な空洞に――地下に出現した巨大な空間に投げ出される。

夏樹が神木でインフラを押しのけ地面を掘り進み無理矢理作り上げた規格外の落とし穴。

いくら反応速度が速かろうと、身動きのとれない空中では回避もクソもない。

突如として回避能力を封じられた槐の表情に驚愕《きょうがく》が浮かぶ。

そして俺と槐《えんじゅ》が落とし穴に放り出されると同時、狙《ねら》いすましたように俺の背後に現れるのは宗谷《そうや》が放った霊級格4《スケールフォー》の式神。

飛行能力を持つその式神に両腕を引っかけ、ミホトが俺の身体《からだ》を槐めがけて射出する。

「っ！」

それを見た槐が迎撃の姿勢を見せる。だが、
ゴオオオオオオオッ！

「ギイイイイっ⁉」

空中で身動きの取れない槐を襲うのは、青白い炎。

温度を下げた、しかし確実に相手にダメージを与える狐火《きつねび》だ。

楓《かえで》が放ったそれは槐の上半身を覆《おお》い、視覚、聴覚、嗅覚《きゅうかく》を阻害する。

そうして反応速度の肝である五感を減退させられた槐めがけ、俺とミホトはロケットがごとき速度で空中を駆けた。

がむしゃらに放たれる感度三千倍弾も弾いて、全員で作った隙を突くように、槐の快楽媚孔《かいらくびこう》へ手を伸ばす。

だが、

「イイイイイイッ！」

「『なっ⁉』」

俺とミホトの驚倒が重なった。

受け止められた。

槐の細腕がミホトの怪力をかろうじて受け止め、あと一歩で快楽媚孔に届かない。

「こいつ……まだこっちの動きが読めるのか⁉」

肌の触覚から空気の揺らぎでも感知しているのか。

あまりの厄介《やっかい》さに戦慄《せんりつ》する。だがいつまでも呆《ほう》けてはいられない。

槐が空中で身動きが取れないいまは千載一遇《せんざいいちぐう》のチャンス。

そしてそのチャンスは地面に着地してしまうまでの数瞬しか保たない。

それを理解しているミホトが、両腕を閃《ひらめ》かせた。

『やあああああああっ！』

「ギイイイイイイッ！」

空中での攻防が繰り広げられる。

超々近距離からバラまかれる感度三千倍弾を快楽点ブーストでかろうじて避ける。

膂力《りょりょく》ではミホトのほうが上だ。

だが槐はその反応速度をもってミホトの怪力を弾き、いなし、あろうことか俺の身体を足場にして逃げだそうとも画策してくる。

時間がない。だが焦《あせ》れば快楽媚孔は突けない。

（ミホト！　腕の主導権を片方俺に――）

脳内でミホトに指示を出した、そのときだった。

「ギイイイイイイッ！」

「『っ⁉』」

狐火《きつねび》に焼かれ、光泥に縛られてなお、相手の反応速度がこちらの攻撃を僅《わず》かに上回った。

快楽媚孔《かいらくびこう》に固執する俺たちの意識の隙を突き、槐《えんじゅ》の攻撃が炸裂《さくれつ》する。

大上段から放たれる振り下ろしの鉄槌《てっつい》。両手を組んで放たれる撃滅のハンマー。

『しまっ――⁉』

ミホトがかろうじて防御するも、俺たちは隕石《いんせき》のような速度で地面に叩《たた》き付けられる。

「古屋《ふるや》君！」

「キャハハハハハハハハハハハハ♥♥！」

絶好のチャンスを逃した俺の耳朶《じだ》を宗谷《そうや》たちの悲鳴が貫き、槐の嬌声《きょうせい》が勝《か》ち鬨《どき》のように轟《とどろ》く。

だが、

「まだ、終わってねえええええっ！」

『うううううっ、あああああああっ！』

落下の衝撃を、人外の膂力《りょりょく》を宿す両腕が受け止める――だけに留まらず、ミホトが操る俺の両腕はそのまま反動を利用するように地面を叩いた。

それは完全に槐の意表を突く突撃。

完全に退けたと思われた敗者が放つ不意の反攻。

いまだ空中で身動きの取れない槐めがけ、俺たちは宙を駆けた。

「『あああああああああああっ！』」

雄叫《おたけ》びをあげ、最大速度で槐に迫る。

槐がその反応速度で防御を行う。

しかし、その防御の隙間を俺の右手がすり抜けた。

ミホトの支配を解除し、快楽点ブースト状態となった俺の右手が。

「っ⁉」

ミホトの速度、快楽点ブーストの判断力。完全なる不意打ち。

すべての要素を束ねて唸《うな》る俺の指先が、槐の鳩尾《みぞおち》を突いた。

瞬間――ビクン‼

すれ違い様、槐の身体《からだ》が異様なほど大きく痙攣《けいれん》したかと思うと、

「――いひいいいいいいいいいいいっ♥♥♥♥⁉」

ずざあああああっ！　勢い余って地面を転がる俺たちの背後で、槐が盛大な嬌声を漏らした。

ぶしゅううううっ！　がくがくがく！　ぶしゃああああああっ！

その細い身体《からだ》が痙攣《けいれん》を繰り返し、地面に崩れ落ちたその下半身から謎の液体が噴出する。

辺り一帯を女の子の甘ったるい、噎《む》せ返るような生々しい匂《にお》いが満たし、槐《えんじゅ》の足下《あしもと》に絶頂の水たまりが広がっていった。

「やった……！　これで……っ！」

『パーツが奪えます！』

俺とミホトが声を漏らす。

「やったあああ！」

「相変わらず酷《ひど》い……だがこれで古屋晴久《ふるやはるひさ》の処分も……！」

「……」

頭上から宗谷《そうや》の歓声が響き、ドン引きした夏樹《なつき》の期待するような声が落ち、楓《かえで》が祈るような眼差しでこちらを見下ろしている。烏丸《からすま》は槐の絶頂姿に絶賛興奮中だ。

全員の力を合わせた会心の一撃。槐の除霊が成功したかどうか、全員が固唾《かたず》を呑《の》んで見守る。そんな中で。

「……？」

俺の脳裏に、痛烈な違和感が生じた。

地面にうずくまり、痙攣を繰り返す槐。

だがその絶頂は、これまで俺が快楽媚孔《かいらくびこう》を突いてきた人たちと比べてどこか激しさに欠け、それでいて長いような……。

（これはまるで――）

快楽点ブースト状態の頭が直感的に疑念を抱《いだ》き、その違和感の正体を探ろうとした、そのときだった。

「……いひっ♥　いひひへっ♥」

ゆらりと。

「いひひひひっひひゃっはははははっ♥♥♥！」

病的なまでの痙攣と潮吹きを繰り返す槐が、喘《あえ》ぎ声をまき散らして立ちあがった。

「『なっ⁉』」

直後、言葉を失う俺とミホトに突っ込んでくるのは、人外の身体能力を有したままの槐。

頭から角を生やし、金色の瞳でエサを狙《ねら》う変わり果てたままの淫魔の姿。

咄嗟《とっさ》にミホトがガードするも――ドゴンッ‼

「『がはっ⁉』」

腕をすり抜けた――いや、完璧に防御を見切られた⁉

吸い込まれるように腹に拳を叩《たた》き込まれ、俺の身体《からだ》がくの字に折れる。

真横に吹き飛び、落とし穴の壁面に叩き付けられる。

事前に夏樹《なつき》が仕込んでくれていた神木の鎧《よろい》が砕け、それでもなお殺しきれない衝撃が内臓を打ちのめした。

「が……⁉　あ……どうなってんだ……！」

俺は確かに槐《えんじゅ》の鳩尾《みぞおち》を突いた。

槐に絶頂除霊《ぜっちょうじょれい》を施《ほどこ》した。それなのに……！

「古屋《ふるや》君！　そ、そんな……っ！」

「ぐ……っ！　やはりパーツが除霊できるなど、デタラメだったか⁉」

「……っ‼」

絶望に染まる宗谷《そうや》の悲鳴。槐を止めようと天人降ろしの霊力を練る夏樹。瞠目《どうもく》し唇を噛《か》みしめる楓《かえで》の声にならない叫び。

『そ、そんな！　そんなはずは！』

そして誰よりも取り乱し混乱するのは俺の両腕に憑依《ひょうい》しているミホトだ。

夏樹と楓から刺すような視線を受けたミホトは、目の前でいまだ暴威をふるう淫魔を愕然《がくぜん》と見つめながら悲鳴をあげる。

『おかしいです！　絶頂除霊で突けば、パーツは奪えるはずなんです！　嘘《うそ》じゃない！　本当なんです！』

「バカな！　実際に除霊などできていないではないか！」

ミホトの訴えに夏樹が怒声を張り上げた、そのときだ。

「……っ！」

俺は見た。

「アッ♥　ハッ♥　ハッ♥　ハッ♥　ハッ♥　ハハハハハヒヒヒイイイッ♥♥！」

俺を殴り飛ばしたあと、その場で快感に打ち震《ふる》えるように嬌声《きょうせい》をあげる槐。

病的な痙攣《けいれん》を繰り返し、ぶしゅううぅ！　がくがくがく！　と周期的に腰を振っては体液をまき散らす、そのたびに――

そこにあったはずの快楽媚孔《かいらくびこう》が消失し、ランダムで別の場所に現れるのを。

「まさか……こいつ……っ!?」

信じがたいその光景に、俺の脳裏で最悪の推測が花開く。

そうだ、絶頂除霊よりも地味で長い槐のこの絶頂の様子は、感度三千倍弾を食らった人たち

と同じ──

「五感だけじゃねえ……っ！　自分の性感を三千倍にして、絶頂除霊《ぜっちょうじょれい》を食らう前に自分から絶頂しやがったのか⁉　快楽媚孔《かいらくびこう》の位置がころころ変わってやがる！」

快楽媚孔は突くたびに場所が変わる。

そして感度三千倍弾を食らった人たちの中にも、絶頂と同時に快楽媚孔の位置が変わる人たちがいた。

槐《えんじゅ》はそれを利用して、絶頂除霊が決まる寸前に自ら絶頂して俺たちの一撃を回避したのだ。

『……っ⁉　そんな⁉』

それは、記憶が曖昧《あいまい》なミホトにも想定外のイレギュラー。

絶頂除霊が無機物絶頂や快楽点ブーストといった発展を見せたように、淫魔眼《いんまがん》が性情報だけでなくスリーサイズなどの身体情報まで視《み》られるようになったように。

能力使用と性エネルギーの摂取で発展していく性遺物の追加能力が、俺たちの狙《ねら》いを叩《たた》き潰《つぶ》した。俺たちが放った渾身《こんしん》の一撃を空振りに終わらせたのだ。

「快楽媚孔の位置が変わるって……なにそれ……」

俺の言葉を聞いた宗谷《そうや》が愕然《がくぜん》とした声を漏らす。

俺、夏樹《なつき》、楓《かえで》、烏丸《からすま》、この場にいる全員の心内を代弁するように、その呟《つぶや》きが闇夜に響く。

「ただでさえ攻撃が当たらないのに……そんなの、どうやって快楽媚孔を突けば……⁉」

「アッハハハハハヒヒヒヒヒヒヒヒヒイイイイイッ♥♥♥！」

その掠《かす》れた呟きをかき消すような嬌声《きょうせい》が落とし穴の中に轟《とどろ》いた。

繰り返される中規模の絶頂に慣れたのか、体液をまき散らし腰をがくがくと振るわせたまま、槐が地面を踏みしめ突撃姿勢を見せる。

あまりに絶望的な状況に打開策を見いだせず、呆然《ぼうぜん》とするしかない俺たちを捕食するために。

「ぐ、おおおおっ……ふざけ、やがれ……っ！　ここまで来て……ここまでやって……！」

そして俺は痛む身体《からだ》を無理矢理立ちあがらせ、

「諦《あきら》めてたまるかああああっ！」

身体のことなど構うなとミホトに叫んで。

俺はその勝機のない戦いへ。希望の光など欠片《かけら》も見えない戦いへ。

ただがむしゃらに突き進んでいった。

4

真っ先に思い浮かんだ打開策は、槐の右手を利用することだった。

触れた者にラッキースケベの加護、あるいは呪《のろ》いを付与する運勢操作の力。

槐が持つ不幸能力を手にした橋姫鏡巳《はしひめかがみ》との戦いで俺たちを助け、絶頂除霊の後押しをしてくれた強力な力だ。

槐《えんじゅ》の右手に触れてラッキースケベ状態になりさえすれば、槐の驚異的な反応速度をすり抜け、ランダムに移動する快楽媚孔《かいらくびこう》を突けるかもしれない。この絶望的な状況を覆《くつがえ》せるかもしれない。

だが俺のそんな考えはすぐに打ち砕かれた。

『それは恐らく無理です！　あの両手を見てください！』

俺の考えを読んだミホトが叫ぶ。

『手袋が淫魔化の影響で肉体と同化し、鎧《よろい》になっています！　手袋自体に快楽媚孔も見当たらないので、ロリコンスレイヤーのときのように剥《は》がすことも……』

「ぐっ、ならもう、槐の快楽媚孔が拳に移動するのを待ってカウンターでも決めるしかねーってか……!?」

俺は本気半分冗談半分でそんなことを口にするが——仮に運良く槐の快楽媚孔が拳に移動したところで、それを突くのはまず無理だろうと頭が理解してしまっていた。

なぜなら……

「アヒイイイイイイッ♥♥♥!!」

絶頂の嬌声《きょうせい》と体液をまき散らしながら、完全な淫魔と化した槐が拳を振りかぶる。

夏樹《なつき》が作り出した規格外の落とし穴の中で続く攻防。

俺とミホトは何度目とも知れないその攻撃を弾こうと両腕を振るう。しかし、

「ぐあああああああっ!?」

『ぎゃんっ⁉』

無駄だった。

俺たちがどこをどう防御するのか完全に把握しているような動きで──まるで事前に打ち合わせを重ねた美しい演舞のように、その細腕が防御をすり抜け俺の身体《からだ》に叩《たた》き込まれる。

「──かはっ⁉」

背中から壁に激突。肺から空気が引きずり出され、視界が明滅する。

夏樹の授けてくれた神木の鎧──何度も再生を繰り返す特殊装甲と快楽点ブーストによる咄嗟《とっさ》の回避で致命傷こそ免《まぬか》れているが、繰り返される防御不能の一撃に生身の身体は既に深刻なまでのダメージを蓄積していた。

こっちの攻撃が当たらないどころじゃない。

防御さえまともにさせてもらえない。

（いや、攻撃と防御どころか──）

『フルヤさん！』

「っ！」

意識を飛ばしかけていた俺を叩き起こすように叫び、ミホトが両手で地面を叩く。

ズバババババババババッ！

いましがた俺がいた場所に降り注ぐ感度三千倍の弾丸。

ミホトの速度と快楽点ブーストの反射で俺たちはそれをかろうじて回避するのだが――ズバンッ！

「ぐうっ!?」

足先に衝撃が爆《は》ぜた。

俺たちがどこにどう回避するか読んでいたように、弾丸が先読みで放たれていたのだ。

痛みはない。

しかし衝撃の爆ぜたその場所がじわじわと心地よい熱を放ち、服とこすれるたびに快感の電流を迸《ほとばし》らせる。しかもその感覚は毒が回るように少しずつ広がっており、身体《からだ》が被弾箇所を中心にして亀頭や裏筋へと作りかえられていくようだった。

被弾箇所は既に五つ。

ミホトの力によって即座に全身が感度三千倍に蝕《むしば》まれるというわけではない。

自身の快楽媚孔《かいらくびこう》を突けば応急処置は施《ほどこ》せるだろう。

だがこの全身亀頭化が股間《こかん》にまで達したとき、まともな戦闘は不可能になるだろうと直感が警鐘を鳴らしていた。

（くそっ、やっぱり槐《えんじゅ》のやつ、こっちの動きを完全に読んでやがる……！）

五感に加えて、本来なら触覚にあたるはずの性感が三千倍化したことによる反射速度のさらなる向上。

俺の視線、筋肉の動き、呼吸、脳から発される電気信号、空気の流れ。

あらゆる情報を三千倍の五感と性感から拾い、槐は俺の次の動きを完全に予測していた。

それはまさしく第六感。擬似的な未来予知。かつて世界を滅ぼしかけたというサキュバス王の特殊感覚器官《サキュバスの角》が司《つかさど》る本当の力だ。

ころころと位置を変える快楽媚孔によってこちらから決定打を与えることはできず、未来予知に等しい反射速度によりこちらの命はジワジワと削られる。

最早、諦《あきら》めない、絶対に助けるという意思の力だけではどうにもならなくなっていた。

「ぐうっ⁉　こんなもの、もう快楽媚孔を突くどころではない！　やはりもうトドメを刺すしかないんじゃないのか⁉」

宗谷《そうや》や楓《かえで》と協調し、無謀な突撃を繰り返す俺を神木や結界でサポートしながら、現実を見据える夏樹《なつき》が戦慄《せんりつ》したように――いや、俺に懇願するように叫ぶ。

「このままでは処分されるまでもなく――オレがかばい立てする間もなく君が死んでしまう！」

わかっている。

そうでなくとももう時間がないのだ。

じきに、感度三千倍を食らった人たちに再発のタイムリミットが来る。

ここで無為に時間を浪費し、あげく唯一感度三千倍への応急処置ができる俺がやられてしまえば、槐が討伐されるまでの間に何人犠牲になるかわからない。

槐《えんじゅ》を救えないばかりか、誰よりも他者の幸せを願っていた彼女に人殺しの怪物という末路を与えてしまう。


けど。けど……！

「目の前にいるんだ……一突きだけで、救えるかもしれないんだ……！」

しかしそれはほぼ不可能で。

人智を超えた超反応に加えて移動しまくる快楽媚孔《かいらくびこう》など、攻略の糸口さえ掴《つか》めなくて。

ミホトと快楽点ブーストの力をもってしても、バカみたいに突っ込むことしかできない。

「くそっ！　畜生！」

もう討伐するしかない――夏樹《なつき》の言葉を否定できず、けど諦《あきら》めきれず、俺はただただ現実逃避するかのように自らの命を削り続けていた。

●

（どうする、どうすれば……！）

大穴の中で戦闘を続ける晴久《はるひさ》と霊級格7《スケールセブン》を見下ろし、楓《かえで》は顔面を蒼白《そうはく》にして震《ふる》えていた。

討伐作戦を妨害し、最早処分の未来しか待っていない古屋《ふるや》晴久。

彼の命を救うための方法はただ一つ。

除霊不可能といわれるサキュバス王の性遺物の除去を成功させ、討伐作戦の妨害に一定の正当性を与えることだけだった。

それはあまりにも分の悪い賭《か》け。

ミトトの言葉が本当かどうかの保証などどこにもなく、楓はそのあまりに勝率の低い賭けに退魔師《たいまし》でもない一般人を巻き込んでまで自らの身を投じていた。

百万分の一の確率でもいい。

パーツ持ちの快楽媚孔を突いた先に、古屋晴久の命が助かる可能性があるのならと。

だがいま。

覚醒した《サキュバスの角》の力により、その賭けは前提から崩壊しようとしていた。

快楽媚孔が突けない。

よりにもよって晴久の命がかかった一戦で出現した、快楽媚孔の移動という最悪のイレギュラー。

このままではルーレットを回すことすらできず、待ち受けるのは古屋晴久の確実な死。

どうにか快楽媚孔を突けないか、泣き叫びたい気持ちを抑えて必死に頭を巡らせる。

（幻術は使えない……っ！　あれは普段から接触する機会の多かった古屋君が相手だったから、未熟なりに発動できていたにすぎない……！）

ここに来る道中でも晴久たちに説明した内容が頭をよぎり、即座に切り捨てる。

（快楽媚孔《かいらくびこう》の移動なんて馬鹿げた現象がなければまだ手はあった……！　落とし穴が通用しなかった場合に備えて次善の策なら用意していた、反応速度の向上くらいならまだ対処できたのに……！）

だが浮かんでくる考えはいまあるカードを羅列していかに現状が絶望的か再認識する無為なものだけ。

血が出るほど唇を噛《か》みしめようと、爪が食い込むほど拳を握りしめようと、暴れ回る怪物を止める方法が見つからない。思いつかない。

古屋《ふるや》君が死ぬ。いなくなってしまう。

憎らしいほどに優しく、どうしようもないほどお人好しな、あの少年が。

絶望が心を押しつぶす。

このままジリ貧になるくらいなら、霊力の無駄になるとわかっていても次善策を発動させたほうが、と捨て鉢な思考が心を蝕《むしば》む。

そのときだった。

「……視《み》える」

「え……？」

楓《かえで》や夏樹《なつき》と同様に、隣で晴久《はるひさ》の援護に徹していた少女――呪《のろ》われた瞳を持つ宗谷美咲《そうやみさき》が、呆然《ぼうぜん》と声を漏らした。

「快楽媚孔が……視える……!?」

コンタクトレンズを貫通し、その瞳がこれまで以上にくっきりとしたハートマークを映しだす。

●

楓と同様、美咲も快楽媚孔が移動するという前代未聞の出来事にパニックを起こしていた。

どうしよう、どうしよう、と打開策を模索するも、ろくな考えが浮かんでこない。

（古屋君のパンツの匂《にお》いで隙を作って……いやあれは桜《さくら》ちゃんが普段から古屋君の下着を使ってたから有効だっただけだし……）

（槐《えんじゅ》ちゃんの右手は……うう、ミホトちゃんが否定してる！）

いつもなら斜め下の作戦を提案し状況を打開する美咲も、このときばかりはあまりに状況が悪すぎた。

この場にいる全員の力を合わせた落とし穴作戦でようやく絶頂除霊《ぜっちょうじょれい》を食らわせられるかどうかの反射速度に、快楽媚孔の移動。

最早、天人降ろしである夏樹《なつき》の全力に追跡術式を付与した討伐しか手が浮かばず、美咲《みさき》でさえ夏樹の言葉を否定する材料を持たなかった。

そのときである。

「……あ」

時間制限だったのだろう。

ふと晴久《はるひさ》や槐《えんじゅ》の顔からバッテンが消え、その視界に様々な性情報が浮かび上がるようになる。

晴親《はれちか》の術式が解け、淫魔眼《いんまがん》の力が問題なく発動するようになったのだ。

(うう、いまさら使えるようになったって意味ないよ……!)

十二師天《じゅうにしてん》やサポート部隊と交戦していたときならまだしも、いまこの場においてはなんの意味もない淫魔眼の復活に美咲は逆に苛つく。

だが。

(なにか、なにかヒントは……っ!)

それでもこの場に現れた新たなカードに美咲は賭《か》ける。

藁《わら》にもすがる思いですがりつく。

増幅した霊力を注ぎ込み、なにかこの状況を打破する情報は転がっていないかと槐を必死に凝視する。

そのときだった。

「……え？」

美咲の視界が、突如としてその景色を変えたのは。

まずはじめに視《み》えたのは、晴久の腕と槐の背中に光る謎のツボ。

そして次に視えたのは、地面や瓦礫《がれき》、自分の服や靴に一箇所ずつ存在する謎の光だった。

（これってまさか……っ⁉）

「快楽媚孔《かいらくびこう》が……視える……⁉」

美咲は驚きに目を丸くするが、変化はそれだけに留まらない。

「……っ⁉」

大穴の底で暴れ回る童戸《わらしべ》槐。

その小さな身体《からだ》に、普通の快楽媚孔とは別に、点滅を繰り返す光が視えた。

槐が潮を吹いて絶頂すると、彼女の身体に光る快楽媚孔が消える。

すると同時にそれまで点滅を繰り返していた謎の光点が点滅をやめて普通の快楽媚孔のように光り、また別の部位に点滅を繰り返す新たな光点が出現した。

それはまるで――

「……っ！」

かっと身体の熱くなった美咲は、地下にいる晴久へ叫んでいた。

「古屋《ふるや》君！　快楽媚孔の視える位置を教えて！」

「ああ!?」

一瞬の油断が命取りの無謀な接近戦を続ける晴久《はるひさ》が声を荒げる。

だがその瞳には美咲《みさき》への信頼が、またなにか思いついたのかという期待の光が宿り、すぐに美咲の指示に従った。

「右耳！　腰！　左の二の腕！　鳩尾《みぞおち》！」

「……っ！」

そして晴久が次々ともたらす情報に、美咲の喉《のど》が震《ふる》えた。

先程の予測が確信に変わる。

それは、絶頂除霊《ぜっちょうじょれい》やサキュバスの角と同様、淫魔眼《いんまがん》が見せた確かな成長だった。

憑《つ》かれてからずっと、美咲はこの呪《のろ》われた瞳を可能な限り使わないよう努めていた。

だがこの数か月、状況は変わり続けていた。

あるときは乳避け女を見つけ出すため。またあるときは晴久の浮気（?）を問い詰めるため。

美咲はより多くの性情報を集めるため、幾度となく淫魔眼に霊力を注ぐようになっていた。

加えて、ミホトの顕現を境に急増した性経験。

下半身への愛撫《あいぶ》に始まり、指舐《な》めによる度重なる霊力補充、あげくの果てには自ら誘うように行った胸への刺激。

それらすべてが淫魔眼の成長を促し、いましがたの霊力供給が引き金となった。

サキュバスの角がそうであったように、新たな力を獲得する。

それはすなわち、

「未来の快楽媚孔《かいらくびこう》が視《み》える……！」


絶頂によって消滅と再出現を繰り返す槐《えんじゅ》の快楽媚孔。

それが次にどこへ現れるか、正確に予測できる。視える。察知できる。

確信してしまえば、続く行動は迅速《じんそく》だった。

「皇樹《すめらぎ》さん！」

美咲の言葉についていけず唖然《あぜん》とする楓《かえで》と夏樹《なつき》をよそに、美咲は叫んだ。

「視覚イメージ共有の術式って使えますか⁉」

「え、あ、ああ、基本的なものならもちろん修めているが……それより宗谷《そうや》美咲、未来の快楽媚孔が視えるとは一体……⁉」

「恐らく、そのままの意味でしょう」

困惑する夏樹を見て落ち着いたのか、楓が冷静に口を開く。

淫魔眼への忌避《きひ》も捨て、先程まで絶望に歪《ゆが》んでいたその瞳をまっすぐ美咲に向ける。

「その眼《め》に……賭《か》けていいのね？」

がった。

たった一人の少女を救うためにすべてを投げ出した少年を救うべく、少女たちは再び立ちあ

それは絶望的な戦況を覆《くつがえ》す一条の光。

「はい！」

「アヒャアアアアアッ♥♥♥!!」

猛攻が続く。

防御をすり抜けてくる打撃に、回避先を読んでくる感度三千倍弾。

ころころと移動する快楽媚孔《かいらくびこう》を突くことはおろか、晴久《はるひさ》とミホトは攻撃に転じることさえできずに翻弄《ほんろう》される。

(宗谷《そうや》のやつ、さっきの確認は一体なんだったんだ!?)

きっとなにか打開策を見つけたのだろうと応じたが、それからしばらく返事がない。

(……っ！　ヤバイ……本格的に限界が近い……っ！)

ズゴォ！　ボゴォ！　ミホトの操る両手が地面を抉《えぐ》り、がむしゃらに土砂の散弾銃を槐《えんじゅ》に浴びせる。だが感度の向上した槐はそれを難なく避けて晴久たちに接近し、ろくな時間稼ぎになっていなかった。

身体《からだ》は既に限界を迎えており、全身の痛みはミホトにも苦痛を強《し》いている。

生身の身体が悲鳴をあげ、両足が膝《ひざ》を突こうとする中。

「古屋《ふるや》晴久！　受け取れ！」

「！」

頭上から夏樹《なつき》の声が響き、一枚の護符《ごふ》が投擲《とうてき》された。

護符は地面から生える神木にキャッチされ、高速戦闘を続ける晴久へ届けられる。

そしてその護符が後頭部に貼り付けられた瞬間、晴久の視界に異変が生じた。

「……!?」

画面が分割するかのように視界の半分を――いや意識の半分を突如として専有してきたのは、晴久と槐の戦闘をすぐ近くから観測するような俯瞰《ふかん》映像。

まるでドローンが撮影しているかのようなその映像にはしかし、明らかに異様な点があった。

晴久の顔の周囲、そして槐の顔の周囲に謎のデータと映像が浮かんでいるのだ。

それは晴久が最近見た淫夢《いんむ》のリフレイン。よく見る異性の部位ランキング。

槐の顔の横で表示される「絶頂回数」は現在進行形でカウントが増えまくっており、他の純粋無垢に過ぎる数値との落差がとんでもないことになっていた。

誰に説明されるまでもない。

それは明らかに、淫魔眼《いんまがん》の持ち主が見ている世界の映像だった。

「まさかこれ……式神を介した宗谷の視界か!?」

自分と槐《えんじゅ》の戦闘をサポートすべく直上を飛んでいる数体の式神を見上げて晴久《はるひさ》が叫ぶ。

一体なんのためにこんな術を……と困惑するが、その疑問は一瞬で解消される。

『フルヤさん……これは……！』

「……っ！　ああ！」

晴久と同じく視覚イメージ共有の恩恵を受けたミホトの声が——先程まで苦痛と絶望に満ちていた掠《かす》れ声が、驚愕《きょうがく》と歓喜の色に染まる。希望に満ちた瑞々《みずみず》しさを取り戻す。

槐の身体《からだ》で点滅を繰り返す淡い光点。

それが次に現れる快楽媚孔《かいらくびこう》の位置を示していると理解した瞬間、二人の意識から痛みや疲労は完全に吹き飛んでいた。

なぜいきなり美咲《みさき》の淫魔眼《いんまがん》がそんなものを映すようになったのかはわからない。

しかしいまここに希望の光が舞い降りたことは確かな事実で、先程の美咲の確認からそれがまやかしでないことはほぼ証明済み。

死に体だった身体に力が満ち、潰《つぶ》れてしまいそうだった心が再び燃え上がる。

そして折れかけていた心を再び勃ちあがらせたのは、晴久とミホトだけではなかった。

「んあああああああああああああっ♥♥！」

あれ？　あいつ感度三千倍弾食らってたっけ？　と晴久が眉根《まゆね》を寄せるような嬌声《きょうせい》をぶち上げたのは烏丸《からすま》だった。

「また晴久か槐嬢のどっちかが死ぬみたいな展開で萎《な》えかけていたが、打開策が降って湧いたなら話は別なのだ！　ぐへへへへっ♥　私の捕縛《ほばく》術に緊縛されて絶頂しまくる槐嬢がエロすぎて心のちんこが素直に射精なのだあああああ！」

先程まで絶頂を繰り返す槐のエロさとまた誰かが死ぬかもしれないという状況の狭間《はざま》で中途半端な術式出力を維持していた烏丸。

しかし人死にが出るという懸念が払拭《ふっしょく》されたいま、彼女の頭を満たすのはエロい衣装で絶頂を繰り返す槐の痴態《ちたい》のみ。

「イイイイイイイイイイイッ⁉」

「んほおおおおっ♥♥！　槐嬢がエロすぎて脳みそが射精すりゅううううううっ⁉」

正真正銘《しょうしんしょうめい》最大の出力で放たれる烏丸の結界系捕縛術が光を増し、かつてない強度で霊級格7《スケールセブン》の身体を押さえつける。

そんな人としては最低かつ退魔師《たいまし》としては最高の拘束《こうそく》術が槐の身体能力を大きく制限する一方、霊級格7を除霊するためのサポートはそれだけに留まらない。

「劣化――式神千鬼夜行《せんきやこう》……っ！」

全身から汗を流し、美咲が魂を振り絞るように霊力を迸《ほとばし》らせる。

途端、懐《ふところ》から飛びだすのは数体の巨大式神。

そしてその式神たちはポンッ！　ポポンッ！　ポップコーンのような音を響かせ、無数の低霊級格式神へと分裂を果たした。

その数は数百、いや千にも達するだろうか。

非情に低霊級格なぶん、数だけは十二師天《じゅうにしてん》である母に匹敵する膨大《ぼうだい》な式神の群れが空を埋め尽くす。淫魔と化した槐《えんじゅ》でさえその光景に目を見張る中――術式はまだ終わらない。


「葛乃葉《くずのは》流変身術――千変万化！」


瞳を閉じ印を結んだ楓《かえで》の九尾が霊力の輪を広げるように展開する。

次の瞬間、ボンッ！　とコミカルな音が一斉に響き、美咲《みさき》の作り出した式神たちが一斉に姿を変えた。

変身の煙が晴れたあとに現れるのは――ミホトに憑《つ》かれた無数の古屋晴久《ふるやはるひさ》。

「……っ!?　イイイイイッ!?」

身体《からだ》についた傷、制服の損傷。表情。雄叫《おたけ》び。体捌《さば》き。霊力の質。あらゆる要素が本物と――一撃必頂の両手を持つ少年とそっくりな式神の群れが、突如として戦場に大量出現した。

槐が困惑と驚愕《きょうがく》の金切り声をあげる。

大穴に大量の偽物《にせもの》が流れこんでくるのを見て、その両足が逃走に舵を切ろうとかがみ込む。

だが、

「遅い！」

「っ!?」

淫魔が逃走を選ぶよりも早く発動していたのは、天人降ろしである夏樹《なつき》の多重結界。

大穴に半ば蓋《ふた》をするように出現したそれは槐の逃走経路を完全に封鎖し、烏丸《からすま》の異常な拘《こう》束《そく》術によって身体能力を大きく削《そ》がれた槐では何度か攻撃しなければ突破できない代物だった。

加えて、

『これなら――』

「――いける!!」

次に出現する位置がわかるようになった快楽媚孔《かいらくびこう》。

仲間たちが放つ全力のサポート。

それらを受けた晴久が雄叫びに確信を込め、ミホトとともに両腕を振るう。

地面を抉《えぐ》る人外の膂力《りょりょく》。放たれるのは土砂でできた無数の散弾。

結界を破壊するために跳べば、進路変更のできない空中で土砂の散弾銃が叩《たた》き込まれる――

光泥自縄地獄によって動きの制限される槐が逡巡《しゅんじゅん》したのはほんの数瞬。

だがその数瞬の間に、大穴の中の光景は一変していた。

三百六十度、どこを見渡してもミホトに憑《つ》かれた古屋晴久《ふるやはるひさ》一色。

どこを見ても同じ顔、同じ気配が凄《すさ》まじい密度で蠢《うごめ》いていた。

「「「おおおおおおおおおおっ！」」」

『『『やあああああああああっ！』』』

槐《えんじゅ》を救うために猛《たけ》る無数の雄叫《おたけ》びが、大穴をビリビリと振るわせる。

そしてその群衆の中に、本物の晴久とミホトもとっくにもぐり込んでいた。

「……っ!?　イイイイイイイアアアアアアアアアアアアアアっ！」

どこから一撃必頂の攻撃が飛んでくるかわからない。

上空への逃走も半ば封じられた。

四方八方を囲まれ、上方からは跳躍した無数の古屋晴久が、下方からはしゃがみこんだ複数の古屋晴久が攻撃を仕掛けてくる。そんな中、槐がとった行動は迎撃だった。

ドグシャアアアアアアアアッ！

ズバババババババババババババッ！

烏丸《からすま》の変態拘束《こうそく》術に制限されてなお圧倒的な膂力《りょりょく》が、所詮は低霊級格である偽《にせ》晴久たちをまとめて引き裂く。

一対の角から放たれる無数の感度三千倍弾が式神の機動力を奪い、しばらくしてボボンッ！と消失させる。

その驚異的な反射速度であらゆる角度から迫る攻撃をなんとかかわし、霊級格7《スケールセブン》の力をもって古屋晴久の偽物《にせもの》を撃破していった。

それはあまりに一方的な殺戮《さつりく》。

大穴を埋め尽くす偽物たちはみるみるうちにその数を減らしていき、槐は無事に逃走経路を確保する——はずだった。

「……っ⁉　イイイイイイイイッ⁉」

途切れない。減らない。いくら滅してもキリがない。

「「……っ！」」

旧家の跡取り娘二人が霊力を振り絞って繰り出す偽物の津波が止まらない。

ゆえに淫魔はさらに方針を切り替える。

囮《おとり》をいくら潰《つぶ》したところで意味がない。

ならば、本物を見極めて返り討ちにしてくれる。

いくら優秀な術者でも、これだけの数を変身させていればいずれ必ず劣化していくはず。

そうでなくとも感度三千倍の全力をもってすれば、低霊級格の式神にあわせて無理に動きを落としているだろう本物を見極めることはそう難しくない。

そう直感する淫魔は偽物の迎撃と同時に、その感覚器官をさらに集中させた。

……だが。

その変身術は、幻術も織り交ぜられた《化け狐《ぎつね》の葛乃葉《くずのは》》の特殊術式。

それを操るのは、最年少十二師天《じゅうにしてん》も確実と言われた神童、葛乃葉楓《かえで》。

そしてその彼女がいま式神を化けさせているのは、古屋晴久《ふるやはるひさ》その人だ。

ずっと見てきた。ずっと診《み》てきた。

誰よりも近くから、誰よりも遠くから、誰よりも長く、焦《こ》がれてきた。

その情けない表情も、やる気のない声も、些細《ささい》な仕草も、だらしない立ち振る舞いも、気持ちの落ち着く匂《にお》いも、誰かのためなら全力を尽くせるその気高さも、霊力の質も、魂の形だって、彼女の心に染みついている。

護符《ごふ》による補助も行わず、魂を同化させているというミホトごと、無数の式神を晴久に変身させ続けられるほどに。

——だから。


「どの攻撃が本物か、三千倍程度の感度で当てられるものなら当ててみなさい……！」

本物を識別して返り討ちにしようと目論む霊級格7《スケールセブン》に挑戦するかのごとく、楓は低い声を落とした。

瞬間、

「「「「おおおおおおおおおおおおおっ!!」」」」

「っ!?」

無数の古屋晴久が、一斉に霊級格７へ攻撃を仕掛けた。

感度三千倍をもってしてまったく同一としか感じられないその攻撃に淫魔は驚倒し、まとめてなぎ倒さんと絶頂しながら豪腕を振るう。

だが、

「んあああああ♥♥っ!?　槐《えんじゅ》嬢がこんなに近くで腰を振っているのだあああああっ！」

変態が吠《ほ》える。

視覚イメージ共有によって、より近くから槐の絶頂を目撃できるようになった烏丸《からすま》の拘束《こうそく》術がさらに力を増していく。

「「いけえええええええええええええっ！」」

美咲《みさき》と夏樹《なつき》が声を重ねて鼓舞するように叫ぶ。

「イギイイイイイイイイイイイイイイイッ！」

淫魔が戦慄《わなな》く。

凶悪な変態拘束術に捕らわれる身体《からだ》を無理矢理動かし、少しでも怪しい気配のした辺りからまとめて殴り飛ばしていく。感度三千倍弾を雨あられとばらまきまくる。

そうしてがむしゃらに暴れ回る細い背中に。

——トンッ。

そっと触れる温かい感触があった。

それは偽物《にせもの》による目くらましと快楽点ブーストの効力を最大限活かすため、外見上はミホトに憑依《ひょうい》されたまま両腕の主導権を返してもらっていた晴久《はるひさ》の指先。

快楽点ブーストの力で偽物の晴久たちと歩調を合わせ、ともすれば混乱しがちな視覚共有の術にも適応。消滅と出現を繰り返す槐《えんじゅ》の快楽媚孔《かいらくびこう》を的確に察知し続けた少年の、いままでで最も優しい一撃。

「——ッ♥♥♥!?!?!?!?」

途端、槐の身体《からだ》が大きく——これまでの絶頂よりも明らかに大きく痙攣《けいれん》しはじめ——

「頼む、これで……!」

祈るように目を閉じて、晴久は掠《かす》れた声を漏らした。

5

剣道の達人である元霊級格6《スケールシックス》と妖刀使いの十二師天《じゅうにしてん》。

互いに全力の剣技をぶつけ合う二人の戦闘は既に勝敗が決していた。

「まったく、手こずらせおってからに」

言って一段落とばかりに息を吐いたのは多々羅刃鈴鹿《たたらばすずか》。

その足下《あしもと》で倒れ、拘束術《こうそく》によって身動きを封じられているのは南雲睦美《なぐもむつみ》だった。

「くっそ……一度に三十二発の攻撃って、んなもんさすがに防ぎきれねーっつーの」

「アンチ・マジックミラー号を盾にすることなく何度も凌《しの》いでおいてよく言う」

呆《あき》れ半分、称賛半分で受け答えする鈴鹿の手に握られている四本の刀は、妖刀《八岐《やまたの》大蛇《おろち》・裏打ち》。こんなこともあろうかと既存の《八岐大蛇》に即席で手を加え、対人制圧用に峰打ちのような斬撃を放てるように改良した一品であった。

相手を殺してしまう心配をせず放たれる無数の斬撃はさしもの南雲でも長くはさばききれず、楓《かえで》がその場しのぎに作製した木刀も早々に破損。

しばらくは鉄骨や瓦礫《がれき》の投擲《とうてき》で足止めに徹していたが、結局は十二師天の底力に敗北を喫していた。

そして十二師天の底知れない力に屈したのは南雲だけではない。

『くっ！　動きなさいよこの……まだお兄ちゃんが戦ってるのに……！』

『……ごめん、晴久君……もうこれ以上は……』

機動力の要である足をすべて潰《つぶ》され、夏樹《なつき》の戦闘によって生じた穴にはまるかたちで身動きのとれなくなっているアンチ・マジックミラー号から桜《さくら》と静香《しずか》の悲痛な声が漏れる。

「ようやく沈黙したか……もう宗谷《そうや》家に呪具《じゅぐ》の管理は任せられんな……」

それを見下ろすのは、いまなお僅《わず》かに残る股間《こかん》の痛みに顔をしかめる土御門晴親《つちみかどはれちか》だ。

サポート班の女性陣が楓《かえで》の残して行ったお色気式神を地道に潰《つぶ》していき、そのおかげで復活した晴親は同じように再起した男性退魔師《たいまし》たちと連携してまずは美咲《みさき》の放った巨大式神を排除。

続いて既に機動力の落ちていたアンチ・マジックミラー号の足を順当に削《そ》いでいき、念動系の術式で街路樹を操作。夏樹《なつき》の戦闘によってガタガタになっていた地面を利用してアンチ・マジックミラー号の進路を限定し、落とし穴に誘導することで秘匿呪具《ひとくじゅぐ》の動きを封じていた。

「おや晴親殿。学生時代の黒歴史を乗り越えられたようでなにより」

「二度とそのことを口にするな……！」

軽口を叩《たた》いてきた鈴鹿《すずか》に殺気と霊気を向けつつ「いや、こんなことをしている場合ではない」と晴親は即座に意識を切り替える。

「予想以上に時間を稼がれてしまった。急がねばどうなるか――」

と、二人の元霊級格6《スケールシックス》や秘匿呪具、加えて優秀な孫弟子との戦闘を終えた直後とは思えないタフネスで晴久《はるひさ》たちが消えていった夜空に顔を向けた、ちょうどそのとき。

カアアアアアアアアアッ！

その方角から、凄《すさ》まじい光が立ち上った。

空を覆《おお》う特殊結界の淡い光をかき消すほどの強烈な光。

続けて爆風のように空気を震《ふる》わせるのは、感じたことのない奇妙な気配だった。

「「……っ!?」」

軽口を叩いていた鈴鹿も表情を強《こわ》ばらせ、晴親は「遅きに失したか……!?」と漏らす。

そして次の瞬間には周囲に指示を出し、二人は即座に光のした方角へと急行していた。

●

「――はあああうっ♥♥♥!?」

俺が快楽媚孔《かいらくびこう》を突いた瞬間、槐《えんじゅ》の身体《からだ》が一際大きく痙攣《けいれん》した。

次いでその小さな唇から漏れるのは、それまでの嬌声《きょうせい》がかわいく思えるほどの快感が凝縮された蠱惑的《こわくてき》な吐息。

「あ……♥!?　ああああっ♥!?　あひっ♥!?　はあああっ♥♥!?」

その細い両手で下腹部をおさえ、ガクガクガク！　と快感の爆発を抑えこむかのように槐が前屈《まえかが》みになって全身を震わせる。

けど我慢しようとすればするほどかくかくかく！　と腰が跳ね、ぎゅっと閉じられた太ももから謎の液体が噴出する。

「あああああああああああっ♥♥!?　おっ♥♥!?　おおおおおっ♥♥!?」

金色の瞳が明後日《あさって》の方向を向き、言葉の体を成していない嬌声《きょうせい》が涎《よだれ》とともにだらしなく開かれた口から漏れる。

そんなかつてない快感に震《ふる》える中学生の女の子を拝むように手を組み、

「頼む……っ！」

俺はいまにも倒れそうなのを堪《こら》え、叫んでいた。

「戻ってきてくれ、槐《えんじゅ》！」

「ああああひいいいいいいいいいいいいっ♥♥♥!?!?!?」

瞬間、その小さな身体《からだ》が弾けた。

がくがくがくがく！　腰を中心に全身が激しく痙攣《けいれん》し、ぶしゃあああああ！　と噴出した液体が足下《あしもと》に水たまりを作り出す。

「あ……♥　お……っ♥」

小さな舌がだらりと口の端から垂れ、快感に打ちのめされるように潤《うる》んだ瞳が薄く閉じられた――途端、ひくひくと小刻みな痙攣を繰り返す槐の身体がその場に崩れ落ちる。

「っ！　あぶねぇ！」

と、地面に激突しそうな槐の身体を受け止めた、その瞬間だった。

槐の身体が、とてつもない光に包まれた。

「な、ん……!?」

それは視界の全てが白く塗りつぶされるような強烈な光。

奇妙な感覚が全身を包み込み、意識まで真っ白に塗りつぶされそうになる。

光に包まれて何秒経ったか、何時間経ったか。

時間感覚さえ曖昧《あいまい》になる中、俺の頭皮に違和感が生じる。

なんだ……？　と思って思わず頭に手をやると、そこにあったのは髪に隠れるほど小さい硬質な突起。

「これは……角か……？」

呆然《ぼうぜん》としながらそう呟《つぶや》いた直後。

「……あ」

視界を塗りつぶしていた真っ白な光は消え、俺は大穴の中に座り込んでいた。

そして俺の腕の中には、すー、すー、と穏やかな寝息を立てる女の子がいて。

「……っ！　槐……っ」

その姿に、俺は声を震わせてしまっていた。

褐色の肌は陽に当たる機会が少なかったかのような白に。

禍々《まがまが》しい服飾はボロボロながら普通の可愛《かわい》らしい洋服に。

脱色されたような髪はいつか見た綺麗《きれい》な髪質そのままに。

そしてその頭には、その綺麗な髪の毛以外なにも生えていない。

大きく捻《ねじ》れた一対の角は、完全に消滅していた。

「やった……」

頭上から呆然《ぼうぜん》とした声が落ちてくる。

「やったあああああああああああああああっ!?」

そして次の瞬間、歓声が爆発した。

式神に運ばれて大穴に降りてきた宗谷《そうや》が意味不明に叫びながらこちらに駆け寄ってくる。

それに血相を変えて続くのは、神木を操る夏樹《なつき》と獣尾を駆使する楓《かえで》だ（烏丸《からすま》はさっき興奮しすぎて気絶しているのが見えた）。

宗谷は俺の隣に座り込んで引き続きわんわん喚《わめ》き、楓はなぜか少し離れたところから俺たちを見つめ、夏樹が「診せろ！」と俺から槐《えんじゅ》を引きはがして神木のベッドに優しく横たえる。

俺たちと違ってまだ余力を残す夏樹は傍目《はため》に見ても全力とわかる霊力を発揮して槐を霊視すると、

「荷担しておいてなんだが……まったく信じられん……」

しばらくして、愕然《がくぜん》とした声を漏らした。

「本当に……パーツが除去できている。衰弱は激しいが、命に別状もない」

「うわあああああああああああああああああああああっ!!」

と、周囲の人間の鼓膜が破れそうな大音声ではしゃぎまわるのは宗谷だ。

「やったあああ！　槐ちゃんが助かった！　パーツが、パーツが除霊できたああうああああああああああああああああああっ！」

「ちょっ、静かにしないか！」

夏樹が怒鳴るも、宗谷の喜びの舞は止まらない。

俺も正直ちょっとうるせぇなとは思ったが、それを止めることはできなかった。

「よかった……」

なぜなら俺だって、いまにもバラバラになりそうな身体《からだ》の消耗がなければ、きっと踊り出していたから。それくらい嬉しかったから。

「本当によかった……」

どしゃっ、とその場に座り込んだ俺は静かに寝息を立てる槐の頭を――おかしな角なんて生えていない小さな頭を、そっと撫《な》でるのだった。

●

「おい古屋晴久《ふるやはるひさ》！　それより本当に君のほうへ角が移っているじゃないか!?　事前に聞いてはいたが、あれだけ進行したパーツを取り込んで大丈夫なのか!?　ちょっと診せてみろ！」

大騒ぎする美咲《みさき》をよそに夏樹《なつき》が晴久の頭を乱暴に霊視する。

だがその霊視の結果もまったくの白で、それどころか末期まで進行していたはずの《サキュバスの角》は完全に浄化されていた。夏樹は「一体どうなってるんだ……」と驚嘆するのみ。

楓《かえで》は輪から外れたところでその騒ぎを見つめていたが、やがてパーツが本当に除去できたことと、二つ目のパーツを宿した晴久に異常がないことを確認すると、緊張の糸が切れたようにその場へ崩れ落ちた。

「……っ」

その口から漏れるのは、嗚咽《おえつ》。

「……う、あ……」

パーツを巡る晴久の安否が確保されたわけではない。

進行がリセットされているとはいえ晴久に取り憑《つ》いたパーツは増えてしまっているし、そもそもミホトという特級のイレギュラーが憑いている晴久を救えるかどうかはまだまだ未知数だ。

魔族がパーツを狙《ねら》っているという状況にもなんら変わりはない。

だが、除霊できた。

千年以上、それこそ恐らく有史以来誰にも祓《はら》うことのできなかったサキュバス王の性遺物を除去することができた。呪《のろ》いの進行をなかったことにできた。

その原理はわからない。代替の除霊方法があるか定かではない。

けど、不治の呪いではないのなら。

除霊できたという前例があるのなら。

そこには希望がある。時限爆弾じみた彼の呪いを祓えるという希望が。

槐《えんじゅ》を救えたことによって作戦妨害による殺処分も回避できるだろうという状況もあわせ、楓の瞳から安堵《あんど》の涙が溢《あふ》れる。

固く張り詰めていた氷が溶けるかのように、その雫《しずく》はこぼれ続けていた。

●

その場にいた全員が諸手をあげて喜ぶ中、俺はふと違和感を抱《いだ》いた。

最初はなぜかこちらに背を向けている楓に感じたものかと思ったが、違う。

（ミホトが一言も喋《しゃべ》ってない……？）

気づいた俺が背後でたゆたっているはずのミホトを振り仰いだ、そのときだった。

『ああ……』

呆然《ぼうぜん》と虚空《こくう》を見つめていたミホトがかっと目を見開く。

『ああああああっ!』

雷に打たれたように身体《からだ》を反らし、絹を裂くような声を上げた。

途端、その銀髪を描き分けるように生えてくるのは禍々《まがまが》しく捻《ねじ》れた一対の角。

「「「……っ!?」」」

突然の出来事に俺、宗谷《そうや》、夏樹《なつき》、楓《かえで》が目を見開いて身構える――だが。

「っ!?」

次の瞬間、ミホトの頭に生えた角は吸収されたかのように引っ込み、続いてミホトから噴出したのは神族と見紛《みまが》う神聖な気配。

『――――』

虚《うつ》ろな瞳で虚空《こくう》を見つめるミホトの様子は、まるで信託を受ける巫女《みこ》のように清浄《せいじょう》で。

俺だけでなく、警戒心の強い楓まで構えを解いて呆然《ぼうぜん》とその様子を見上げていた。

「――うっ!?」

続けて俺の頭に流れ込んでくるのは、冥福連《めいふくれん》のときと同じような、しかしそれ以上に膨大《ぼうだい》なイメージの数々。頭痛も目眩《めまい》も付随していないその情報群は具体的なかたちを一切俺に見せてはくれないが、やがてその様々なイメージの中からつかみ取るように、

『――ああ、そうだ。そうだった……やっと思い出した……』

どこか遠くを見つめるミホトが、その言葉を口にした。

『私は、パーツを集めなければいけないんだ……この世から、すべてのパーツを完全に消し去るために……』

その場にいた誰もが驚愕《きょうがく》に言葉を失った。

いままでミホトがもたらした情報の正確さ。そして醸《かも》し出される神代の巫女のような気配に、それがデタラメと断じることなどとてもできなかったからだ。

パーツを集めて消し去るって、それはどういう……。

突然の出来事に混乱しながらミホトに詰め寄ろうとするのだが、それは叶《かな》わなかった。

『――……』

神懸かった気配を発していたミホトがふっと力尽きたように俺の中へと戻っていき……呼びかけようとする俺の意識も、急激に遠くなったからだ。

「あ……？」

それはミホトの豹変《ひょうへん》とは関係なく、俺の身体がとっくに限界を迎えていたからだろう。

槐《えんじゅ》が助かったことでテンションがあがり、少しの間だけ誤魔化《ごまか》されていたにすぎない。

そしてそれは俺だけではなかったようで、

「あ……れ？」

「……っ」

「大丈夫か君たち!?　おい!?」

術式を酷使しすぎた宗谷《そうや》と楓《かえで》も精根尽き果てたようにその場に倒れ、夏樹《なつき》の慌てた声が響く。

「……っ!?　これは、此方《こなた》の眼《め》がおかしくなったか!?　童戸《わらしべ》の槐《えんじゅ》が居眠りしているぞ……!?」

「まさか、本当に性遺物を除霊したとでもいうのか!?」

次いで遠くから、いま駆けつけて来たらしい十二師天《じゅうにしてん》たちの驚愕《きょうがく》した声が響く中。

ミホトが突如として発した言葉について追及する間もなく、俺たちは仲良く意識を失った。

エピローグ

そこは、この世のどこでもない場所だった。

魔界に属していながら、厳密には人間界と魔界の狭間《はざま》に位置する次元の狭間。

そこは霊的上位存在の中でもさらに高位の存在しか出入りを許されない隠れ家のような場所で、茫漠《ぼうばく》と広がる一面の荒野に生物の気配は一切ない。

そんな荒涼とした世界の中心にそびえる半ば朽ち果てたような城の地下に、甲高《かんだか》い怒声が響いていた。

「まったく……貴様は昔から本当にいい加減だ！」

声の主は見目麗《みめうるわ》しい少女——と見紛《みまが》うほど可愛《かわい》らしい容姿をした少年だった。

さらさらとした髪の毛に仕立ての良い衣服、激高しながらも全身から漂う上品さは生まれの良さを感じさせる。

「あれほど言ったであろうが！　パーツは性エネルギーだけでなく人の負の感情を吸って成長するのだから、いたぶるのは控えろと！」

十代前半ほどに見える少年はその女の子じみた容姿で精一杯ドスを利かせながら、パーツの収集を命じていた目の前の少女を責め立てるように指さす。

「あーもー、だから何回も謝ったじゃないか。いつまでもうるさいなぁ、次期魔王候補様は」

だが目の前の少女――アンドロマリウスは依頼主に叱咤《しった》されてなお、反省するどころか半ばうんざりするようにその小言を聞き流す。

童戸槐《わらしべえんじゅ》が《サキュバスの角》に呑《の》まれて暴走したあと、「こりゃもうダメだ」と判断した彼女はさっさと魔界への門を開き、すべてを放棄して一人ここへ逃げ戻ってきたのである。

だが人間界に放っておいた使い魔や内通者から事の顛末《てんまつ》は聞き及んでおり、そこから判明した事実を開き直ったように口にする。

「でもボクが失敗したおかげで、パ、ー、ツ、は、パ、ー、ツ、持、ち、の、手、で、奪、え、る、って話が本当だって証明できてよかっただろ♥?」

仮にも魔界であるこの場所にパーツ持ちを連れ去ってきて、パーツを奪えませんでした、じゃあ面倒なことになるだけだし、とアンドロマリウスは付け加える。

「それにパーツが一か所に集まっててくれたほうがあとで奪いやすいし、結果オーライだよ結果オーライ」

「確かにそういう見方もあるかもしれんが……その最終的にはどうとでもなるだろうという適当な態度がいい加減だというのだ！」

「そんなの別にボクに限った話じゃないだろ？　魔族なんてみんなこんな感じなんだからさー。むしろちゃんと仕事しようとするだけ上等なんだし、文句があるなら自分で人間界に行ってパーツを集めてくれればいいじゃないか♥」

「それができれば苦労せんわ！」

なにをわかりきったことを、と少年は叫んだ。

天界と魔界が結んだ盟約により、霊的上位存在は許可なく人間界へ顕現できない。

例外は一部の神族のみで、古代と違って人間界への干渉は基本的に盟約違反。

次期魔王候補などという大物が人間界へ赴いたとバレれば、どんな大事になるかわからない。

だからこそ少年は昔からルールを破り人間界で暗躍するこの昔馴染《なじみ》に――魔族の間でも犯罪者に分類されるこの年上の幼馴染に――人間界でのパーツ収集を依頼していたのだ。

だが結果は芳しくなく、自分の悦楽さえ満たせれば満足という魔族の少女に反省の色はない。

魔族全体がこんなことだから盟約違反のリスクも承知でパーツ集めなどという賭《かけ》に出ることになったのだ、と次期魔王候補は頭を抱《かか》える。

だがその苦労をまったく察することなく、

「でさー。モノは相談なんだけど、成功報酬だったマイナスエネルギー融通の件、ちょっと前倒しにならないかな♥？」

「は……？」

「ボク、あのパーツ持ちの人間にどうしても復讐《ふくしゅう》したいんだよね。パーツ収集は絶対成功させるから、エネルギーを融通してよ♥　次期魔王候補様なら楽勝だろう♥？」

「バカを言え！　再三失敗を繰り返した者にリスクを冒してまで融通などできるか！　貴様はここで大人しく頭を冷やしつつ自然回復に――」

と、少年がアンドロマリウスを突っぱねようとしたときだ。

「そのとおり。その者にはもうパーツの収集など不可能」

女性の厳《おごそ》かな声が響いた。

「「っ!?」」

いつの間にか現れていたその人影に、少年とアンドロマリウスの肩が跳ね上がる。

特にアンドロマリウスはその異常な気配にビリビリと肌を震《ふる》わせ、「もしかして」と口を開く。

「君が〝僕たちの王様〟かな♥？」

少年から話は聞けど、実物と対面したことはなかった。

だがその異様な気配は霊的上位存在から見ても異質で、アンドロマリウスはそれが依頼主である少年をパーツ収集に踏み切らせた黒幕だと察する。

「で？　ボクにパーツ収集が不可能ってのはどういうことかな♥？　確かに失敗が続いちゃってるけど、最近は人間界に精通してる魔族も激減してるし、ボクが適任だと思うけど」

どこかあのミホトとかいう霊体にも似た、しかし遥《はる》かに禍々《まがまが》しい気配に気圧《けお》されながら、アンドロマリウスは目の前の影に問い返す。だが、

「問答するまでもない」

その人影はこちらに近づき、その女性らしいシルエットを浮かび上がらせながら、

「そなたの魂は《サキュバスの手》に蝕《むしば》まれているだろう」

「っ!?」

アンドロマリウスの表情が凍りつく。

絶頂除霊《ぜっちょうじょれい》によって二か所あるうちの快楽媚孔《かいらくびこう》を一か所だけ突かれた彼女は、常に絶頂寸止め状態のもどかしさに苛《さいな》まれている。

昔なじみの前ということもあっていつも以上に気を遣って隠していたはずの後遺症を一発で見抜かれ動揺していると、

「ただでさえ失敗が続いているうえにそのような状態ではもう期待などできん。私はもう待ちくたびれた。腹も空いた。そなたにできることは最早、私の腹を満たすことだけだ」

「は、はぁ!?　いきなりなにを――」

突如として向けられた殺気――いや捕食者の瞳にアンドロマリウスが臨戦態勢《りんせんたいせい》に移ろうとしたとき。既に彼女は食われていた。

「……は？」

それは、目にもとまらぬ速度で地面から生えた触手。

アンドロマリウスたちと相対する人影の腰から伸びたその尾は音もなく地中を潜行し、アンドロマリウスの下半身を丸呑《の》みにしていた。そして

「なっ、このっ——ひっ♥　あああああああああああああああっ♥♥!?!?!?」

始まったのは徹底的な下半身の蹂躙《じゅうりん》。触手の中に生えた無数の触手による地獄の愛撫《あいぶ》。

生温かい粘液まみれの触手がアンドロマリウスの割れ目を執拗《しつよう》にしゃぶり、吸い付き、また別のイボつき触手が既にドロドロだったアンドロマリウスの肉壺を抉《えぐ》り倒す。

「あああああああっ♥♥♥!?　やめっ、許して——イギイイイイッ♥♥♥!?!?!?!?」

絶頂除霊《ぜっちょうじょれい》による寸止めの呪《のろ》いで性的な満足を得ることのできないアンドロマリウスにとって、その快楽責めはともすれば感度三千倍を上回る地獄だったに違いない。そしてここには、この地獄を止めてくれる絶頂除霊も存在しない。

「な……あ……!?」

いきなり始まった快楽による粛清《しゅくせい》に言葉をなくしたのは魔王候補の少年だった。

昔から面識のある、いつも飄々《ひょうひょう》とした年上の幼馴染《おさななじみ》が快楽に顔面を崩壊させて動物のように下品な嬌声《きょうせい》をまき散らしている。だがその衝撃的な絵面はすぐに少年の視界から隠された。

「〜〜〜〜〜っ♥♥♥!?!?!?　〜〜〜〜〜〜〜〜〜〜っ♥♥♥!?!?!?!?!?」

下半身だけでなく、アンドロマリウスの全身が触手に呑《の》み込まれたのだ。

全身の肌を快楽に蹂躙され、穴という穴を犯されるアンドロマリウスのくぐもった声が触手の中から漏れ聞こえる。

その様にかえって想像力を刺激され唖然《あぜん》とする少年の耳に、厳《おごそ》かな声が響いた。

「ふぅ。やはり霊的上位存在から出る性エネルギーはまた格別。このまましばらくは小腹を空かさずに済みそうだ。――だが、私が本当に欲しているものはこれではない」

アンドロマリウスを呑《の》み込んだ人影は一瞬だけ満足気に呟《つぶや》いたあと、しかしすぐにその強烈な眼光を少年へと向ける。そして衝撃的な展開に身体《からだ》を震《ふる》わせながらも膝《ひざ》を突き頭を垂れる次期魔王候補の少年へ改めて厳命を下すのだ。

「集めろ、すべてのサキュバスパーツを。探せ、サキュバスの穴を」

尾をはじめとした、その身に宿る三つの性遺物を愛《いと》おしげに撫《な》でながら。

「私《サキュバス王》の完全復活のために」

とある人間の少年に憑依《ひょうい》する霊体とは相対するその目的を、はっきりと口にするのだった。

●

俺が病院のベッドで目を覚ましたのは、事件解決から四日も経ったあとのことだった。

単に四日間の気絶ならロリコンスレイヤーを倒したときにも経験している。けれど今回は協会が直々《じきじき》に手配した白丘尼《しらくに》家本家筋の回復術師の手を借りてなお意識が戻らず、楓《かえで》とともに一足早く目を覚まして退院していた宗谷《そうや》や桜《さくら》、夏樹《なつき》たちを大層心配させてしまっていた。

そうして俺が目を覚ました頃、霊級格7《スケールセブン》の出現であれだけ混乱していた世間はすっかり落ち着きを取り戻し、病室に備え付けられたテレビは既に他の事件やスキャンダルを追いかけるのに夢中になっていた。

それはサキュバス王の性遺物の危険性を秘匿《ひとく》するために協会と政府が圧力をかけたというのも理由の一つだが、一番の理由は今回の事件で人的被害が一切報告されなかったからだろう。

建物やインフラにこそ凄《すさ》まじい被害が出たが、幸いにして死者はゼロ。

俺がパーツを除去すると同時に感度三千倍弾を食らった人たちの症状も一気に消失し、絶頂除霊《ぜっちょうじょれい》による応急処置のおかげで後遺症が残った人も皆無。

事件の大きさに反して驚くほど被害は少なく、むしろ鹿島霊子《かしまれいこ》をはじめとした凶悪な霊能犯罪者を《サキュバスの角》のおかげで一網打尽《いちもうだじん》にできたことから、プラスのほうが大きかったらしい。事件はこの上なく穏便に収束し、業界関係者は誰もがほっと胸を撫で下ろしていた。

……だがそうして事件がこの上ない決着を見せた一方で、俺たちは大変な目に遭っていた。

まあ端的に言えば、各方面からどちゃくそ怒られたのである。

いやまあ、あまりにも当然すぎる成り行きだ。

無事にパーツを除去できたからよかったものの、俺たちがやったことは霊級格7討伐作戦の妨害。何百何千と犠牲が出ていたかもしれない事件を引っかき回し、十二師天《じゅうにしてん》と真っ向からぶつかったのだ。そりゃ大目玉を食らうに決まってる。……想定外だったのは、病院のベッド上でもお構いなく行われたその叱責があまりにガチすぎて若干トラウマになるレベルだったことである。言霊《ことだま》を駆使した叱責があんだけキツいものだったとは……。

晴親《はれちか》さんから直々《じきじき》にお説教を受けた夏樹《なつき》など、見舞いに来てくれた際に「君のせいだぞっ。天人降ろしのこのオレが稚児《ちご》のように……っ！」と思い出し半泣きになるほどで、まあ程度の差は多少あれ、各々《おのおの》がこっぴどく叱《しか》られた。

だがその反面、俺たちに科せられた罰則は極めて軽いものになっていた。

皇樹家《すめらぎ》は罰金、楓《かえで》に唆《そそのか》された一般人とされる南雲《なぐも》と小日向《こひなた》先輩は能力講習カウンセリングの延長と強化。それから俺、宗谷《そうや》、烏丸《からすま》、楓、桜《さくら》の五人は本免許の一時停止に夏休みを潰《つぶ》した無給での奉仕労働と、その緩《ゆる》さはいっそ拍子抜けするほど。

なぜこんなにも罰が軽くなったかといえば、それはひとえに、サキュバス王の性遺物を除霊できたという事実が俺たちの想定を遥《はる》かに超えて大変なことだったかららしい。

未曾有《みぞう》の偉業。退魔師《たいまし》の歴史における有数の大功績。

パーツの真実を知る協会上層部からはそのように評価されている部分もあり、凶悪なパーツを除去するための原理解明やその能力の有効利用が見込めるとして、主犯である俺を筆頭に全員の罰則が異常なほど軽減されたのだ。

とはいえ、俺たちに科せられた処分が軽くなった理由はなにもそれだけじゃない。

《式神の宗谷》《化け狐《ぎつね》の葛乃葉《くずのは》》《寵愛《ちょうあい》の皇樹》《無敵の童戸《わらしべ》》

日本の退魔師業界を牛耳《ぎゅうじ》る《九の旧家》のうち半数近くの面々が強烈に口添えしてくれた

のが大きかった。

なかでも童戸家――もっと言えば当主である手鞠《てまり》さんの影響は凄《すさ》まじいものがあった。『今回の事件における責任はすべて童戸家が負うわ～』と宣言し、被害にあった街や人に対する金銭的な補償を申し出たのである。

先祖代々の幸運能力によって溜《た》め込まれた童戸家の資産はちょっと意味がわからないほどで、感度三千倍弾の被害者への見舞金はもとより破壊されたビルやインフラの補填まで行って被害拡大を許してしまった協会への批判を完全に封殺。恐縮する俺たちの言葉さえ無視した手鞠さんの力技に協会も溜飲《りゅういん》を下げるほかなく、俺たちの扱いは非常に穏便なものになっていた。

いくら手鞠さんが今回の件で俺たちに感謝してくれているとはいえ、さすがにちょっとやりすぎなのではと逆に困ってしまったくらいなのだが……手鞠さんがそこまでしてくれたのにはある理由があって――

「古屋《ふるや》く――――ん！」

と、病床で身体《からだ》を休めていた俺の病室に宗谷が大声で飛び込んできた。

うおっ、なんだ⁉　と驚いていると、宗谷の後ろからさらに桜と烏丸が続き、

「あんたのお見舞いする前に、先にあっちの病室に寄ってたんだけど！」「槐《えんじゅ》嬢が目を覚ましているぞ！」

「……っ！　マジか！」

命に別状はなかったものの、俺以上の衰弱状態でずっと眠っていた槐《えんじゅ》。

そんな彼女が目を覚ましたと聞き、俺はまだふらつく身体《からだ》を桜《さくら》に支えられながら槐の病室へと急いだ。

槐には、いの一番に知らせたいことがあったから。


だが槐の病室に近づくにつれ、俺は自分が大きく出遅れていたことに気づいた。

「本当よ～！　ほらほらわかるでしょ～？　手鞠《てまり》が力を抑えてるのに、その小さいお守りだけでなんともないじゃない～」

病室から漏れ聞こえてくる涙に濡《ぬ》れた声。

（ああそりゃそっか。ほとんどつきっきりだったもんな）

槐への報告一番乗りを取られたことを若干悔しく思いながら病室に飛び込む。

そこはなんの結界も張られてなければなんの霊的処理もされていない、俺が入院しているのと大差ない個室だった。

「よかった、本当によかった……っ！」

ベッドの脇に立って盛大に落涙《らくるい》しているのは、魔族に強襲されてしばらく意識の戻っていなかった槐の付き人、緑《みどり》さん。

そんな緑さんを上回る勢いでわんわん泣いているのは、童戸《わらしべ》家の当主、童戸手鞠さん。

　そして手鞠さんがすがりつくように抱きしめているのは、ベッドの上で身を起こしている槐だった。その手にはストラップほどの大きさしかないウサギのぬいぐるみが乗っていて、槐はそれを半ば放心状態で見下ろしていた。

　まるでその現実がいまだに信じられないという様子の瞳が、盛大に飛び込んできた俺たちの姿を捉える。

「槐……よかった、本当に目が覚めたんだな……っ！」

「あ……晴久《はるひさ》……お兄さん……？」

　きっと目が覚めたばかりの槐に手鞠さんたちが事件の顛末《てんまつ》やらなんやらを一気に喋《しゃべ》り倒したのだろう。槐はいまだ夢の中にいるような様子で呆然《ぼうぜん》としていたが、やがて言葉に詰まる俺の顔を見上げ、たどたどしく口を開いた。

　空気を読んでくれた緑さんが手鞠さんを槐から引っぺがす中、長い昏睡状態で掠《かす》れきってしまった槐の小さな声が病室に響く。

「お兄さん……あたし……あたしね……？」

「うん」

　そして槐は自分の口から語ることでそれを現実と認識したのか、その瞳からすーっと一筋の涙を流し、

「あたし……不幸能力が、ほとんど消えてるって……」

「ああ」

「この小さい……手鞠《てまり》様の負担にならない程度のお守りで、何週間も能力が中和、できるんだって……」

「おう」

「だからあたし、学校に通えるって……っ」

「ああ、俺もそう聞いた」

それは、宿主の魂と完全に一体化するという性遺物を無理矢理引っぺがした際に生じた、思わぬ副作用。魂に刻み込まれた力であり、本来なら分離できないはずの不幸能力＝槐《えんじゅ》の体質をパーツが吸着し、槐から取り除いてしまったのだ。

この前代未聞の現象を霊視解析した晴親《はれちか》さんは「信じられん……」を連呼しながら、石けんが油汚れを落とすような仕組みかもしれないと強引に結論づけていた。

ただ、その望外の副作用も良いことばかりではない。

槐は不幸能力とともにラッキースケベの右手・アンラッキースケベの左手の力も大幅に弱体化させてしまい、トータルの霊力をかなり失ってしまっていたのだ。

加えて不幸能力を吸収してしまったミホトが、

『なんですかこれ!?　入手したパーツの制御と変な能力の分解でせっかく大量ゲットしたエネルギーがパァになりそうなんですけど!?　うわあああああっ!?』

と、神懸かった様子から一転。いつもの調子に戻って絶叫。パーツと一緒に俺の中に移ってしまったらしい運勢能力の解体に手一杯で、ろくに話もできない状態が続いてしまっていた。

そのせいで「パーツを消滅させる」という聞き捨てならない話について詳しく尋ねる機会を逸してしまっているのだが……その甲斐あって、槐を苦しめていた凶悪な体質はほぼ消滅。

時期的な問題があるのですぐには無理だが、先走った手鞠さんの手で既に退魔学園《たいまがくえん》への編入がほぼ確定していた。体験入学的に昇天サポートセンターを手伝えるようにもしているそうで、学園内で槐の姿を見かけるのはそう遠い未来ではなさそうだった。

「……っ。夢じゃ……ないんだよね……？」

「ああ、間違いなく現実だ！」

呆然《ぼうぜん》と呟《つぶや》く槐に、俺は全力で断言する。

けどそうして俺たちが祝福する一方、槐はボロボロと涙を流しながら、こう言うのだ。

「……あたし、みんなにたくさん迷惑かけたのに……こんなに幸せでいいのかなぁ……？」

《サキュバスの角》に憑《つ》かれて暴れていた際の記憶がそれなりに残っているのだろう。

悪いのはすべてあのクソ魔族であり、取り返しのつかない被害もゼロ——にもかかわらず槐は罪悪感を抱《いだ》かずにはいられないようで、手鞠さんたちが「当たり前じゃないの～！」といくら力説しようが、その顔にはいつまで経っても笑顔が戻らない。

だから、俺は。

「なあ槐《えんじゅ》。それなんだが」

槐と目線を合わせ、ゆっくりと語りかける。

「実は俺も、今回の件で自分勝手やりまくって、めっちゃたくさんの人に迷惑かけちゃったんだ。……そりゃもう、冗談抜きで霊級格7《スケールセブン》の暴走なんて可愛《かわい》いくらいに」

「え……？」

「だからさ、いくら時間がかかってもいい。迷惑かけたって思うなら、そのぶん誰かを助けて、少しずつ返していこうぜ。俺と一緒に。これからは槐も体質なんて気にせず、退魔師《たいまし》としてたくさんの人を助けていけるんだから」

「……っ」

「約束しただろ。また一緒に退魔師やろうってさ」

「……うぁ」

瞬間、槐が肩を大きく震《ふる》わせて、

「うあ、あああああああ……っ」

堰を切ったように声を上げて泣き出してしまった。

そうしてその小さな身体《からだ》で必死に俺の身体にすがりつくと、

「ありがとうっ、お兄さんが助けてくれたって……また、お兄さんが、お兄さんの友達が、あたしを助けてくれたって……ありがとう、晴久《はるひさ》お兄さん、大好き……っ！　ありがとう……っ！」

「……どういたしまして」

「ありがとう」と「大好き」を連呼する槐《えんじゅ》を受け止め、あやすように頭を撫《な》でてやる。

けどそうすると槐はより一層大きな声で抱きついてきて、それはしばらく止まらなかった。

「手鞠《てまり》からも改めてお礼を言うわ～。本当に、この子のことを諦《あきら》めないでくれてありがとう～」

と、身動きが取れないでいた俺の耳元で手鞠さんが囁《ささや》いた。

「ふふふ、槐ちゃんの懐きようがなければ、夜の相手をしてあげてたくらい、感謝してるわ～」

「なっ⁉　いきなりなに言ってるんですかあんた⁉」

俺がぎょっとして囁き返すと、手鞠さんは「ふふふ～、半分冗談よ～」と言いつつ、

「けど」

急にガチのトーンになって、

「いくら大恩人でも、今後槐ちゃんを泣かすようなことがあったら許さないから～」

「？　いや、俺がそんなことするわけないじゃないですか」

「……だといいわね～」

手鞠さんがふと俺の背後を振り返る。

俺もつられて振り返ると、そこには烏丸《からすま》とともに目尻《めじり》に涙を溜《た》める宗谷《そうや》と桜《さくら》がいて、

「お兄ちゃんの妹は私だけなのにお兄ちゃんの妹は私だけなのに……」

「いまは我慢、いまは我慢、いくらなんでもいまは我慢だよ……」

なんだろう。

なんか桜と宗谷が「いまくらいは自重しないと」とばかりに怒気を抑えているように見えるんだが……手鞠さんが変なことを言ったのでそう見えるだけだろうか。

しかしまあ、手鞠さんの発言といいなんだか少し不穏なものはありつつ。

「うあああああっ、ありがとう、晴久《はるひさ》お兄さん……宗谷さんも、文鳥《ふみどり》さんも、烏丸さんも、他にもたくさん……あたしのことを助けてくれて、ありがとう……っ」

長い戦いの果てに、槐を苦しめていた悪夢はようやく、ようやく終わりを迎えたのだった。

●

意識が戻ったばかりでまだ色々大変だろう槐のお見舞いを早々に切り上げ（それでも結構な時間一緒にいた気がするけど）、宗谷たちも帰った直後のことだった。

コンコンッ。

病室に控えめなノックが響いた。

あれ？　誰だ？　もしかして夏樹《なつき》や南雲《なぐも》がお見舞いに来るのを忘れてただろうか。それとも最初に俺が目を覚ましたとき以来まったく顔を見せてくれない楓《かえで》とか？　と思いつつ招き入れたのだが、現れたその意外な人物に俺は思わず目を見開いていた。

「お加減はいかがですかー、おにーさん先輩」

「芽依《めい》!? なんだよお前、すげー久しぶりじゃんか!」

連絡もなくいきなり病室に顔を出したのは、退魔学園《たいまがくえん》中等部の後輩、太刀川《たちかわ》芽依。

買い物の付き添いや奢《おご》りなどの代価と引き替えに様々な情報を提供してくれる情報屋だ。

最後に会ったのは芽依が紅富士の園に無理矢理ついてきたとき。それ以来まともに連絡もとれていなかったので、随分と久々に顔を合わせたような気がする。

「どうしてたんだよ、いつもはもっと頻繁に連絡くれるのに」

「いやー、それが色々忙しくてですね。それより、おにーさん先輩のほうも大変だったそうではないですか」

「あー、まあそうな」

久しぶりということもあり、俺と芽依は近況報告に近い雑談を重ねる。

そうしてしばらく話を続けていたところ、なんだか少し唐突に思える流れで、芽依がこんなことを言い出した。

「……でもおにーさん先輩も酷《ひど》い人ですよね。聞きましたよ? 葛乃葉《くずのは》家のご令嬢を唆《そそのか》して討伐作戦の妨害に荷担させたそうではないですか」

「唆したって……」

芽依には珍しく人聞きの悪い言い方に少し面食らいながら言外に反論する。

しかし芽依はどこか頑《かたく》なに、

「だってそうではないですか。芽依が集めた情報によれば、おにーさん先輩の呪《のろ》いは楓《かえで》さんにも原因の一端があることは間違いありません。それこそ恨んでも仕方ないだろうに、そんなことはないと力説して楓さんの足止めを振り切ったとか。でも本当は、少しくらい恨んでるのを隠して、楓さんの説得を優先しただけじゃないんですか？」

「お前な……」

なんでそんなことまで知ってんだ……という疑問より先に、なんでそんな意地の悪いことを聞くんだという憤りのような感情が先に立つ。

だから俺は「なんか今日の芽依、ちょっと変じゃないか？」とは思いつつ、少しばかりむっとしながら芽依の眼《め》を見て断言した。

「恨んでるわけないだろ。馬鹿馬鹿しい」

「……っ」

すると芽依はぐっと言葉につまり、なぜか少し顔を赤らめ、

「ほ、ほんとにほんとですか？」

「ほんとだって。恐い幼馴染《おさななじみ》だとは思うけど、恨むとか嫌いとか、そんなの全然ねーよ」

「……ほ、ほー。全然ですか。ほんのちょっともないですか？」

「本人にも言ったけどな、むしろ感謝してるくらいだっつーの。だって毎日忙しいだろうに、

俺みたいなやつの定期検診をずっとしてくれてたんだぞ？　それに今回だって結局あいつに滅《め》茶苦茶《ちゃくちゃ》迷惑かけて世話になっちまったし、恨むどころか恩人もいいとこだ。あいつが望むなら、なんだってしてやりたいくらいだよ」

「～～っ。な、なんでもですか、そうですか……」

と、なぜかぽーっと顔を赤らめる芽依《めい》をよそに、俺は勢いのまま口から出た自分の言葉でふと思いつく。

今回の件に限らず、楓《かえで》には色々と世話になっている。にもかかわらずいままであいつにお礼らしいお礼をしたことがないな、と。

いままで楓がそういう見返りめいたものを求めることなどなかったからスルーしていたが、少しずつでも返していかないと申し訳が立たないだろう。槐《えんじゅ》にも「一緒に返していこう」って偉そうに言っちゃったあとだしな。

「なあ芽依、ちょっと聞きたいんだけど」

ちょうど目の前には――楓と真逆のタイプとはいえ――ことあるごとに代価を求めてくる芽依がいるし、なんかちょっと話題を変えたい部分もあったので、ちょうどいいからと俺は口を開いた。

「良い機会、ってのも変だけど、その楓になんかお礼がしたいんだ。なんか良い案ないか？」

「お礼、なんでも……お礼、ですか……でしたら」

すると芽依はなぜか熱に浮かされたような表情でふらふらとこちらに近づいてきて、ぎしっ、とベッドに手をついた。え？

「こういうのが、喜ばれるんじゃないでしょうか……」

「ちょっ、芽依!?　お前なにして……!?」

そのままぐっと芽依の顔が近づいてきて、またこいつは俺をからかって！　と押し返そうとした、そのときだった。

「――古屋《ふるや》君」

聞き覚えのある声と呼び方が芽依の口から漏れ。

その姿が蜃気楼《しんきろう》のように歪《ゆが》む。

代わりに現れたのは、熱に浮かされたような表情の幼馴染《おさななじみ》で――

「ごめんなさい。私、もう、我慢できない――……」

「え……？」

突如として目の前に楓が現れた――驚愕《きょうがく》して固まった俺の唇に、楓の唇が重なる。

「……っ!?」

柔らかい、温かい、熱い。唇から漏れる熱っぽい吐息が思考をスパークさせる。

いま起きている出来事に対して脳が完全に処理能力を超え、頭が真っ白になった。

かろうじて意識が現実に戻ってきたとき、既に楓は逃げるように病室をあとにしていて。

様々な疑問、仮説、混乱が無茶苦茶に頭をかき回す。そして、

「……え？」

何度もついばまれた唇からじわじわと顔全体に熱が広がっていき――バタン！

処理能力を超えた機械がオーバーヒートするように知恵熱を起こしてぶっ倒れた俺は、その後丸一日、ベッドから起き上がることさえできなかった。

あとがき

Q　晴久《はるひさ》には学習能力がないんですか？
A　まさか目の前にいるのが本人だとは思ってなかったから……
みんなは気軽に「なんでもする」とか言っちゃダメだぞ！


どうも皆様。

またまたかなり間があいてしまいましたが、どうにか絶頂除霊《ぜっちょうじょれい》の6巻をお届けすることができました。今回は過去最高ボリュームかつバトル一辺倒という異質な巻でしたが、いかがだったでしょうか。感度三千倍とか言っててバトル一辺倒というのもおかしな話ですが。

いやしかしそれも仕方ないのかもしれません。だって感度三千倍めちゃくちゃ強いんだもの……。角の能力を感度三千倍に設定したときはこんなに強くなるとは思ってませんでした。絶頂除霊との相性もあるとはいえ、まさかこんな強大な敵になるとは。これもう感度三千倍を施《ほどこ》された某忍たちは二度と負けなしでしょ……（フラグ）。

いやしかし繰り返しになりますが、6巻は本当に盛りだくさんの巻になってしまいました。

4巻みたいに大筋が二つあるとかじゃなくてひたすらまっすぐな筋のはずなんですが、なんか自然とこんなことに。絵面的にも派手なバトル満載ですし、オールスターに近いキャラ数だし、書いてる途中で「劇場版かな?」となってました。まあ激しいバトル以前に激しい潮吹きばっかりなんで、劇場版は劇場版でもR15—深き魂の絶頂って感じですけど。パーツに関する諸々が結構進んだのもありますが、他にも細かいところで今巻は盛りだくさんだった気がします。

なんか槐《えんじゅ》に次いで不憫《ふびん》だった晴親《はれちか》さんの苦労人気質とか。

なにげに特級霊能犯罪者である鹿島霊子《かしまれいこ》の捕縛《ほばく》に貢献した退魔学園《たいまがくえん》の男子たちの間接的な活躍とか。

そしてなにより楓《かえで》の諸々とか!

僕はどうも昔から重いヒロインが好きみたいで、ようやく楓の抱《かか》えていた感情を描けて楽しかったです。晴久の刺されそう感が巻を経るごとに上がっていく一方ですが、まあ治癒術式とか霊魂とかある世界観ですし、一回刺されてもいいんじゃないかな?(他人事《ひとごと》)

さて、そんなわけで大ボリュームとなってしまった絶頂除霊6巻の出版に携《たずさ》わってくださった関係者の皆様方。

毎度のことながら今回もお手数おかけしました。官能小説みたいな売れ方をしている本作ですが、皆様のサポートのおかげで日の目を見ることができています。

次巻は恐らく息抜き回かつ抜くのは別のものだろ？　的な巻になりそうなので引き続き酷い内容かと思われますが、またよろしくお願いいたします。


そして読者の皆様方。

相変わらず皆様の投稿してくださる感想が励みになっております。

また僕だけでなく他の方にも感想が届いているのか、絶頂除霊《ぜっちょうじょれい》は電子書籍の売れ行きが絶好調。これまた嬉しい限りです。二重で執筆のモチベーション激増に繋《つな》がる皆様の感想、毎度本当にありがとうございます。次巻以降はもう少し早くお届けできるよう頑張りますね！


それから今回は色々と告知が。

まずは絶頂除霊のコミカライズ。

信じがたいことに年齢制限のないこのコミカライズ、小学館様配信の漫画雑誌アプリ「マンガワン」にて三月二八日から連載開始です（この6巻発売のちょうど十日後ですね）。

活字でも十分に酷《ひど》い絶頂除霊ですが、絵がつくと「作者は頭がおかしいのかな？」感が十割増しなので、みんなもしっかりチェックしてコミカライズの凄《すご》さを実感しような！

そして絶頂除霊とは別に、ガガガ文庫様にてもう一本、六月から新シリーズが始まる予定です。

タイトルは「僕を成り上がらせようとする最強女師匠たちが育成方針を巡って修羅場(仮)」――逆光源氏計画を目論む最強女師匠たちに目をつけられた最弱の少年が世界最強に〝させられて〟いくおねショタファンタジーバトルラブコメです。盛りだくさんですね。

ファンタジーは投稿時代も含めて始めて挑戦するジャンルではありますが、それでもなお「早くお届けしたい！」と思える内容にはなっているので、皆様是非《ぜひ》手に取ってみてください。

年上、ちょいゲス（アウトロー気質）なヒロインが好きなのはデビュー作から変わってないな……。

ちなみに新シリーズが始まるからといって絶頂除霊のほうを変に早くたたむとかそういうことはないのでご安心ください。

それでは皆様、次は7巻か、あるいは新シリーズのほうでお会いしましょう。

ほへえええええええええっ！（あえぎ声のバリエーションが最終巻まで保つか……!?）

エピローグ2

キスは性行為か否か。

世間では広く、キスは性行為とは別物であるかのように認知されている。

披露宴での誓いのキス、エロ漫画における「キスはダメ」という申し訳程度の貞操観念、青姦は変態行為でも屋外のキスは割りかし普通という風潮。

ディープでさえなければキスは神聖で、愛を確かめ合うための崇高な行為である——そう考える者は多い。

だが、よく考えてみてほしい。

唇は性感帯である。粘膜である。前戯においては指先以上に重宝する。人にしかない赤い唇は性器の模倣であり、その表面が濡《ぬ》れて光る様を色っぽいと感じるのはその証左とされている。

そんな部位である唇を接触させる。

これが性行為ではなくてなんであろうか。

一節にはキスは互いの喘《あえ》ぎ声を抑え、周囲に交尾していることがバレないようにする行為の名残《なごり》であるという説さえあるのだ。

ゆえに、誰がなんと言おうと、キスは性行為なのである！

「しまった……忘れ物しちゃった」

美咲《みさき》はぽそりと呟《つぶや》きながら、病院の廊下を早歩きで進んでいた。

晴久《はるひさ》に見舞品を渡す際、鞄《かばん》の中から一緒に取りだしていた電車のＩＣカード乗車券をそのままにしてしまっていたのだ。

財布《さいふ》はあるので別に取りに行かなくてもいいのだが、なんだか後回しにしておくのも収まりが悪い。改札前で忘れ物に気づいた美咲は烏丸《からすま》たちとその場で別れ、こうして病院に戻ってきているのだった。

「……けど、なんか、なんだろ」

ふと美咲は廊下を進む速度を緩める。

唐突に脳裏をよぎるのは、槐《えんじゅ》のためにその身をなげうって戦った、一人の少年の横顔。背中。雄叫《おたけ》びだ。

「二人きりになるの、緊張する……」

面会時間ギリギリのタイミング。晴久はまず間違いなく病室に一人だ。

忘れ物の回収なんて一瞬のはずなのに、二人きりの状況なんてこれまでにもたくさんあったのに（一緒の部屋で仮眠さえとったのに）、いまはただそれだけで、なんだか酷《ひど》くドキドキする。

（……おっぱい、触らせちゃったからかな……）

ふと頭をよぎった仮説に、ぼっと火がついたように顔が赤くなる。

不可抗力、それも制服越しだったとはいえ、自分はなんてことをしたんだ。

時間差で羞恥心《しゅうちしん》が爆発し、やっぱり帰ろうかなと足を止めた、そのときだった。

廊下の奥から、とてつもない早足でこちらに向かってくる者がいた。

「……え？」

美咲はその人物を見て、先程までの盛大な羞恥も忘れて目を丸くする。

それはいままで感知術式や簡易式神による索敵でも行っていたのか、美咲が淫魔眼《いんまがん》に取り憑《つ》かれて以降、決して美咲の前に姿を現すことのなかった少女――葛乃葉楓《くずのはかえで》だった。

先日の霊級格7《スケールセブン》事件では緊急時であったせいか楓は普通に美咲と顔を合わせていたが、それ以外では異常なほどに美咲を警戒し、避け続けていた。

それがいま、あまりにも無防備にこちらに近づいてくる。

その様は楓と何年も顔を合わせることのなかった美咲でさえ一目でおかしいと感じるものだ。

顔は真っ赤。常の楓ではありえないほど落ち着きのない早足で、唇のあたりを不自然に手で覆《おお》いながら、何事かをぶつぶつと呟いている。

「～～～っ！　間違えた……っ、どうして私は……っ、まだ古屋《ふるや》君の呪《のろ》いが解決したわけでもないのになにを舞い上がって……っ、あそこまでするつもりなんてなかったのに……っ!?」

そしてそのまま美咲の存在にも気づかず通り過ぎていった。

「……？」

あまりにも異様。

だから美咲《みさき》は。ほとんど反射的に。楓《かえで》を凝視してしまった。

自然、淫魔眼《いんまがん》に魅入《みい》られている美咲の視界に映り込むのは、楓の顔の周囲に浮かぶ性情報。

霊級格《スケールセブン》7との戦いの最中には視《み》る余裕などなかった楓の秘密。

「……っ!?　え!?」

そしてそこに浮かんだ情報に、美咲は言葉を失った。

古屋晴久《ふるやはるひさ》古屋晴久古屋晴久古屋晴久古屋晴久古屋晴久古屋晴久——……。

よく見る異性の部位ランキング、淫夢《いんむ》、妄想。

そのすべてがたった一人の少年で埋め尽くされていたからだ。

ある種の執念さえ感じさせるその情報の渦に美咲が呆気《あっけ》に取られていたところ。

ふとその数値が目に入った。

キスの経験回数——一
「……!?」

嫌な予感がした。胸がざわついた。それはほとんど確信だった。

足早に去って行った楓に背を向け、ふらふらと美咲は本来の目的地へと向かって行く。

そして、半分ほど扉が開きっぱなしになっているその病室を覗《のぞ》いた。

そこには口を半開きにしたアホ面で呆然《ぼうぜん》とベッドに横たわる晴久がいて。

キスの経験回数――一。

確かに、見間違いようがなく、そこにはそう示されていて。

美咲の意識から一切の音が消えた――その直後。

「あ、れ……？」

そこでふと、美咲は自らの身に起きた異変に気づく。

『真のパートナーから与えられた快楽でなければ、霊力は増幅されるどころか枯渇《こかつ》するだけ』

『美咲の力を引き出すにはあなたの協力が必須なのです。美咲の抱《かか》える性への拒否感を取り払ってしまうほどの信頼を得たあなたが』

かつて美咲の母親が晴久に語った内容を証明するかのように。

一時は十二師天《じゅうにしてん》に食い下がるほどの力を発揮していたのが嘘《うそ》だったかのように。

美咲の身体《からだ》から発せられる霊力が、その総量を激減させていた。

ガガガ文庫3月刊

銀河鉄道の夜を越えて　～月とライカと吸血姫　星町編～

著／牧野圭祐《まきのけいすけ》

イラスト／かれい

牧野圭祐とJ－POPアーティストH△Gとのコラボで生まれた声劇「銀河鉄道の夜を越えて×月とライカと吸血姫（星町編）」。その台本のWeb小説版に大幅加筆。もうひとつの「月とライカと吸血姫」の物語が完成！

ISBN978-4-09-451831-3（ガま5-9）　定価：本体600円＋税

コワモテの巨人くんはフラグだけはたてるんです。2

著／十本《とおもと》スイ

イラスト／U35《うみこ》

学園一有名なコワモテ巨人。だけど見た目に反して心優しい不々動悟老。あいかわらずなぜかフラグだけは立てまくる彼にもついに友達が……？　これは自己肯定感低めな巨人くんが、認め合える人と出会う物語。

ISBN978-4-09-451832-0（ガと4-2）　定価：本体660円＋税

出会ってひと突きで絶頂除霊！6

著／赤城大空《あかぎひろたか》

イラスト／魔太郎《またろう》

サキュバスの角を身に宿し、魔族アンドロマリウスにさらわれた童戸槐。不測の事態が続くなか、退魔師協会は国内の十二師天を召集し、大規模作戦を展開する。果たして晴久たちは槐を救うことができるのか!?

ISBN978-4-09-451833-7（ガあ11-19）　定価：本体730円＋税

プロペラオペラ2

著／犬村小六《いぬむらころく》

イラスト／雫綺一生《しずきひとみ》

飛行戦艦「飛廉」を駆る艦隊司令官は皇家第一王女の美少女イザヤ。参謀は超傲慢天才少年クロト。幼なじみなのに素直になれない二人の空中決戦！ 味方全滅確定か？「飛廉」にしかできない捨て身の戦いとは!?

ISBN978-4-09-451834-4（ガい2-30）　定価：本体730円＋税

やはり俺の青春ラブコメはまちがっている。アンソロジー1　雪乃side

著／渡《わたり》 航《わたる》ほか

イラスト／ぽんかん⑧ほか

豪華ゲストによる雪乃フィーチャーの俺ガイルアンソロジー!!　著：石川博品、さがら総、天津 向、水沢夢、裕時悠示、渡 航　イラスト：うかみ、春日 歩、切符、ももこ、ぽんかん⑧

ISBN978-4-09-451835-1（ガわ3-25）　定価：本体700円＋税

やはり俺の青春ラブコメはまちがっている。アンソロジー2　オンパレード

著／渡《わたり》 航《わたる》ほか

イラスト／ぽんかん⑧ほか

豪華ゲストによる濃いキャラ揃いの俺ガイルアンソロジー!!　著：白鳥士郎、伊達 康、田中ロミオ、天津向、丸戸史明、渡 航　イラスト：うかみ、しらび、戸部 淑、紅緒、ぽんかん⑧

ISBN978-4-09-451836-8（ガわ3-26）　定価：本体700円＋税

ガガガブックス

最強職《竜騎士》から初級職《運び屋》になったのに、なぜか勇者達から頼られてます5

著／あまうい白一《しろいち》

イラスト／泉《いずみ》 彩《さい》

最強の《運び屋》として旅するアクセルは『精霊都市』を訪れる。精霊都市の深奥にいる精霊の姫からも、アクセルは頼られる！　元竜騎士の最強運び屋は次元の壁すら突破する、トランスポーターファンタジー第5弾！

ISBN978-4-09-461136-6　定価：本体1,300円＋税

AGAGAGAGAGAGAGAGAGA

プロペラオペラ

著／犬村《いぬむら》小《こ》六《ろく》

イラスト／雫綺《しずき》一生《ひとみ》

定価：本体 630 円＋税

飛行駆逐艦艦長をつとめる美姫イザヤと、超傲慢天才参謀クロト。
幼なじみでありながら素直になれない二人が駆るのは重雷装飛行駆逐艦「井吹」！
国家の命運をかけて世界最強の飛行艦隊との決戦に挑む！

GAGAGA

ガガガ文庫

出会ってひと突きで絶頂除霊！6

赤城大空

発行　2020年3月23日　初版第1刷発行

発行人　立川義剛

編集人　星野博規

編集　小山玲央

発行所　株式会社小学館
〒101-8001 東京都千代田区一ツ橋2-3-1
[編集]03-3230-9343　[販売]03-5281-3556

カバー印刷　株式会社美松堂

印刷・製本　図書印刷株式会社

Printed in Japan　ISBN978-4-09-451833-7

第15回小学館ライトノベル大賞
応募要項!!!!!!!!!!!!!!!!!!!!!!!!!!!!

ゲスト審査員はカルロ・ゼン先生!!!

大賞：200万円＆デビュー確約
ガガガ賞：100万円＆デビュー確約
優秀賞：50万円＆デビュー確約
審査員特別賞：50万円＆デビュー確約

第一次審査通過者全員に、評価シート＆寸評をお送りします

内容 ビジュアルが付くことを意識した、エンターテインメント小説であること。ファンタジー、ミステリー、恋愛、ＳＦなどジャンルは不問。商業的に未発表作品であること。
（同人誌や営利目的でない個人のWEB上での作品掲載は可。その場合は同人誌名またはサイト名を明記のこと）

選考 ガガガ文庫編集部＋ゲスト審査員 カルロ・ゼン

資格 プロ・アマ・年齢不問

原稿枚数 ワープロ原稿の規定書式【１枚に42字×３４行、縦書きで印刷のこと】で、７０～150枚。
※手書き原稿での応募は不可。

応募方法 次の3点を番号順に重ね合わせ、右上をクリップ等（※紐は不可）で綴じて送ってください。
① 作品タイトル、原稿枚数、郵便番号、住所、氏名（本名、ペンネーム使用の場合はペンネームも併記）、年齢、略歴、電話番号の順に明記した紙
② 800字以内であらすじ
③ 応募作品（必ずページ順に番号をふること）

応募先 〒101-8001 東京都千代田区一ツ橋 2-3-1
小学館　第四コミック局　ライトノベル大賞係

Webでの応募 GAGAGA WIREの小学館ライトノベル大賞ページから専用の作品投稿フォームにアクセス、必要情報を入力の上、ご応募ください。
※データ形式は、テキスト（txt）、ワード（doc、docx）のみとなります。
※Webと郵送で同一作品の応募はしないようにしてください。
※同一回の応募において、改稿版を含め同じ作品は一度しか投稿できません。よく推敲の上、アップロードください。

締め切り 2020年9月末日（当日消印有効）
※Web投稿は日付変更までにアップロード完了。

発表 2021年3月刊『ガ報』、及びガガガ文庫公式WEBサイトGAGAGAWIREにて

注意 ○応募作品は返却致しません。○選考に関するお問い合わせには応じられません。○二重投稿作品はいっさい受け付けません。○受賞作品の出版権及び映像化、コミック化、ゲーム化などの二次使用権はすべて小学館に帰属します。別途、規定の印税をお支払いいたします。○応募された方の個人情報は、本大賞以外の目的に利用することはありません。○事故防止の観点から、追跡サービス等が可能な配送方法を利用されることをおすすめします。○作品を複数応募する場合は、一作品ごとに別々の封筒に入れてご応募ください。